계절이 건네는 말

# 계절이 건네는 말


| | |
|---|---|
| 발행일 | 2024년 9월 24일 |

| | | | |
|---|---|---|---|
| 지은이 | 마종필 | | |
| 펴낸이 | 손형국 | | |
| 펴낸곳 | (주)북랩 | | |
| 편집인 | 선일영 | 편집 | 김은수, 배진용, 김현아, 김부경, 김다빈 |
| 디자인 | 이현수, 김민하, 임진형, 안유경 | 제작 | 박기성, 구성우, 이창영, 배상진 |
| 마케팅 | 김회란, 박진관 | | |
| 출판등록 | 2004. 12. 1(제2012-000051호) | | |
| 주소 | 서울특별시 금천구 가산디지털 1로 168, 우림라이온스밸리 B동 B111호, B113~115호 | | |
| 홈페이지 | www.book.co.kr | | |
| 전화번호 | (02)2026-5777 | 팩스 | (02)3159-9637 |

ISBN    979-11-7224-271-8 03810 (종이책)    979-11-7224-272-5 05810 (전자책)




---

**(주)북랩** 성공출판의 파트너

북랩 홈페이지와 패밀리 사이트에서 다양한 출판 솔루션을 만나 보세요!

**홈페이지** book.co.kr    •    **블로그** blog.naver.com/essaybook    •    **출판문의** book@book.co.kr

---

**작가 연락처 문의 ▸ ask.book.co.kr**

작가 연락처는 개인정보이므로 북랩에서 알려드릴 수 없습니다.

이 책은 순천시 도서관 운영과 〈2024년 시민책 출판비 지원 사업〉의 일부 지원으로 제작하였습니다.

마종필 수상록

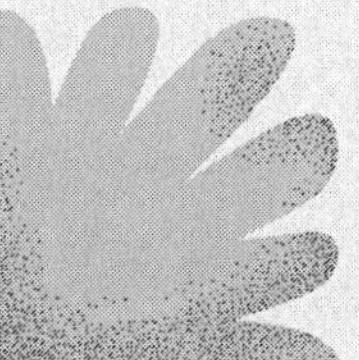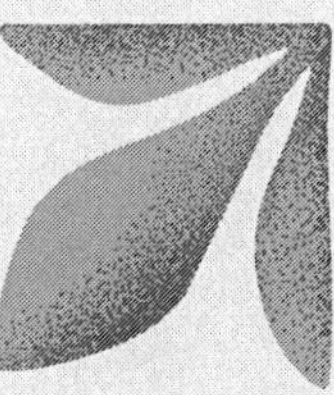

# 계절이 건네는 말

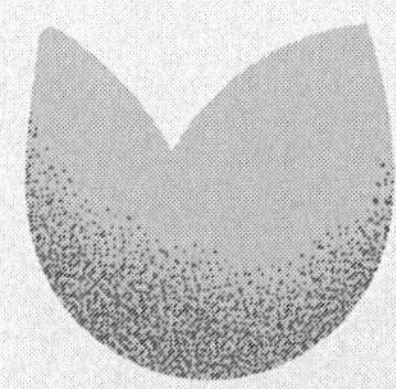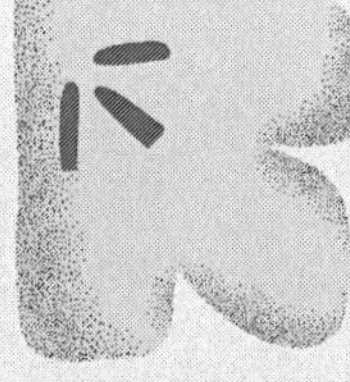

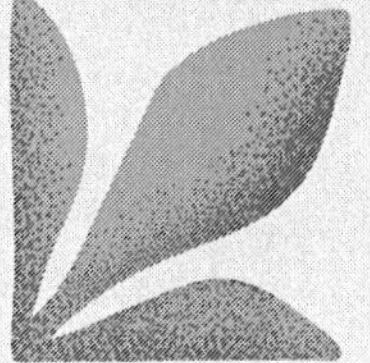

**마종필**
지음

북랩

님께 드립니다.
년    월    일

# 서문

　문학동인회 활동을 하면서 기회가 주어질 때마다 수필이라는 장르의 글을 써 왔다. 몇 해가 지나고 보니 그동안 써 왔던 글이 수북이 쌓이게 되었다. 보아하니 먼지가 내려앉고 거미가 줄을 칠 지경이다. 그래서 이번에 먼지를 털어내고, 입으로 불어낸 다음, 가지런히 다듬어 고운 옷을 입혀주고 싶었다.

　수필이라는 이름으로 책을 출간하려다 보니, 내면에 자리하고 있던 부끄러운 생각이 슬그머니 밀고 올라왔다. 수필 문학의 특성과 장점을 잘 알고 있는 필자로서 '이 글들을 수필이라고 할 수 있을까?'에 대한 의문이 일었기 때문이다. 내가 알고 있는 지식 몇 자 늘어놓는다고 해서, 또 얼마 되지 않은 생각을 보탠다고 해서 수필이 되지 않기 때문이다. 글 모양을 보아하니, 문학적인 고운 맛이라고는 거의 없고, 주변에서 주워들은 지식 몇 개, 가볍게 떠오른 생각 몇 개, 그리고 겨우 문장을 완성하느라 급급한 것들뿐이었다. 얼굴이 후끈 달아올랐다. 고민 끝에 나의 문학적 나약함과 부끄러움을 만회하고 싶은 마음에서 장르 구분을 수상록(隨想錄, 내 생각을 적은 글)이라고 했다.

　　　　　　　　　　　　　　　　　　　　계절이 건네는 말

다음으로는 제목에 관한 이야기인데, 글을 보니 내가 살아오면서 가볍게 얻은 이야기라 건더기가 시원찮은 소소한 잡문들이었다. 계절마다 주어지는 생각의 나열이라고나 할까? 그래서 어디에 내놓기에는 부끄럽고 창피하다는 생각이 들었다. 그래도 계절이 건네는 말이라면 한 번쯤 관심을 가질 필요가 있다고 생각했다. 그래서 제목을 '계절이 건네는 말'이라고 했다.

다음으로는 내용에 관한 이야기인데, 필자는 본래 남에게 무엇을 권하거나, 남을 설득하는 재능이 없다. 더구나 풀어놓을 만한 현학적인 지식도 없다. 따라서 누구를 설득하거나 남에게 내보이고, 자랑하고 싶은 마음은 추호도 없다. 다만 앞으로 내 삶을 격려하고, 응원하고, 독려하고 싶은 마음은 가득하다. 그래서 생애에 도량형(度量衡)으로 삼을 만한 이야기들을 골랐다. 조금 더한 바람이 있다면 필자의 소박한 생각에 동의하는 사람들과 가슴을 공유하고 싶은 마음은 있다.

이렇게 말이 많고, 변명과 설명이 필요한 초라한 이야기를 세상에 내놓는다. 독자들의 하해(河海)와 같은 넓은 마음에 이해를 구하면서, 이 글을 보는 동안 추운 날 손난로에서 느껴지는 연한 열 같은 느낌이 독자의 가슴에 전해지기를 기대할 뿐이다.

끝으로 이 글을 읽어 주고, 응원해 주고, 지지해 준 사랑하는 아내에게 한없는 고마운 마음을 전하고 싶다.

2024년 9월
순천푸른마음쉼터에서 **마종필**

# 차례


서문 ——— 6

**I · 봄**

1. 너무 늦은 후회(後悔) ——— 15
2. 특별한 날 ——— 22
3. 감나무의 추억 ——— 31
4. 어떤 운동이 좋을까? ——— 37
5. 모정(母情) ——— 45
6. 마음에 이런 것 하나 있으면 ——— 53
7. 미래를 사는 사람 ——— 60

**II · 여름**

1. 어느 신사의 고민 ——— 69
2. 선거 승리 비결 ——— 78
3. 짧은 말, 긴 울림 ——— 83
4. 나이가 벼슬? ——— 92
5. 소나기 ——— 99
6. '닭대가리'에 대한 유감 ——— 107
7. 보신탕에 관한 생각 ——— 116

**III**

**가을**

1. 감동의 온도 —— 131

2. 쉽지 않은 일 —— 137

3. 장(場)을 보는 즐거움 —— 143

4. 나무의 지혜 —— 152

5. 성격의 색깔 —— 158

6. 선택의 자유 —— 166

7. 치유의 명약 —— 173

**IV**

**겨울**

1. 어느 할머니의 인생철학 —— 187

2. 고난(苦難)도 선택이다 —— 196

3. 추억이 주는 힘 —— 205

4. 산소에서 얻은 교훈 —— 212

5. 늦은 사랑 고백 —— 217

6. 교육도 세월을 따라 —— 224

7. 살모사(殺母蛇), 살모자(殺母者)? —— 231

## V

## 환절기

1. 나는 행복한 사람일까? —— 241

2. 운동과 행복 —— 247

3. 취미와 비교, 그리고 행복 —— 253

4. 소유보다는 경험을 —— 261

5. 이미지 트레이닝 —— 266

6. 안분지족과 은혜 —— 272

# I

# 봄


1. 너무 늦은 후회(後悔)

2. 특별한 날

3. 감나무의 추억

4. 어떤 운동이 좋을까?

5. 모정(母情)

6. 마음에 이런 것 하나 있으면

7. 미래를 사는 사람

# 1.

# 너무 늦은 후회(後悔)

　　얼마 전, 서울에서 사는 고향 후배가 고향에 다니러 오는 길이라며 아들과 함께 순천에 왔다. 서울에서 고흥까지는 꽤 먼 길이라 한번 내려오려면 큰마음을 먹어야 한다. 그런데 마침 아들이 군대에 다녀와서 쉬는 기간이라, 아들에게 아버지의 고향을 구경시켜 주고 싶어 함께 오게 되었다고 했다.

　　아들은 서울에서 태어나서 서울 사람이 되었으니, 아버지가 태어났던 시골 촌 동네, 고향 산천을 생각에 둘 리 없다. 아들은 먼 여행을 탐탁잖게 여기는데, 아빠는 뭉게구름처럼 몽글몽글 솟아나는 고향 생각을 미뤄둘 수 없어, 아들을 홀려 친구 삼아 억지로 데리고 온 것 같았다. 후배는 고향을 지우개로 지워도 지워지지 않은 볼펜 글씨처럼 가슴에 가득 담고 있었다. 그래서 아들에게 그런 마음을 보여주고, 어머니에 대한 그리움을 달래고, 이참에 부모님 산소도 둘러보고 싶은 마음에서 고흥으로 가고 있었다.

후배는 고향을 자주 찾아서 자녀 된 도리를 다하고 싶었지만, 바쁘게 살다 보니 부모님 산소도 이웃 나라에서 난 불처럼 관심 밖에 두고, 고향에 대한 그리움의 조각들은 입에 풀칠할 밀가루와 바꿔 먹느라 잊고 지냈다고 한다. 그래도 자투리 시간이라도 나서 남쪽을 향해 서기만 하면 고향 생각이 밀려드는 밀물처럼 꽉 들어찼다고 했다. 그렇게 그립고, 보고 싶은 고향을 찾아서 이른 새벽을 부지런히 깨워 출발해서 가는 중이다.

후배와 식사하면서 우리는 자연스럽게 지난날 어릴 적 이야기와 그동안 살아왔던 이야기들을 풀어내 놓았다. 지겹도록 쪼들린 삶이 싫어서 잘살아 보겠다며 상경해서 이제는 자녀 셋을 거느린 가장이 되었다고 한다. 1960년대 태어난 우리는 어려움에서 벗어나고 싶은 욕망이 강했다. 그래서 '돈을 벌 수 있는 일이라면 무엇인들 못 할까, 어딘들 못 갈까'라는 심정으로 고향까지 버리고 낯선 곳에서 사는 것을 주저하지 않았다. 그러니 우리는 조금이라도 여유가 생기면 고향에 대한 그리움, 부모님에 대한 애틋한 정(情), 말할 수 없는 부끄러움, 그냥 자녀라는 이름이 지니고 있는 불효라는 죄스러움 등이 숭얼숭얼 맺혀져 가슴을 흥건히 적시곤 한다. 그래서 이야기를 나누다 보면 자연히 고향과 부모님에 관한 이야기들이 마치 가을철 수확기에 줄기를 따라 올라온 고구마들처럼 줄렁줄렁 따라 나온다. 이야기 중에도 후배 마음은 벌써 고향 골목길을 달리고 있는 것처럼 출렁거렸고, 그리움은 겨울철 난로 속 장작처럼 토 독 톡톡 소리를 내며 타오르고

  계절이 건네는 말

있었다. 고향 사람을 만나면 뭉근한 불에 손을 쬐고 있는 것처럼 따뜻한 마음이 느껴져 감정이 울렁대고, 시간은 언제나 짧게 느껴진다.

후배는 고향을 생각하면 엄마가 먼저 떠오른다고 했다. 엄마에게 늘 죄스러운 마음이 있어 커다란 쇳덩어리를 등에 짊어지고 있는 것처럼 무겁게 느껴진다는 것이다. 어머니는 시골에서 살면서 남편을 일찍 여의고 혼자 농사일하면서 가난에 밥을 말아 먹어 가며 자녀 양육과 가정을 책임지셨다고 한다. 장날이면 어머니는 밭에서 나는 농산물을 뽑아다가 장에 내다 팔아 가정을 꾸렸는데, 지금 생각해 보면 자랑할 만한 일인데, 어렸을 적에는 어머니를 늘 부끄럽게 여겼다고 한다.

장날이면 어머니는 장년 남성이 들어도 버거울 만한 큰 짐을 꾸려 차에 싣고 장(場)으로 가셨다고 한다. 그럴 때면 후배도 학교에 가느라 어머니가 타는 버스를 함께 탔다. 어머니가 무거운 짐을 버스에 싣느라 바둥대고 있을 때면 후배는 친구들이 그런 엄마 모습을 보고 좋지 않은 시선을 보낼까 봐, 짐 드는 일을 거들지 않고 멀리서 바라보거나, 엄마가 타기 전에 먼저 버스에 올라 못 본 척했다고 한다.

아무리 철없던 시절이라고 하지만 지금 생각하면 너무나 큰 죄를 저지른 것 같다고 했다. 어머니는 자기 삶의 무게도 천근만근 힘에 버거웠을 텐데, 그렇게 큰 짐꾸러미를 들어 차에 올려 실어야 했으니, 그 무거움은 또 얼마나 무겁고 힘에 겨웠을까 생각하니 어떤 말도 할 수 없다고 했다. 후배는 "그때, 비록 어리기는 했지만 그래도 사내라,

어느 정도 힘을 쓸 수 있었는데, 도와주지 못하고, 외면하고, 부끄럽게 여기고 피해 다녔으니, 그런 불효가 어딨겠느냐"라며 눈시울을 붉혔다. "그렇게 불쌍하게 살다가 효도조차 받지 못하고 처량하게 가신 우리 엄마, 묻혀서도 산소조차 관리하지 못하는 불효를 받으니 마음이 아픕니다" 하면서 말을 잇지 못했다.

추억이 담긴 어릴 적 고향 이야기는 식사 시간을 훨씬 넘기고 있었다. 고향이라는 말은 단어만 떠올려도 당장 울렁거림을 일으키면서 그리움으로 피어난다. 고향에는 가족에 대한 정(情)이 있고, 미안한 추억이 담겨 있고, 워즈워드의 노래처럼 어른의 아버지인 어린이가 있다. 그뿐만 아니라 우리에게 성장의 담론을 제공해 주고, 이야기꽃까지 피워내 준다. 고향을 생각하면 까마귀만 봐도 고향 까마귀라면 반가운 일이라는데, 고향 산천을 둘러본다고 하니 후배 마음에는 벌써 고향의 아름다운 그림이 그려지고 있었다.

후배 이야기를 듣고 있자니, 기억의 저편 어디에 숨어 있었는지조차 모를 나의 초라한 과거 이야기가 소나기구름처럼 강하게 밀고 올라왔다. 부끄러움을 가릴 수 없어 생선을 훔쳐 먹다 들켜, 멋쩍게 주변을 살피는 고양이처럼 나도 고개를 도리도리했다.

고등학교 시절 나는 집에서 버스로 2시간여를 달려야 도착할 수 있는 순천에서 유학했다. 그래서 매주 토요일이면 집에 가서 한 손에는 쌀자루를, 한 손에는 김치통을 들고 와야 일주일을 살 수 있었다. 그러다가 어느 주는 시험을 핑계로 집에 가지 않아 먹거리를 가져오지 못했다. 그러자 어머니는 아들을 보고 싶은 마음에다 찬거리를 가져다줄 요량으로 순천에 오셨다. 그때는 전화도 없는 시절이었으니까 찾아간다는 연락도 할 수 없었다. 그러니 어머니는 예고도 없이 이런저런 반찬을 마련해서 두 손에 가득 들고 학교로 불쑥 찾아오셨다.

자취하는 학생이 반찬을 가져왔다고 하면 반가운 마음이 들어야

할 일이다. 그런데 나는 왠지, 나를 보고 싶어 찾아오신 어머니가 못
마땅하게 느껴졌다. 어머니는 아들을 보러 온다며 당시에 입던 옷 가
운데 제일 좋은 옷을 골라 입고, 제일 고운 신발을 신고, 머리도 곱게
다듬고 오셨다. 그런데 그 행색이 마치 촌스러운 시골 여인의 초라한
모습으로 보였다. 당장 얼굴이 달아오르며 시험문제를 풀다 틀려 지
적받은 학생처럼 부끄럽다는 마음이 올라왔다.

엄마가 "이거 너 먹으라고 가져왔어." 반찬통을 내밀었다. 나는 "이
런 거 뭐 하러 가져왔어? 그것도 학교로, 연락도 없이. 다 컸는데 행

　　　　　　　　　　　　　　　　　　　계절이 건네는 말

여 굶고 살까 봐?" 퉁명스럽게 말했다. 그것도 모자라 선생님이나 친구들이 볼까 싶어 마치 거지를 만난 것처럼 못마땅하다는 표정으로 "여기서 왜 이래? 저쪽으로 가서 이야기해"라고 하면서 엄마를 아무도 없는 학교 모퉁이로 안내했다. 그러면서 할 말이 있으면 얼른 하라고 재촉했다. 나는 엄마가 말을 얼른 마치기를 바라면서 뾰로통한 입을 하고 있었다.

엄마가 얼른 돌아갔으면 좋겠다는 표정과 말투에 엄마는 말을 하는 둥, 마는 둥 하고 돌아섰다. 나는 엄마와의 만남이 엄청나게 길게 느껴졌는데, 엄마는 짧게 느껴졌는지, 달팽이보다 더 느린 걸음을 했다. 엄마는 아들을 오래 보고 싶어서 기꺼이 왔는데, 만남이 싱겁게 끝나서 아쉬웠던지 보이지 않는 곳까지 머뭇거리는 걸음을 하셨다. 그 모습을 보면서도 속으로 엄마가 얼른 사라지기만을 바랐다.


후배가 자기 가슴에 담겨 있던 지울 수 없는 불효를 꺼내는 순간, '불효자는 바로 너거든'이라는 마음이 들면서 부끄러운 감정이 가슴을 타고 올라왔다. 휴지를 뽑아 눈가를 훔쳤다. 이 모습을 후배 아들이 보고 어색하게 여길까 봐 자리에서 일어나 화장실로 갔다.

내가 엄마를 대했던 일이 후배가 후회한 일과 다르지 않았다. 부끄러워 얼굴이 화끈거렸다. 철이 없기는 나이가 들어도 마찬가지지만 엄마에게 미안하고, 불효라고 생각하니, 목이 메었다. 부모를 향한 쥐꼬리만 한 사죄의 마음이 남아 있어서일까? 엄마에게 두고두고 미안하고, 송구스러운 마음뿐이다.

# 2.

# 특별한 날

지난주에는 친구들과 함께 중학교 때 교과를 지도해 주셨던 선생님을 만났다. 40여 년 전 우리가 철부지 시절, 우리에게 하도 열정적으로 지도해 주시고, 사랑을 쏟아 주셨던 분이라 제자들은 선생님을 잊지 못하고 있다. 그래서 마음으로는 자주 뵙고 싶은데, 그러지 못하고, 어쩌다 스승의 날 즈음이면 친구들이 모여 함께 뵙곤 했다. 그러다가 최근 몇 년 동안 코로나로 인해 뵙지 못하다가 지난주에서야 뵐 수 있었다.

우리가 처음 만났던 코로나는 사람들이 예측하지 못한 부분까지 영향을 미치고 있어서 만나지 못한 기간 동안 선생님의 삶에도 많은 변화가 있었으리라고 생각했다. 그런데 막상 뵙고 보니, 예상과 달리 팔십이 다 된 나이임에도 불구하고, 훨씬 더 젊게 보였다. 외모로는 예전과 거의 다름없이 정정한 모습이었다.

저녁 식사를 하면서 선생님께 술을 권했다. 선생님은 "난 술을 잘 못해"라고 하셨다. "아니, 예전에는 그런대로 술을 좋아하셨던 것 같은데, 건강에 이상이라도 있으세요?" 했다. 선생님은 "아니 그게 아니라 요즘 내가 술을 마시면 자꾸 울어, 그래서 술을 안 마시려고 해" 하셨다. 우리는 제자들의 입장을 고려해서 한 발 빼는 줄 알고, 다시 "그래도 한잔하셔야지요?" 하면서 한 번 더 권했다. 그랬더니, "그래, 그러면 내가 자네들 성의를 봐서 딱 석 잔만 마시지, 더 마시면 내가 정말 많이 울어, 더 이상 권하면 안 돼"라고 하셨다. 예전 같으면 소주 두세 병은 거뜬히 드셨을 텐데, 정말로 조금씩 조금씩 나눠 마시면서 석 잔으로 제한하셨다. 연세가 드셔서 그런가 싶었는데, 식사를 하면서 술에 취하면 울게 된 사연을 말씀하셨다.

선생님은 몇 해 전, 사모님과 사별했다. 자녀들은 모두 출가해서 따로 살고 있는데 사모님과 사별 후에 혼자 지내다 보니, 허전함을 많이 느낀다고 하셨다. 그동안 살아오면서 만났던 즐거운 일이나 힘겹고 괴로웠던 일들이 떠오르곤 하는데, 그때마다 그 모든 일들이 아쉬움과 서운함, 그리고 괴로움으로 재생산되었다고 하셨다.

선생님은 아버지를 일찍 여의고, 어머니와 함께 10남매나 되는 동생들을 아버지를 대신해 돌봤다고 한다. 넉넉하지 않은 생활이라 형님으로, 오빠로, 때로는 아빠 역할까지 하면서 열심히 살았다고 한다. 하지만 지나고 보니, 동생들에게는 잘 돌보지 못한 미안함이 있고, 가장으로서 역할을 한다고 했으나 늘 부족했다고 한다. 그랬으니 사모님의 고생도 생각보다 많았다고 한다. 그런데, 이제 형제들이 모두 성장하고, 살림살이도 어느 정도 안정되어 살 만하게 되었는데, 아내가 세상을 혼자 훌쩍 떠나고 없으니, 너무나 심한 허전함을 느낀다고 한다.

나 역시 아버지를 일찍 여의고 장남으로 살아왔다. 그러니 장남이라는 역할의 무게가 얼마나 무거운지 실제로 공감할 수 있었다. 선친은 8남매를 남겨두고 54세에 돌아가셨다. 남겨준 재산이라고는 거의 없었으니, 우리는 살 집조차 없었다. 그러니 우리 삶은 그저 곤궁, 비참 그 자체였다. 겨우겨우 정말로 하나님의 은혜가 아니면 생활할 수 없을 정도였다. 그래도 우리는 좌절하지 않고, 이제는 모두가 잘 성장해서 그럴듯한 직장과 가정을 이룰 수 있게 되었다.

아버지가 안 계시니, 나는 학교에 다니면서 가장 역할을 해야 했다. 동생들의 생활은 물론, 아버지, 어머니의 형제들, 그리고 어머니, 아버지의 사촌들뿐만 아니라 내 형제들과 나의 사촌들까지, 그러니까 대충 헤아려도 그 인원이 얼마나 많은가? 그 애경사를 모두 내가 책임져야 했다. 그러니 매달 거의 한두 번의 애경사를 치러야 했다.

서울에 사는 친척들의 애경사에는 내가 직접 가지 않고, 어머니만 다녀오시도록 했다. 그러면 친척들은 "야, 너는 우리 집안 대표가 아니냐? 그런데 어찌 엄마만 보내고 왜 너는 안 오니? 와서 친척들 얼굴도 보고 서로 인사도 하면 좋을 것을, 어머니만 오시니 아쉽구나. 다음에는 너도 엄마랑 꼭 같이 와라" 하셨다. 그럴 때면 나는 "네, 그렇게 하겠습니다"라는 답을 하곤 했다. 하지만 다음 애경사가 있을 때

 계절이 건네는 말

면 또 엄마만 보내드리고, 또 그런 소리를 들어야 했다.

나라고 왜 그런 마음이 없었겠는가? 가서 생색도 내고, 안부도 묻고 싶었다. 게다가 어머니와 함께 가면 모자지간에 좋은 여행이 될 것이고 기억에도 남을 일이다. 그런데 내가 동행하려면 어머니 혼자 다녀올 때보다 비용이 거의 배나 들었다. 그 비용을 아끼려면 염치없는 일이지만 엄마 손에 부조금을 들려 혼자 다녀오시게 해야만 했다. 그때에는 그 비용이라도 아껴야 생활할 수 있었기 때문이다.

내가 절약을 위해 이런 노력을 하더라도 아내는 "우리가 왜 부모님 형제들 애경사까지, 그것도 사촌들의 일까지 다 챙겨야 해?"라고 투정하곤 했다. 또 더 속이 상할 때는 "부모님이 우리에게 물려준 게 뭐가 있다고, 무슨 재산을 물려줬다고 이 집 저 집 다 찾아다녀야 하는 거야?"라고 했다. 그럴 때마다 내 형편을 헤아려 주지 못한 아내가 미웠다. 내가 나이 들어 보니, 투정을 부렸던 아내의 애환을 조금이나마 느낄 수 있을 것 같다. 그래서 아내에게 미안한 마음이 절로 일곤 한다.

이런 소리를 하면 '그럼 그런 일은 마땅히 장남이 해야 하거든'이라고 하면서 별 시시콜콜한 이상한 타령까지 한다며 핀잔을 줄지 모르겠다. 하지만 가난하게 살면서 어려움을 겪어 보지 않은 사람은 이런 사소한 일들이 얼마나 많은 에너지를 소모하게 만드는지 알 수 없는 노릇이다. 이러한 내 삶의 힘든 여정이 선생님의 삶과 겹치면서 가슴이 울렁울렁했다.

평생 함께 살아온 동반자를 잃는다는 것이 얼마나 큰 아픔인지 가까이서 경험담을 듣는 것만으로도 충분히 느껴졌다. 선생님은 사모님과 사별 후에 공허함을 이기지 못해 우울증을 앓고 있다고 하셨다. 아내가 살아 있을 때는 세상에 '우울'이라는 단어가 있는지, 또 정신질환이 있는지조차 몰랐다고 한다. 그런데 사모님을 잃고 나서 보니 세상의 모든 것을 잃은 것 같은 느낌이 들어 우울감이 몰려와 정신과 치료를 받고 있다고 한다. 선생님의 이야기는 계속되었다.

"나는 그동안 아내와 함께 살아오면서 즐거운 일도 많았지만 싸우기도 많이 했지. 어떤 때는 이성을 잃고, 함부로 소리를 지르고 인격을 무시하는 말도 했지. 그래도 다시 돌아서 화해하고, 반성하면서 살아왔지. 아내와 그렇게 많이 싸웠지만 나는 내 아내가 밉다는 생각을 한 번도 해 본 적이 없어. 아마 밉다는 감정이 들었다면 우리는 이혼을 했을지도 몰라. 하지만 그렇게 싸워도 우린 서로 밉다는 감정을 한 번도 가져 본 적이 없었던 것 같아. 그래서 평생 부부로 미운 정, 고운 정 쌓아 가며 살아왔던 것 같아" 하셨다.

싸우긴 했어도 밉다는 감정을 한 번도 가져 본 적이 없다는 말에 공감이 되었다. 밉다는 감정이 생기면 '에이, 세상에 이 사람밖에 없을까? 헤어질까?'라는 생각에 이르기 쉽다. 그런데 밉다는 감정이 없으면 싸웠다가 다시 원상으로 돌아오는 회복탄력성이 힘을 발휘하게 된다. 부부들이 지녀야 할, 참 좋은 태도이자 가치관이라는 생각이 들었다. 그러면서 선생님은 이렇게 울면 안 되는데, 부끄러운 이야기라며 최근에 또 많이 울었던 다른 이야기를 들려주셨다.

　　　　　　　　　　　　　　　　계절이 건네는 말

　"얼마 전, 오래전부터 잘 알고 지낸 친구한테서 전화가 온 거야. 그 친구도 얼마 전에 아내를 잃었거든. 그 친구가 '내가 아내를 잃어 보니, 먼저 아내를 잃은 자네 마음을 알 수 있겠네'라며 이야기를 시작한 거야. 동병상련이라고 내가 먼저 경험해 봤으니까 그 친구를 위로할 수 있겠다 싶어 이야기를 들었지. 그 친구 이야기인즉, 아내 유품을 정리하다가 정리를 다 하지 못하고, 한참을 울었다는 거야. 이런 이야기를 들으면 아직 부부가 함께 사는 사람들이라면 웃을지도 모르겠어. 어떻게 보면 너무 사소한 일일 수 있으니까. 핀잔을 줘도 할 수 없지 뭐.

　그 친구가 아내가 살아 있을 때, 직장 동료들과 함께 경상도로 여행을 간 적이 있었대. 혼자만 간 것이 미안해 돌아오는 길에 고속도로 휴게소에 들러 괜찮아 보이는 저렴한 스카프 하나를 샀대. 집에 돌아와 아내에게 줬더니, 엄청나게 좋아했다고 해. 그리고는 그 일을 한참 잊고 있었대. 그러던 어느 날 서랍을 열어보니, 그 스카프가 잘 접어져 그대로 보관되어 있었더라는 거야. 그래서 '여보, 저 스카프 자주 사용하지 그래, 왜 저렇게 그냥 보관해 뒀어? 명품도 아닌데' 했더니, 아내가 '당신이 정성껏 마련해 준 선물인데, 아무렇게나 사용할 수 있어야지요. 특별한 날, 특별한 때, 특별하게 사용하려고 뒀어요'라고 말하더란 거야. 그래서 '그게 무슨 특별한 것이라고, 그냥 자주 사용해요, 못 쓰게 되면 더 좋은 걸로 사 줄게요' 했다고 해. 그러고는 그 일도 잊고 지냈대.

장례를 치르고 나서 아내 유품을 정리하게 되었는데 그 스카프가 서랍에 그대로 있었다는 거야. 그래서 유품을 다 정리하지 못하고 어린아이처럼 펑펑 울었다는 거야. 그러면서 그 친구가 내게 이렇게 말하는 거야. '우리에게 특별한 날이 어디 있어, 특별한 때가 어디 있냐고? 날마다 우리에게 주어진 날들이 특별한 날이지, 우리가 늘 만나는 때가 특별한 때라고, 늘 우리에게 주어진 날이 새날이자 특별한 날인데, 그때 아내에게 그걸 강조하면서 오늘이 바로 특별한 날이라며 스카프를 매주고, 사용하게 할 것을 그러지 못한 그것이 후회돼'라고 하는 거야.

생각해 보니, 그렇지? 그 친구 말이 맞는 거지? 우리가 만나는 날은 날마다 새로운, 전혀 경험해 보지 못한 특별한 날이라고, 그렇지? 그런 말을 나누면서 둘이 전화기를 잡고 한참 동안 울었어. 어때, 맞는 말이지?

자네들은 조금 더 젊었으니까 우리 같은 실수를 저지르지 말기 바라. 아내들에게 '나중에'라는 말을 하지 말고, 지금 우리가 맞는 날이 특별한 날이라고 말하고, 그렇게 생각하면 좋을 것 같아. 특별히 아내가 있을 때, 매일매일 특별하게 살라고. 아내가 없어져 보면 알아. 자네들은 아직 경험을 못 해 봤으니, 잘 모를 수 있어. 나를 봐, 아내가 없으니 이렇게 초라하게 우울증을 앓으면서 살게 된다고. 그러니 나처럼 아쉽거나 서운해하지 말고, 반드시 실천하길 바라. 불편한 날도, 싸운 날도, 병이 들어 괴로울 때도, 아니 병원에 입원해서 시한부 인생을 살고 있을 때라도, 그때가 바로 특별한 날이고, 행복한 날이라는 것을 분명히 알면 좋겠어." 그러면서 또 눈물을 글썽거렸다.

선생님 말씀은 인생 여정에서 여러 일들을 다 겪고 온몸으로 터득한 지혜라서 한마디 한마디가 강한 울림을 주었다.

우리는 가끔 삶에서 고상한 척, 뭔가 조금 있어 보이는 듯한 철학적인 질문을 던져보기도 한다. 그리고, 거기에 맞는 그럴듯한 답을 얻으려고 애를 쓰기도 한다. '무엇이 우리를 행복하게 할까?', '우리는 무엇을 행복으로 알고 살아야 하는 걸까?' 여기에 대한 멋진 답을 얻으려고 책을 꺼내 들고, 주변을 두리번거리기도 한다. 하지만 여기에는 다른 답이 있지 않다고 생각한다. 소중한 것은 많은 공부를 하고 나서 얻을 수 있는 그런 엄청난 결과가 아닌 것 같다.

선생님 말씀처럼 우리에게 습관적으로 주어지는 매일의 평범한 날들을 모두 특별한 날들로 여기는 것, 그리고 매일매일 주어지는 시간이 우리에게 소중한 것임을 아는 것, 그리고 이런 시간의 누림이 곧 행복이라는 사실을 알면 복된 삶일 것이다.

선생님의 말씀은 삶과 행복에 대해 더 이상 길게 말하지 않아도 삶 속에서 진하게 우러나온 진심 어린 말씀이라 여러 면에서 큰 가르침을 주었다. 시간이 지나도 뭉클한 감정이 사라지지 않는다.



계절이 건네는 말

# 3.

# 감나무의 추억

　　내가 사는 아파트 모퉁이에는 어른 키보다 높은 언덕
이 있다. 이 언덕 위에는 누가, 언제, 무슨 이유로 심었는지 모르지만,
감나무 한 그루가 있다. 감나무는 높은 곳에 자리하고 있어서 사람
들의 보살핌이나 관리를 받지 못하고 있다. 비록 좋은 환경은 아니지
만, 사람들의 시선 밖에 자리하고 있어서 오히려 더 자연스럽게 살아
가고 있는 것 같다.

　주차장에서 집으로 들어가려면 언덕과 아파트 사이로 난 좁은 통
로를 이용해야 한다. 하지만 감나무가 이 좁은 길 위에 있어서 평상
시에는 감나무의 존재를 잘 의식하지 못하고 지낸다. 그러다가 봄바
람이 여름을 부르는 5월이 되면 감나무는 비로소 제 이름을 알리기
시작한다. 잎사귀 사이로 하얀 듯 노르스름한 꽃을 피웠다가 사람들
이 다니는 통로로 쏟아낸다. 그러다가 여름이 열기로 세상을 달아오

르게 할 즈음이면 자기 존재감을 더 분명하게 드러낸다. 사람들이 다니는 통로에 아기 주먹만 한 감을 떨어뜨려 놓는다. 어떤 때는 좁은 통로에 수북이 내려놓기도 한다. 그럴 때면 사람들은 감이 발에 밟혀 불편하다며 불평을 늘어놓기도 한다. 그래도 감나무는 변함없이 철을 따라 자기 삶을 묵묵히 살아간다.

감나무가 감을 솎아내느라 떨어뜨릴 때면 내 가슴은 향수로 울렁인다. 아직 이른 감(感)이 있지만 감을 먹을 수 있을 것 같아 괜찮아 보이는 것을 골라 집었다 다시 놓기도 한다. 감잎 사이로 드나드는 여린 빛들이 몰래몰래 감을 더 살찌우면 나는 감을 집으로 가져와 식탁이나 싱크대 위에 올려놓는다. 하지만 하루 이틀이 지나면 금세 거품을 내며 상하고 만다. 그러면 마음과 달리 먹어 보지도 못하고 버리게 된다.

그러다가 9월 중순쯤 되면 제법 큰 감들이 떨어진다. 이번에는 살이 제법 올라 약간 붉은빛까지 띤다. 참 맛있게 보인다. 집에 들어오는 길에 그냥 지나치지 못하고 몇 개를 집어 들었다. 이번에는 꼭 한 번 먹어 보겠다고 생각했다. 바로 먹으려니 아직 푸른색이 여름을 버리지 못하고 있어서 하루 이틀 더 두었다가 먹으면 맛있을 것 같았다. 그래서 씻어 접시에 얹어 두었다. 학교에서 출장이 있어서 며칠 집을 비워야 했다. 이틀이 지나서 집에 돌아왔더니, 감은 꼭지에 거품을 물고 쉰 냄새까지 풍기고 있었다. 어떤 것은 꼭지 자리에 검붉은 곰팡이까지 피어 있었다. 그래서 모두 버리고 말았다. 감에게 미안한 마음이 들었다.

   계절이 건네는 말

다음 날 다시 감나무 밑을 지나게 되었다. 감들이 또 그렇게 많이 떨어져 있었다. 나는 그냥 지나치지 못하고 다시 고운 것을 골라 들었다. '먹지도 못할 것을 뭐 하러?'라는 쑥스러운 마음이 들고, 또 사람들이 '저걸 어디에 쓰려고?' 흉을 볼 것 같은 느낌이 들어 주저하면서도 동작에 속도를 냈다. 먹지 않고 버린 것에 대한 미안함 때문이었는지 모르겠다. 들어와 지난번처럼 잘 씻어 접시에 올려 두었다.

나는 어린 시절을 시골에서 보냈다. 집마다 마당에 감나무 한두 그루 정도는 있었다. 먹거리가 없었던 시절, 감나무는 우리에게 계절마다 좋은 간식거리를 제공해 주었다. 봄이면 감꽃을 선물해 주었는데, 떨어진 감꽃을 주워 볏짚에 꿰어 화환을 만들기도 했다. 이 화환을 가지고 놀다가 재미가 사라지면 사탕 빼 먹듯 감꽃을 하나씩 하나씩 골라 빼 먹곤 했다.

그러다가 여름이 되면 감은 다 자란 탱자만큼 살이 오른다. 그러면 감나무는 감당할 수 없는 감을 정리하느라 솎아내기를 한다. 우리는 떨어진 감을 주워 모아 물에 담가 놓았다. 며칠이 지나면 떫은 맛이 사라져 맛있게 먹을 수 있었다.

여름을 지나 초가을 9월 하순이 되면 감나무는 이른 홍시를 떨어뜨린다. 감나무가 두 번째 솎아내기를 한 것이다. 그러면 우리는 사자가 먹이를 얻으려고 엎드려 눈을 부라리고 있는 것처럼 서로 먼저 주워 먹으려고 용을 썼다. 하지만 떨어지는 홍시를 사람들이 수시로 살피고 있어서 그것조차 쉬운 일이 아니었다.

그런데 우리 집에는 감나무가 없었다. 그래서 지붕 위로 가지를 길게 뻗은 큰 감나무가 있는 집이 그렇게 부러울 수 없었다. 아침이면 일찍 일어나 감나무가 있는 집을 기웃거리기도 하고, 혹시 길에 떨어진 홍시가 있나 살피기도 했다. 그때 눈치를 챈 주인이 떨어진 감을 주워 먹으라고 하면 그렇게 기분이 좋을 수 없었다. 그때 주워 먹은 감은 얼마나 맛있고 달던지, 성인이 된 지금도 그 맛을 잊을 수가 없다. 그래서 감은 언제나 달고, 맛있고, 고마운 존재로 기억하게 되었다.

어린 시절 소원이라고 하면 우리 집에 감나무가 있는 것이었다. 남의 눈치를 보지 않고 감을 주워 실컷 먹을 수 있겠다는 생각에서였

계절이 건네는 말

다. 그런데 아쉽게도 내가 도시로 유학을 나올 때까지 내 소원은 이루어지지 않았다. 그러니 감나무에 대한 그리운 정은 어른이 된 지금에도 오래 묵은 첫사랑처럼 내 가슴에 똬리를 틀고 있다.

먹을 것이 귀했던 어린 시절의 향수는 먹거리로 넘쳐나는 지금도 감을 골라 집으로 가져와 접시에 놓고 흐뭇한 표정을 짓게 만든다. 이번에는 마음먹은 대로 꼭 한번 먹어 보려고 했다. 허기를 채우고 싶어서가 아니라 어렸을 적 감나무가 없던 시절의 아쉬움을 달래고, 즐겨 먹었던 향수를 다시 한번 살려내 보고 싶어서였다.


접시에 놓인 감꼭지 부분을 잡아 조심스럽게 반으로 갈랐다. 노르스름하게 드러나는 속살이 마치 여인네 속살을 보는 것처럼 신비로움과 흥분과 고운 추억으로 여물어 있었다. 군침이 돌았다. 그 옛날 친구 집에서 놀다가 갓 떨어진 홍시를 주워 허겁지겁 입에 밀어 넣었던 기억이 떠올랐다. 추억에 버무려진 감 속살이 하도 맛있게 보여 곁에 있던 아이들에게 먹어 보라고 권했다. 아이들이 "떨어진 것을 주워 왔는데 그것을 어떻게 먹어요?" 했다. 맛있는 것을 권하는 아빠를 마치 거지 취급하는 눈치였다. 어렸을 적에 이것을 그렇게 먹고 싶어서 사람들 눈치를 봐 가며, 핀잔 들을 각오까지 하면서 조심스럽게 먹었던 그 추억을 아이들은 초라하게 뭉개고 있었다. 이제 어린 시절로부터 상당한 시간이 지났지만 내 감정에는 아직도 어릴 적 느낌이 그대로 살아 있었다. 내 감정에 흥분을 일으키는 감을 아이들은 쓰레기처럼 여긴다. 불현듯 서운한 감정이 일었다. '그래, 너희는 이 깊은 맛을 모를 거야' 하면서 나만 맛을 보았다. 맛이 들기 시작한 부드러운 감 속살이 입안에 들어와 레코드가 뿜어내는 음악처럼 황홀한 추억을 연주해 주었다. 지나온 오랜 세월이 감에 대한 추억을 잃어버리게 만들었을 법도 했지만, 감은 여전히 내가 어릴 적에 경험했던 그 맛을 묘하게 간직하고 있었다.

가게에서 파는 감은 농장에서 잘 관리되어 모양도 좋고 탐스럽게 생겼다. 하지만 내가 주워 온 감은 별로 좋지 않은 수준 이하의 모습이다. 하지만 농장에서 생산해 낸 감보다 더 많은 이야기와 추억을 만들어 주었다.

그래서 그런 걸까? 나는 감나무 아래를 지날 때면 습관적으로 주변을 두리번거리게 되었다. 감이 떨어지는 날이면 먹지 못할지언정, 아니 상해서 버릴지라도 그냥 지나치지 못할 것 같다. 나는 감을 주운 것이 아니라 내 마음의 추억과 향수를 줍고 싶기 때문이다. 그래서 감은 내 삶의 힘의 근간이 된다.

얼마 전, 내가 감나무 아래 통로를 지나고 있을 때 일이다. 관리실에서 일하는 분들로 보이는 사람들이 감나무 아래서 대화를 나누고 있었다. 떨어진 홍시가 발에 밟혀 불편을 준다는 민원이 많아 시간이 나면 감나무를 벨 것이라고 했다. 벌써 내 고운 추억까지 베어질까 봐 마음이 허전해진다.

- 2017년 9월 9일

 계절이 건네는 말

# 4.

# 어떤 운동이 좋을까?

어려서부터 "체력이 국력이다"라는 말을 자주 들으며 성장했다. 학생 때 이런 말을 들으면 '체력이 뭐가 그리 중요하다고'라는 삐딱한 생각을 가졌다. 선생님이 기초체력을 위해 운동장을 달리게 하고, 근육을 길러야 한다며 근력운동을 시켰을 때도 그저 공을 차거나 마음대로 놀고 싶어서 '체력이 무슨 국력, 웃긴 소리 다 하네'라는 생각을 하곤 했다.

하지만 이런 생각은 얼마 가지 않아 입구를 잘못 들어 급히 돌아야 하는 자동차처럼 당장 수정해야만 했다. 나는 입시가 치열하게 전개되는 인문계 고등학교에서 교사로 있었다. 그러다 보니 아침 7시부터 야간자율학습을 마칠 무렵인 저녁 11시까지 주로 학교에 있어야 했다. 이런 일을 여러 해 하다 보니, 겨우 삼십 대 중반부터 체력이 바닥나고 말았다. 에너지가 달리다 보니, 일을 하는 데 자신감이 점점 줄어들었다.

40대 중반에는 한 시간 반 남짓 떨어진 곳에 있는 야간대학에 다니게 되었다. 영어와 헬라어, 히브리어를 공부하고, 밤늦도록 책을 보고, 보고서를 쓰는 일에 매달려야 했다. 얼마를 못 가고 허리가 무너져 몸을 가눌 수 없게 되었다. 그래서 많은 돈을 들여 가며 병원 신세를 져야 했다.

해가 갈수록 밤늦도록 일하는 것이 점점 부담으로 다가왔다. 젊은 시절에는 친구들과 어울려 늦게까지 놀기도 하고, 상가(喪家)에 가면 제법 늦은 시간까지 상가를 지키다 돌아오기도 했다. 그래도 다음 날이면 그렇게 피곤한 줄 몰랐다. 그런데 사십 대 중반을 넘으면서 자정을 넘겨 책을 보거나 일하는 것은 상당한 부담을 주었다. 그러니 나이가 많지 않음에도 불구하고 '체력이 국력이다'라는 말을 매일매일 실감하게 되었다. 어느 순간부터는 무슨 프로젝트를 하려고 하면 아이디어나 능력을 염려하는 것보다는 '내 몸이 이런 일을 감당할 수 있을까?'를 먼저 생각하게 되었다.

체력은 일에만 영향을 미치는 것이 아니었다. 가정불화의 원인이 되기도 했다. 필자는 간혹 아내와 마찰을 빚는 경우가 있는데, 그것은 매우 사소한 일에서 시작된 경우가 많았다. 체력이 부족하다 보니, 잠시라도 여유가 주어지면 집에서 그냥 쉬려고 한다. 일이 있어도 쉬고 싶은 마음에 미뤄두기도 하는데, 일이 싫어서라기보다는 체력이 달려서 그런다. 그러면 아내는 무기력하게 지낸다며 불평을 늘어놓는다. 그러면 나는 또 내 형편을 헤아리지 못하고 그런 말을 한다고 아

　　　　계절이 건네는 말

내를 좋지 않게 여긴다. 그러면서 불화가 만들어지기도 했다. 그러니 '내가 더 건강한 체력을 가진 사람이라면 아내의 성화가 있기 전에 미리미리 처리할 수 있을 텐데……'라는 생각을 하곤 했다. 그러면서 미국 세인트루이스 약학대학의 사회학 명예교수인 패트릭 폰타네의 "운동은 우리의 행복을 상당히 책임지고 있다"라는 말에 전적으로 공감하게 되었다.

체력은 이것만이 아니다. 하버드대 임상정신과 교수인 존 레이티(John J. Ratey)는 "정신과 의사들이 말하는 꿈의 치료 방법, 그러니까 우울, 불안, 염려 등을 없애는 방법은 바로 운동이다"라고 했다. 또 제니퍼 헤이스는 『운동의 뇌과학』에서 "인생 문제 대부분은 운동으로 해결된다"라고 했다.

많은 의학자나 사회학자들은 체력이 건강한 삶과 행복한 삶에 많은 영향을 미친다고 말한다. 운동을 자주 하는 사람들은 삶의 만족도가 높고, 행복감 역시 더 많이 느낀다고 한다. 간혹 사람들이 짜증을 내고 불평하는 것을 볼 수 있는데, 상당한 경우 체력이 부족하거나 정신적으로 여유가 없어서 그런 경우가 많다. 따라서 우리는 반드시 운동을 해야 한다. 산책을 비롯하여 조금 강도 있는 운동을 주기적으로 할 것을 권하고 싶다. 체력이 좋아야 인생의 문제도, 행복도, 정신적인 건강도 유지할 수 있기 때문이다.

요즘에는 축구나 배구, 테니스와 같은 전통적인 운동만이 아니라 볼링이나 스키, 골프, 풋살, 요가 같은 운동들도 유행하고 있다. 이제는 우리 생활 여건이 좋아져 승마나 요트 같은 고급 레포츠를 즐기

는 사람들도 많다. 이런 운동들로 삶을 가꿔 나가면 좋겠다는 생각
이다.

볼링의 경우, 한때는 동호회 수가 하도 많아 레인을 얻는 것도 쉽
지 않았다. 그 시절에는 학교에서도 선생님들끼리 볼링 동호회를 조
직해 오랫동안 주기적으로 시합을 즐기곤 했다. 볼링의 인기가 시들
해질 무렵 사람들은 골프로 눈을 돌리기 시작했다. 골프 비용이 만
만치 않고, 연습장이나 경기장 또한 많지 않아 사람들의 접근이 쉽지
않았다. 그런데 필자는 운이 좋아서 지인의 도움으로 이른 시기에 골
프를 시작할 수 있었다. 처음에는 비용이 만만찮아 아내 몰래 숨어
서 했다. 그러다가 아내에게 들켜서 주제도 모르고 그런 운동을 한다
며 강한 반대에 부딪히기도 했다. 그래도 아내 몰래 조금씩 연습하고
즐겼는데, 그 재미가 쏠쏠했다.

골프를 즐기는 사람들은 과격하지 않고, 점잖은 운동일 뿐만 아니
라 여러 사람과 교제하기에 좋은 운동이라며 돈을 들이더라도 배우
려고 애를 썼다. 더구나 필자가 골프를 시작할 즈음에는 대중화가 되
지 않아 골프 백을 메고 다닐 때면 약간 우쭐대는 마음이 일기도 했
다. 누군가 클럽을 들고 다니는 모습을 봐주고 알아주기를 바라기도
했다.

그러다가 운동이 제법 몸에 붙기 시작했을 때 골프를 줄이기 시작
했다. 경제적인 이유도 한몫을 했지만 가장 큰 이유는 운동이 되지
않는다는 점이었다. 골프나 볼링은 열심히 해도 땀이 잘 나지 않았
다. 운동이라고 하면 땀을 흘려야 마치고 나서 샤워를 하고 나면 상

　　　　　　　　　　　　　　　계절이 건네는 말

쾌한 기분이 든다. 그런데 골프나 볼링은 그런 쾌감을 주지 않았다. 나이가 많은 사람에게는 좋은 운동이 될지 모르지만, 필자의 경우에는 아직 젊어서 그런지 만족감을 주지 못했다. 어떤 경우에는 두 시간 넘게 골프 연습을 하고 온종일 게임을 해도 땀은 고사하고 경기가 내 원대로 풀리지 않아 기분만 상한 경우도 많았다.

그리고 운동을 하고 나면 이기든 지든 마음이 정리되고, 노폐물이 잘 처리될 수 있어야 한다. 그런데 골프는 마치고 나도 무엇인가 불편한 감정이 남아 있었다. 타수가 줄어드는 즐거움은 있었으나, 시합 후에 개운한 맛을 주지 못했다. 더구나 내기 시합을 할 때는 마음이 종종 뒤틀리기도 했다. 운동할 때에는 서로 격려하고 잘하기를 응원해야 하는데 이 운동은 그러지 못했다. 친구가 샷을 하면 겉으로는 잘했다며 "굿샷"이라고 외치면서도 속으로는 은근히 '나보다 못했으면' 하는 못된 마음이 일었다. 여기에 돈이 걸려 있는 경우, 그런 생각은 더 늘어났다. 축구나 배구 같은 경기를 할 때는 옆에 있는 동료가 잘하면 덩달아 기분이 좋았다. 그래서 서로 격려하고 진실하게 응원하면서 경기하게 된다. 그런데 골프나 볼링을 할 때면 마음에 못된 심보가 득실거렸다. 이런 생각은 운동을 마치고 나서도 여린 내 마음을 복잡하게 만들었다. 그래서 '이런 운동은 좋은 운동은 아니구나'라는 생각을 하면서 점점 멀리하게 되었다. 40대 후반부터 50대 초반까지는 축구나 풋살을 즐겼다. 계속하려 했는데, 이는 아무리 조심하더라도 몸을 부딪쳐야 했다. 격렬함은 몸을 다치게 하고, 허리를 상하게 했다. 그래서 몇 번의 허리 시술을 하면서 이런 운동을 할 수 없게 되었다.

그러다가 체력 관리를 위해 운동을 고민하게 되었다. 부담 없이 꾸준히 할 수 있는 운동이라면 좋겠다고 생각했다. '어떤 운동을 할까?' 탁구나 배드민턴, 테니스 같은 운동을 생각해 봤는데, 이런 운동은 반드시 파트너가 있어야 한다. 그뿐만 아니라 시간도 파트너와 맞춰야 한다. 이런 불편을 만들고 싶지 않았다. 이런저런 조건을 들자니 내게 맞는 운동을 고르는 것이 쉽지 않았다. 마치 어려운 시험 문제의 답을 고르는 수험생처럼 많은 시간을 허비해야 했다.

40대 후반쯤 되었을 때 일이다. 인생의 선배들이 운동하려면 헬스가 좋다며 자주 권했다. 하지만 움직임이 없는 운동은 재미가 없다면서 축구나 풋살을 즐기며 외면했다. 그러다가 어느덧 지천명이 되어서야 아내가 기억에서 제외해 두었던 헬스를 꺼내 함께 해 보자며 권했다. '원님 덕에 나팔 분다'라는 말처럼 더 이상 미뤄서는 안 될 것 같았다. 당장 아내와 함께 헬스장을 찾아 장기권으로 등록했다.

헬스클럽에서 운동해 보니, 예전에 알지 못했던 좋은 점들이 많았다. 우선 시간의 제약이 없었다. 내가 다니는 클럽은 24시간 운영하고 있는데 아무 때나 가서 하면 되었다. 그리고 날씨에도 영향을 받지 않았다. 비가 오거나 눈이 와도, 바람이 불어도 상관없었다. 운동의 양에서도 내가 원하는 만큼 하면 되었다. 파트너를 찾을 필요도 없고, 다른 사람의 관심이나 눈치를 볼 필요도 없다. 골프처럼 함께 시합하는 사람이 실수하기를 바라는 못된 마음도 일으키지 않았다.



계절이 건네는 말

운동이 어설퍼도 주변을 탓하거나 동료를 원망할 필요도 없다.

헬스장에는 몸이 좋은 사람들이 많은데, 이런 사람을 보면 질투가 생기기보다는 오히려 닮고 싶다는 생각이 들었다. 그리고 적절히 땀을 흘릴 수 있고, 마친 다음 샤워를 하고 나면 기분이 더없이 좋아진다. 헬스를 할 때, 혹 경쟁을 할 수도 있는데, 이는 타인이 아닌 바로 나 자신과 하는 것이라 긍정적이다. 오래 해도 마음에 다른 부작용을 만들어 내지 않아서 좋았다.

운동하면서 생각해 보니, 운동을 너무 늦게 시작했다는 느낌이 들었다. 수개월이 지나고 나니, 내 몸에 제법 근육이 붙기 시작했다. 운동을 시작하기 전에는 작은 물건이라도 들려면 손과 다리가 흔들려 초라함을 주었는데, 이제는 물건을 드는 것도 자랑이 되었다.

운동하려면 보통 시간이 없고, 삶에 여유가 없어서 하기 어렵다고 한다. 그러나 나이가 들어가면서 아픔을 줄이고 만족을 높이려면 운동만 한 것이 없다고 하겠다. 그중에서도 헬스만 한 것이 없다고 생각한다. 요즘 헬스장에 가면 젊은이들부터 어르신들까지 매우 다양한 연령층이 헬스를 즐기고 있다. 특별히 젊은이들이 많은 것을 볼 수 있는데 매우 긍정적이라고 할 수 있다. 젊어서부터 체력을 관리하고 넘치는 에너지를 운동으로 풀어내려는 현상은 개인적으로나 사회적으로 유익한 일이다. 건강한 육체에 건강한 정신이 깃든다는 말처럼 건강과 행복을 바란다면 삶의 우선순위를 운동에 두는 것이 좋을 것이다.

그래서 내 경험을 공유하면서 누구나 젊어서부터 꾸준한 운동을 통해 건강한 육체와 건강한 정신을 가지는 것이 좋겠다고 생각한다. 그러면 우리가 그렇게 바라는 행복의 열매는 아침 이슬처럼 영롱하게 대롱대롱 맺힐 것이다.

# 5.

## 모정(母情)

      어렸을 적 제일 신나는 일 가운데 하나는 외갓집에 가는 것이었다. 외가에 가면 우리 집과 다른 낯선 환경이기도 하거니와 집터가 넓어 복숭아, 자두, 앵두 같은 나무들이 둘러 있어 계절마다 열매를 먹을 수 있었다. 그리고 주변에서 쉽게 볼 수 없는 견공(犬公), 세퍼드도 볼 수 있었다. 그때 시골에는 어디를 가나 개들이, 쉽게 말하면 똥개들이 지천으로 널려 있었다. 하지만 세퍼드는 매우 귀한 종이었다. 외삼촌은 어디서 구해 왔는지 모르지만 송아지만 한 세퍼드를 데려다가 잘 훈련시켜 놔서 허들을 넘기도 하고, 기어가기도 하고, 구르기도 하고, 물건을 입으로 물어 나르기도 했다. 세퍼드 덩치는 일반 개보다 훨씬 더 컸는데 순하기로는 똥개보다 얌전했다. 외가에 가서 세퍼드를 보고 오면 동네 친구들에게 한동안 자랑할 수 있었다.

게다가 외가에 가면 외할머니를 비롯한 외삼촌, 이모들이 오직 내게만 관심을 두었다. 과일도, 맛있는 반찬도, 내가 좋아하는 것으로 가져다주고, 노래나 웅변 같은 작은 재주라도 부리면 세상에 있는 칭찬이라고는 모두 다 동원해 늘어놔, 내 기분에 날개를 달아 주었다. 외가에 머무르는 하루나 이틀 동안 내 몸은 온통 사랑으로 범벅이 되었다. 외가에서는 잘한 것도, 잘못한 것도 모두 칭찬이 되었다. 그러다가 집에 돌아오면 이야깃거리가 상당했다.

때문에 외가는 내게 매우 매력적인 곳이었다. 그러니 외가에 가는 일은 요즘 아이들이 좋아하는 놀이동산에 가는 것처럼 기쁘고 즐거웠다. 엄마가 외가에 가자고 하면, 산책하러 가자며 목줄을 들고나오면 깡충깡충 뛰는 강아지처럼 흥분되었다. 그러다가 어느 날부터는 외가에 가는 것이 싫어졌다.

초등학교 2학년 여름으로 기억한다. 나는 외할머니, 이모, 외삼촌들 앞에서 온갖 재롱을 다 떨었다. 노래하고, 웅변도 하고, 구구단도 외웠다. 그러자 칭찬이 폭포수처럼 쏟아졌다. 몹시 흥분되었다. 이보다 더 즐거울 수 없었다. 어느 정도 재주를 부리고 나니 더 이상 재료가 없었다. 식구들의 관심이 내게서 멀어진 것 같았다. 그래서 마당으로 내려가 돌멩이를 주워 멀리 던질 수 있다며 몇 개를 던졌다. 그랬더니, 힘이 세고 잘 던진다고 칭찬해 주었다. 거기서 멈춰야 했는데 나는 더 많은 칭찬을 듣고 싶었다. 자두만 한 돌멩이를 들고 와 이것도 멀리 던질 수 있다며 자신만만하게 큰소리쳤다.

폼을 내서 던진다고 한 것이 장독대에 옹기종기 모여 있는 항아리가운데 하필이면 장이 든 제일 큰 독을 맞추고 말았다. 찡, 틱 하는 소리에 장독대로 가 보니, 항아리에 금이 가 있었다. 멀쩡한 것 같던 항아리에서 조금 있다가 장이 새 나오기 시작했다. 처음에는 조금씩 흘러나오더니, 금세 줄줄 새기 시작했다. 외갓집이 난리가 났다. 마루에 앉았던 식구들이 모두 우르르 장독으로 몰려갔다. 국자를 가지고, 바가지를 들고, 밥그릇까지 챙겨서 쏟아지는 장을 막고 퍼내기 시작했다. 다들 정신이 없었다.

그러자 외할머니는 주변에 있는 노끈이며 회초리 같은 것을 들더니, 나를 때리는 시늉을 하면서 "허허, 이 녀석이 내년까지, 일 년 내내 먹어야 하는데 다 버리게 생겼네"라고 하면서 야단을 쳤다. 이 모습을 본 우리 엄마는 "야, 넌 부엌에 가 있어" 했다. 당시 부엌은 요즘처럼 실내에 있는 것이 아니라 방 곁에 딸려 바깥에 별도로 있었다. 내가 미안하고 죄송해서 머뭇거리자 엄마는 "어서, 빨리 가 있어" 했다. 그래서 나는 외할머니 야단을 피해 부엌에 가서 사태가 수습될 때까지 눈물을 찔끔찔끔 흘리고 있었다. 독에 남은 장(醬)을 새로운 독에 모두 옮기고 나서 엄마가 부엌으로 왔다. "할머니한테 소리 들을까 봐, 일부러 부엌에 가 있으라 했어. 다 정리됐어. 괜찮아, 장이 모자라면 또 담그면 돼. 할머니가 꾸중하시면 네가 잘못한 거니까 '죄송합니다' 그러면 돼, 그렇다고 기죽으면 안 돼"라고 하면서 나를 위로해 주셨다.

외할머니는 장이 엄청 아까웠던지 사태가 다 수습되고 나서도 "저 녀석이 어디서 돌 던지는 것을 배워서, 남 살림 다 망쳐 났그만" 하고 푸념하셨다. 엄마에게는 "인자 종필이 어미가 가서 장 얻어 와라"라고 하셨다. 나는 엄마한테도 엄청 미안한 마음이 들었다. 이 일로 나는 외할머니가 너무 무섭게 느껴졌다. 엄마가 위로해 주지 않았으면 나는 완전히 주눅이 들어 헤어나지 못했을 것이다. 이 사건 후로 나는 외가에 가자고 하면 가지 않겠다고 했다. 마음에 입은 상처가 너무 컸기 때문이다.

중학교 1학년 때였던 것 같다. 학교에서는 학급 번호를 매길 때,

　　　　　　　　　　　계절이 건네는 말

키 크기대로 줄을 세운 다음, 작은 사람부터 번호를 부여했다. 나는 키가 작아 늘 1번이나 2번을 받았다. 그래서 나는 다른 이유에서라면 몰라도 키가 작아서 앞 번호 받은 것을 늘 못마땅하게 여겼다. 하지만 그런 불만을 어떻게든 풀어낼 수도 없었다.

당시에는 모두가 어려운 형편이라 몸을 위한 약을 먹는 사람들이 거의 없었다. 그런데 언젠가 친구네 집에 갔더니, 책상에 성장을 돕는 약이라며 '원기소'라는 알약을 두고 먹고 있었다. 또 어떤 친구는 보약이라며 한약을 먹기도 했다. 나는 평생 그런 약이 있는 줄도 몰랐다. 그래서 속으로 '보약을 먹지 못해 나는 이렇게 키가 작은가 봐'라고 생각했다.

키가 작다는 불만을 집에 와서 만만한 엄마한테 하소연했다. 그것도 매우 짜증이 난 표정을 지으며 "다른 집 애들은 보약도 먹고 해서 키가 큰데 나는 맨날 풀떼기만 먹어서 이게 뭐야?" 했다. 엄마는 들은 체 만 체하시더니, "우리 식구가 열이라 먹고 살기도 힘든데 어떻게 보약을 먹겠니? 아빠도 허리가 안 좋은데 약을 못 드시고 있구나"라고 하셨다. 내가 지켜봐서 아는데, 정말 우리 집에서는 보약 먹은 사람이 아무도 없었다. 그래서 나는 이런 사실에 수긍할 수밖에 없어 불만이긴 했지만 아무 소리도 할 수 없었다.

잠시 잊고 있었는데 엄마가 읍내 시장에 다녀오시더니, 보약이라는 것을 지어 오셨다. 그리고 온갖 정성을 들여 달여 주셨다. 온 가족의 관심과 질투를 받아 가며 나는 처음으로 보약이라는 것을 먹을 수 있었다. 이는 보약이 아니라 엄마의 한(恨)과 정성이 담긴 진한 사랑이었다. 약을 다 먹고 나면 키가 많이 커지고, 어깨에 짱짱하게 힘이 들어갈 줄로 알았다. 그런데 내 키는 먹기 전과 후, 별 차이가 없었다. 하지만 나는 여러 형제의 시선을 감내하며 보약을 마련해 준 엄마의 진한 사랑과 아픔을 가슴으로 맛볼 수 있었다.

대학 다닐 때 일이다. 군 입대를 위해 휴학하고 집에서 여유로운 시간을 보내고 있었다. 그즈음에 동네 선배가 타고 다니던 오토바이를 우리 집에 잠시 맡겨둔 적이 있었다. 오토바이가 귀한 시대였으니까 오토바이를 탈 수 있다는 것만 해도 꿈 같은 일이었다. 오토바이를 타고 시도 때도 없이 돌아다녔다. 그러다가 5~6미터쯤 되는 낭떠러지로 굴러 처박히는 사고가 있었다. 나는 의식을 잃고 쓰러져 다른 사람의 도움을 받아야 했다.

읍내 병원에 갔더니, 해결할 수 없다면서 링거를 꽂아 응급조치만 하고 광주에 있는 큰 병원으로 가라 했다. 당시 고흥에서 광주까지는 두 시간 삼십 분이 넘게 걸렸다. 택시로 이동했는데, 나중에 들은 이야기지만 엄마는 두 시간이 넘는 동안 그 무거운 링거병을 무거운 줄도 모르고 손으로 들고 있었다고 한다. 그래서 나중에 어깨랑 팔이 아파 많이 고생했다고 들었다.

병원에 도착해서 검사받고 저녁 일곱 시경, 응급 수술에 들어가 아홉 시간이 넘는 수술을 했다고 한다. 수술이 진행되는 동안 우리 엄마는 수술실 밖에서 울면서 아들을 살려달라고 기도했다고 한다. 엄마의 정성이 하늘에 닿았던지, 나는 긴 수술을 마치고 중환자실로

　　　　　　　　　　　　　　　　　　계절이 건네는 말

돌아와 다음 날 의식을 회복할 수 있었다. 여러 장기가 대부분 파열되어 수술 시간이 오래 걸렸다고 한다. 병원에 조금만 늦게 도착했더라면 생명이 위독했을 것이라고 했다. 그렇게 엄마의 사랑이 담긴 기도와 간호를 받고 나는 한 달이 다 되어서야 중환자실에서 일반 병실로 옮길 수 있었다. 침대에 누워 있을 때, 침대를 잡고 울고 있는 엄마 모습을 여러 번 봤다.

내가 지금까지 이렇게 건재할 수 있는 건, 모두 엄마의 사랑 덕분이다. 여기에 나열하기 어려운 일들까지 든다면 몇 권의 책으로도 모자랄 일이다. 세상에 자녀들은 이런 부모의 사랑 덕분에 존재할 수 있는 것이리라. 그중에서도 내가 느끼는 우리 엄마의 사랑은 누구에게도 지지 않는, 뜨거운 불과 같은 사랑 덩어리였다. 내가 실수하거나 부족한 면이 있어 미안한 표정을 지으면 엄마는 "걱정하지 말아라. 옛말에 들판 곡식은 남의 곡식이 좋아 보이고, 자식은 내 자식이 제일이란다. 엄마는 언제나 네 편이다"라고 하셨다. 엄마는 내가 잘하든 못하든 언제나 내 편이었다. 나뿐만 아니라 우리 여덟 자녀 모두에게 그러셨다. 엄마는 어려운 환경 속에서 어떻게 여덟 명의 자녀들을 다 가르치고 성장시켰을까? 지금은 하나, 둘도 감당하기 어려워 출산을 꺼리는데.


요즘 우리 엄마는 신장이 좋지 않아 다리가 퉁퉁 부어 어렵게 지낸다. 처음에는 다리만 붓는가 싶더니, 온몸이 붓기도 한다. 조금 있으면 신장 투석을 해야 한다고 한다. 부어 있는 모습을 보고 있자니, 마음이 아프다. 고혈압이 있어 심장도 부어 있다 하고, 당뇨로 눈도 좋지 못하고, 귀도 상당히 멀었다. 모두 자녀들 사랑하는 데 온몸을 쏟아부은 탓에 몸이 마르고 퉁퉁 붓고, 상처투성이가 된 모양이다. 그렇게 많은 사랑을 평생 끝없이 솟아나는 샘물처럼 공급해 주시더니, 그것이 어머니 몸을 이렇게 상하게 했나 보다. 필자는 누구보다 많은 사랑을 받고 자랐기에, 더욱더 큰 것으로 보답하고 싶은데, 어떻게 드릴 만한 것이 없어 가슴이 아플 뿐이다.

공자(孔子)는 부모가 죽으면 삼 년 상을 치러야 한다고 했다. 내가 태어나 스스로 걸을 수 없어 부모에게 삼 년 동안 양육을 받았기 때문에 그런 빚을 갚기 위해 그 기간만큼 상을 치러야 한다는 것이다. 그래서 우리나라 사람들은 부모 묘 곁에 움막을 짓고 삼 년 시묘살이했다.

논리적으로 보면 그럴싸하게 들리지만 죽은 다음에 무슨 소용이 있으랴? 이 말은 부모가 살아 계실 때 효도를 다하고, 혹 불효한 사람이 있으면 죽은 다음에라도 보답하라는 의미일 것이다. 그나마 어머니가 돌아가실 때, 좀 덜 부끄러워지려면 어머니 몸이 불편해지기 전에 더 많은 것을 해 드리는 것이 상책일 것이다. 하지만 이제는 어찌해 볼 도리가 없다. 효도도 때가 있는 모양이다. 신장 투석을 하기 전이라 먹는 것이나 운동도 세심하게 관리하고 조심해야 한다. 그저 미안하고 죄송할 따름이다. 효도는 온 힘을 다해, 최선을 다하더라도 늘 부족한 덕목이다. 엄마가 살아 계실 때 더 잘 보살피고, 문안드리고, 사랑을 갚는 일을 해야 하겠다고 다짐해 본다. 엄마를 생각할 때만 마음이 울컥해지고, 돌아서면 다시 맹숭맹숭이다. 그래서 더 안타까운 마음일 뿐이다.

# 6.

# 마음에 이런 것 하나 있으면

지금 우리는 매우 편리한 세상에 살고 있다. 먹을 것과 입을 것, 생활 여건이 예전에 비하면 상당히 좋아졌다. 아직 어려운 부분이 없는 것은 아니지만 보리밥을 먹어도 요즘에는 건강을 위해 먹지, 먹을 것이 없어서 먹는 시절은 아니다.

어딜 가나 TV나 자동차가 있고, 손에는 컴퓨터가 한 대씩 들려 있다. 예전에는 남쪽에서 서울에 가려면 10시간 이상 열차를 타야 했다. 그런데 요즘은 2시간 반이면 충분하다. 자동차나 길도 얼마나 좋아졌는지 모른다. 자동차는 너무 잘 달려, 속도를 제한하기에 바쁘다.

우리가 이렇게 편리한 도구를 이용하고, 편안한 생활을 하게 된 것은 모두 우리 안에 존재하고 있는 욕구의 발현 때문이다. 욕구, 욕망, 소망, 희망, 꿈과 같은 것들의 힘이라고 생각한다. 이것들이 우리 삶에 있는 불편을 덜어내고, 아픔을 해소하고, 어려움을 풀어낼 수 있도록 앞에서 주도했다.

그래서 예로부터 어른들은 '꿈을 가지라'라고 했던 것 같다. 어떤 분들은 미국인 윌리엄 클라크가 1877년 4월 16일, 삿포로농학교(지금의 홋카이도 대학)에서 교감을 지내다가 학생들과 헤어지면서 남긴 'Boys, be ambitious(소년이여, 큰 뜻을 품어라)!'라는 말을 인용하면서 꿈을 가져달라고 당부하기도 했다. 또 학교에서는 종종 성공한 사람들의 성공담을 듣는 특별 강연 시간을 마련해 주기도 했는데, 강연 주제의 대부분은 '꿈'이었다.

하지만 필자는 어른들의 그런 바람과는 달리, 그 가치를 몰랐다. 꿈이란 공부를 잘하는 사람이나, 아니면 크게 성공할 사람들이나 갖는 그런 어떤 특별한 것쯤으로 생각했다. 그래서 누가 꿈을 말하면 '선생님이니까', 혹은 '자신이 성공했으니까 그런 말을 하겠지'라는 생각을 하면서 닭 쫓던 개 지붕 쳐다보듯 했다. 그러다 보니 '꿈을 꾼다는 것'의 의미를 모르고, 그것을 삶에 적용할 줄도 몰랐다. 그러니 그 말이 내게 어떤 생명력을 심어 주지 못하고 쓰레기처럼 버려지고 말았다.

어른이 돼서 생각해 보니, 그때는 참 철이 없어서 그랬다는 생각이 든다. 이런 말들이 지닌 생명력과 가치를 잘 몰라서 그랬다. 학생 때 가질 수 있는 꿈이라고는 오직 공부를 잘하는 것이었다. 그래서 학급이나 학교에서 1등 하고 싶다는 꿈을 갖기도 했다. 그런데 학교에는 언제나 나보다 공부를 잘하는 친구들이 많았다. 그러니 그런 꿈을 이루는 것은 불가능에 가까웠다. 그래서 꿈이라고 하면 언제나 내가 실현 불가능한 그 어떤 것쯤으로 생각했던 것 같다.

또 다른 이유라고 하면, 꿈을 나한테서 멀리 떨어져 있는 어떤 막연한 것으로 인식했던 것 같다. 사람들이 꿈의 위력을 말할 때, 예로 든 사례나 인물들은 모두 세계적으로 명성이 있는 미국의 오바마와 같은 대통령들을 언급하거나, 아니면 간디나 슈바이처와 같이 성현에 가까운 사람들이었다.

그렇지 않으면 텔레비전에서 자주 나오는, 유명한 탤런트나 운동선수들이었다. 그런 사람들은 물리적으로나 심리적으로 모두 내게서 멀리 떨어져 있는 사람들이었다. 게다가 그들이 이룬 업적을 보면 너무 크고 위대해서 '저렇게 큰일은 특별한 능력을 갖춘 사람들이라야 할 수 있겠구나'라는 생각을 하게 만들었다. 그래서 꿈이라고 하면 평범한 사람들은 범접할 수 없는 어떤 특별한 영역, 혹은 나와는 좀 거리가 있는 다른 별종의 사람들이 갖고 있는 어떤 귀한 것쯤으로 여겼던 것 같다. 그리고 꿈을 말하는 사람들조차 자기 꿈과 그 실현에 대해 이야기하지 않고 '남이 ……했더라'라는 이야기를 들려주었다. 그러니 꿈은 언제나 내게서 상당히 멀리 있는 존재였다.

필자가 성장해 사회에 나와서 현재 나의 모습을 보니, 이는 내가 과거에 생각하고, 꿈꾸었던 모습임을 발견했다. 그러니까 지금 내가 하는 일 역시, 내가 과거에, 혹은 몇 년 전에 그렇게 바라고 원했던 일이라는 사실이다. 지금의 내 삶도 과거에 내가 가졌던 꿈의 결과이자 집약체라는 것을 알게 되었다. 비교적 늦은 시기에 비로소 꿈의 의미와 가치, 꿈의 위력과 매력을 구체적으로 느끼게 되었다. 꿈은 우리가 생각했던 것 이상으로 놀랍고도 신비한 능력을 지닌 것임을 알게 되었다. 꿈은 내 지능이나 능력에 상관없이 도저히 예상할 수 없는 기적과 같은 결과들을 가져다주었기 때문이다.

사람을 정의할 때, 흔히 환경의 노예라고 한다. 그만큼 우리는 환경의 지배를 많이 받는다는 말일 것이다. 다르게 이야기하면 문화, 규범, 윤리, 도덕, 지역 등의 영향에서 벗어나기 어렵다는 말일 것이다. 때문에 그냥 그럭저럭 살다 보면 자기를 둘러싸고 있는 문화나 규범, 그 너머에 있는 좋은 가치를 보지 못하거나 넘어서지 못하고 만다. 하지만 꿈은 이런 환경을 긍정적으로 뛰어넘어 새로운 것을 보고 실현할 수 있도록 부채질해 준다. 이런 면에서 꿈은 선택이 아니라, 누구나 가져야 할 필수품이라고 생각한다.

꿈이 있으면 삶의 방향이 분명해진다. 또한 앞으로 나아가게 하는 에너지가 돼 준다. 꿈이 위대한 것은 그 시선이 언제나 미래에 가 있어서 미래를 당겨 먼저 경험하고 살아가게 도와주기 때문이다.

그리고, 꿈은 우리가 이동할 때 이용하는 교통수단과 같은 것이 되어준다. 우리가 서울에 가려고 하면 서울행 고속버스나 KTX를 타게 된다. 거기에 타서 놀든, 자든, 멍하게 있든 특별한 일을 하지 않더라도 KTX는 우리를 서울이라는 목적지에 데려다준다. 마찬가지로 꿈은 우리에게 그런 역할을 해 준다.

따라서 꿈이 있는 사람들은 삶을 우왕좌왕하거나 곁눈질하지 않는다. 인생을 낭비하지도 않게 된다. 스피노자는 내일 지구가 멸망할

　　　　　　　　　　　　　　　　　　　계절이 건네는 말

지라도 한 그루 사과나무를 심겠다고 했다. 이는 절대 절망적인 순간에도 결코 희망을 잃지 않겠다는 이야기이다. 꿈을 가진 사람만이 누릴 수 있는 특권이라 하겠다.

　필자는 시골에서 태어나 자랐다. 그러다 보니 꿈도 참 소박했다. 어린 마음에 순천과 같은 도시에만 살아도 원이 없겠다는 생각을 했다. 그래서 고등학교에 다니면서 '이런 도시에 살고 싶다'라는 꿈을 가졌다. 그랬더니 나도 모르는 사이에 순천에 터를 잡고 있는 것을 발견하게 되었다. 또 '이런 직업을 갖고 싶다'라는 꿈을 가졌더니 내가 원하는 직업을 갖게 되었다. 또 이런 자동차를 사고, 이런 여행을 하고, 이런 삶을 살겠다고 생각했다. 그뿐만 아니라 이런 공부를 하고, 이런 책을 써서 출판하고 싶다는 생각을 가졌다. 그랬더니 나의 능력이나 재능에 상관없이 그런 일들이 내게서 실제로 실현되고 있는 것을 볼 수 있었다. 나의 능력, 재능, 지능 등을 감안하면 생각할수록 놀라운 일들이다. 게다가 이들은 내가 생각했던 것보다 훨씬 더 빠른 시기에 이뤄지는 것을 경험할 수 있었다.

　그러니 이제는 살면서 꿈이 없는 삶은 생각할 수 없게 되었다. 수시로 꿈을 꾸고 꿈을 점검하게 된다. 대개 꿈이라고 하면 거창한 것으로 여기고, 나와 상관없는 어떤 것으로 여기기 쉬운데, 꿈은 그렇게 크지 않아도 된다. 내년에 적금을 타면 무슨 일을 하겠다, 또 일년에 한 편의 글을 써 보겠다, 계절마다 한 편의 소설을 읽어 보겠다, 우리 아이가 학교에 들어가면 이렇게 하겠다 등 사소한 것들을 꿈으로 삼으면 된다. 이런 꿈들을 가지고 있으면 기대가 되고, 또한 내가 그 방향으로 움직여 가도록 도와준다. 그 움직임의 결과는 꿈의 성취요 만족이 된다. 꿈이 이루어질 것을 생각하면 흥이 절로 나게 된다. 주어지는 시간마다, 하루하루가 설렘이 된다.

　　　　　　　　　　　　　　　　　　　　계절이 건네는 말

다음으로 꿈은 관심이나 힘의 원천이 된다. 꿈을 가지면 그것과 관련된 일들에 관심을 두게 된다. 그 관심은 내 몸이 그곳으로 향하도록 도와준다. 나의 발전을 생각하면 나도 모르는 사이에 그와 관련된 계발서들을 보게 되고, 그런 모임에 참여하게 된다. 또한 그런 교육에 참여하게 된다. 만일 재테크에 관심을 두게 되면 돈이 몰려드는 분야에 시선을 갖게 된다. 관련 책을 보게 되고 관련된 사람을 만나게 된다. 그러면 몸이 강물에 빠지면 물이 나를 실어 옮기는 것처럼 저절로 나를 부의 현장으로 끌고 가게 된다.

꿈을 가지고 있으면 버스나 기차를 타거나, 운전할 때도 혹은 누구와 대화할 때도 꿈을 말하고 성취에 관한 희열을 생각하게 된다. 또 꿈과 관련된 이야기가 나오면 더 집중해서 듣게 되고 살피게 된다. 펜이나 메모장 등을 준비해서 적기도 하고 물어보게 된다. 그러면 내 삶은 나도 모르는 사이에 목적지까지 데려다준다.

그러니 삶은 꿈을 가지고 있느냐, 그렇지 않으냐에 따라 전혀 달라질 수밖에 없다. 남녀노소를 막론하고 꿈이 있는 사람이라면 현재는 비록 가난하더라도 부요한 사람이라 할 수 있다. 꿈이 주는 기대로 가슴이 뛰고, 시간에 따라 그것의 성취로 현재보다 더 나은 곳으로 나갈 수 있기 때문이다.

그래서 하는 말인데, 우리가 살면서 많은 업적을 쌓고, 거대한 부를 형성하지는 못하더라도 마음을 들뜨게 만드는 꿈 하나쯤은 간직하고 살면 좋겠다. 아니, 미래의 그럴듯한 내 모습을 가슴에 품고 살면 좋겠다.

# 7.
# 미래를 사는 사람

우리는 현재를 살아가고 있는 사람들이라 현재와 과거의 사람처럼 느껴진다. 하지만 생각을 조금만 돌려 보면 우리는 현재를 사는 사람들이 아니라 미래를 사는 사람들임을 알 수 있다. 우리는 늘 미래에 이뤄질 꿈을 품고 살고 있기 때문이다. '몇 년 뒤 적금을 타면, 좋은 아파트로 이사하면, 좋은 차를 구매하면, 아들이 대학에 가고, 취업하면' 등과 같이 미래 일들을 보며 살고 있기 때문이다.

미래를 앞당겨 사는 사람들은 마음에 희망이 꿈틀거리고, 긍정의 샘물이 솟아난다. 때문에 삶을 허전하게 느끼거나 혹은 방황하거나 무의미함을 느낄 겨를이 없다. 이런 기분은 기본적으로 우리 내면에 자리하고 있는 욕구에 기반을 두고 있다. 생존의 욕구, 잘살고 싶은 욕구, 편안하고 안전을 누리고 싶은 욕구, 사랑받고 싶은 욕구, 존중받고 싶은 욕구, 자아실현의 욕구, 미래에 어떤 일을 이루고 싶

　　　　　　　　　　　　계절이 건네는 말

은 욕구 등이다. 이런 욕구가 우리를 미래로 나아가도록 힘을 준다. 때로는 이 욕구가 좌절을 만나 원망이나 한(恨)을 만들어 내기도 하지만 그것보다는 긍정적으로 작용하는 경우가 더 많다. 욕망은 욕구를 소망으로, 꿈으로 승화시켜 미래를 건설하고 있는 건축가라 할 수 있다. 이 건축가는 우리에게 놀라운 건축물을 만들어 선사해 주곤 한다.

꿈을 이야기하면 "그거 가지나 마나 한 거 아냐?" 하면서 우습고, 가볍게 여기는 사람들이 있다. 혹자는 꿈은 '저 멀리에 있는 어떤 것', 아니면 '꾸어도 별 소용이 없는 것', '실현 불가능한 것'쯤으로 여기기도 한다. 어떤 이는 '그거 에너지만 소모하게 할 뿐 소용이 없다'라고 말하기도 한다. 어른들은 "이 나이에 내가 무슨 꿈을 가져?"라고 하면서 거추장스러운 것으로 여기기도 한다. 모두 꿈이 주는 가치나 기쁨, 위력을 경험해 보지 못해서 그런다.

그러기 위해서는 우선 작은 것에서 꿈 성취의 기쁨을 맛보도록 돕는 것이 좋다. 꿈 성취의 경험은 또 다른 꿈을 잉태하도록 도와주기 때문이다. 출발은 간단한 것으로, 즉 '하고 싶은 것', '관심 있는 것', '좋아하는 것'을 찾아보면 된다.

우리가 꿈을 막연한 것으로, 혹은 추상적인 것으로 알게 된 것은 우리 사회와 어른들의 책임이 크다. 어른들이 아이들이 어릴 때부터 꿈을 착각하도록 만드는 질문을 하고, 또 그런 분위기를 만들기 때문이다. 어른들은 학생들을 만나면 별생각 없이, 혹은 아이들을 위한다는 생각에서 "장래 희망이 뭐니?" 하거나 "장래 어떤 사람이 되고 싶니?", 또 "무슨 일을 하고 싶니?"라고 물어본다. 이런 물음은 어린아이들에게 너무 먼 미래에 있는 것을 묻는 것으로, 지금은 전혀 보이지 않은 추상적인 공간에 존재하는 어떤 것을 찾아내라고 추궁한 것이다. 그러니 아이들은 "꿈이 뭔데요?" 혹은 "몰라요", "그건 나와 상관없어요", "그거 가져봤자예요. '그냥 노는 것', '게임'"이라고 하거나, 별 생각 없이 그냥 "대통령" 하고 만다. 아이들이 이런 반응을 보이는 것은 어른들의 질문이 잘못되었기 때문이다. 어른의 물음에 아이들은 무슨 대답이라도 하긴 해야 하겠고, 대답을 하지 못하면 못난 아이로 취급받을 것 같으니까, 대답이 궁해서 얼굴 붉히면서 이렇게 답하게 된 것이다. 그리고 더 못된 것은 어린 학생들이 꿈은 어려운 것, 막연한 것으로 오해하도록 만들어 꿈을 꾸지 않게 만들어 버린다는 점이다. 모두 꿈의 속성을 모르는 어른들의 실수라 하겠다.

이런 질문은 꿈이나 직업을 사회에 기여할 수 있는 어떤 일이나 직업이라는 전제로 묻는 말이다. 때문에 좋은 질문이라고 할 수 없다. 또 이런 질문은 듣는 사람이 생각할 기회조차 빼앗는 질문이라 좋은 물음이라 할 수 없다. 어른들은 이런 이상한 질문을 해 놓고, 아이들에게 꿈을 꿀 수 있도록 도와주었다고 생각한다. 그러다 보니 젊은이들은 꿈을 갖거나 성취의 기쁨을 맛보기 전부터 삐걱대게 된다.

사실 꿈은 매우 구체적이고 실제적이다. 그래서 필자는 꿈을 말할 때, 거창하게 "장래 희망이 뭐니?" 하거나 "장래 어떤 사람이 될 거니?", "커서 무얼 할 거니?"라는 형태로 묻지 않는다. 단순하게 '지금 너의 관심', '지금 네가 하고 싶은 것', '지금 네가 좋아하는 것'이 무엇



계절이 건네는 말

인지를 묻는다. 그러면서 '이런 질문에 답해 보는 것이 바로 꿈'이라고 이야기해 준다. 만일 이러한 물음을 어렵게 여기면 '무엇을 할 때 흥미를 느끼고, 혹은 즐거움을 느끼는지' 꾸준히 살피도록 노력하라고 조언해 준다. 그러니까 네 '흥미'가 무엇인지 살펴보고 만일 '흥미'가 무엇인지 모르겠다고 하면 꾸준히 찾도록 관심을 가지라고 조언한다. 꿈은 여기에서 시작되기 때문이다. 이런 작은 노력은 단순한 것으로부터 시작되지만 나중에는 엄청난 큰 결과를 만들어 내기도 한다.

'흥미', '관심', '하고 싶은 것', '좋아하는 것'을 생각하고, 찾아냈으면 다음으로 그것들이 내게서 어떤 모습으로 실현되고 있는가를 살펴보고 그것에 관심을 가지라고 안내해 준다. 이런 경험들은 꿈의 가치와 의미를 알 수 있도록 도와준다. 그런 다음, 다른 꿈을 꾸고, 더욱더 큰 꿈을 꾸도록 도와주면 좋다.

예를 들어 '이런 신발을 신고', '이런 옷을 입으면 좋겠다', 또는 '이런 악기나 휴대폰을 가지면 좋겠다' 등과 같은 형태의 꿈을 꾸는 것이다. 그리고 그것을 얻을 수 있는 방법을 찾아보는 것이다. 그러면 조만간에 그것을 얻을 수 있는데, 이때 느끼는 만족감과 즐거움을 의도적으로 크게 느끼도록 도와준다. 이런 경험이 늘어나면 늘어날수록 꿈에 대한 자신감과 확신을 갖게 된다. 그러면 자연스럽게 내 능력이나 재능보다 더 큰 것에 관심을 두게 된다. 그렇게 해서 꿈의 크기를 늘려 나가면 내가 전혀 경험해 보지 못한 놀라운 결과들을 얻을 수 있다. 우리가 잘 아는 것처럼 피그말리온 효과도 이런 일을 신화 속에서 보여 주고 있는 이야기다.

그리스 신화에 나오는 키프로스 왕인 피그말리온은 외모에 자신이 없었다. 더구나 자신에게 결점이 많다는 선입관을 가지고 있어서 여성 기피증까지 갖고 있었다. 그래서 속세의 여성과는 사랑할 수 없다고 생각했다. 그래서 여인 대신 이상형의 여성을 조각한 상아 조각상을 만들어 가지게 되었다. 조각상을 끔찍이 아끼다 보니, 꽃을 가져다 바치고, 보듬고 어루만졌다. 그러는 사이 조각이 사람이었으면 하는 꿈을 꾸게 되었다. 그러다가 축제일에 미(美)의 여신 아프로디테 신전을 찾아가 조각상을 아내로 맞이할 수 있게 해 달라고 빌었다. 그러자 기적이 일어났다. 여인상이 숨을 쉬기 시작하면서 사람이 되었다. 그래서 그는 이 여인과 결혼해서 딸 파포스를 낳았다. 이 신화로 인해 생겨난 말이 '피그말리온 효과'이다.

사실 알고 보면 꿈의 실현은 신화 속에만 존재하는 것이 아니다. 꿈을 가진 사람들이라면 누구든지 경험할 수 있는 일이다. '정말 이런 일이 가능하다는 말인가?', '이것을 진짜 내가 해냈다는 말인가?'라는 말을 하게 된다. 공감하지 못하는 사람들은 이런 일을 아직 경험하지 못해서 그런다. 꿈은 그것을 꾸기만 하면 희한하게, 보통의 생각으로는 도저히 도달할 수 없는 영역에서, 도저히 상상하기 어려운 방법으로 이루어지는 것을 볼 수 있다.

그러면, 어떻게 하면 이런 희한한 경험을 할 수 있을까?. 그것은 생각보다 단순하다. 우선 내가 '관심을 두고 있는 것'과 '하고 싶은 것', 그리고 '좋아하는 것'을 찾아보면 된다. 이런 일은 어린아이들뿐만 아

　　　　　　　　계절이 건네는 말

나라 어른들도 실천하면 좋은 경험이 될 것이다.

이런 것들을 찾았으면 그다음 이것을 일기장이나 메모지에 번호를 붙여서 3~5개 정도 정리해 둔다. 그리고 그것을 머리에 암기하고 다닌다. 시간이 날 때마다 그 메모를 꺼내 보고, 아침에 일어나면 침대에서 나오기 전에 그 일을 소리 내어 말하고, 또 저녁에 자기 전에도 소리 내어 말하고 잠을 잔다. 그리고 수시로 꿈이 적힌 메모지를 꺼내 다른 종이에 다시 옮겨 써 보기도 하고, 자주 읽어 보는 일을 반복한다. 그래서 내 뇌가 내 욕구가 무엇인지를 분명히 인지할 수 있도록 노력을 기울이면 된다.

꿈 실현의 신비를 얼른 경험하고 싶으면 처음에는 내 능력보다 조금 더 크거나 조금 높은 것을 가지면 된다. 그리고 시간을 정해 놓고 그 성취 여부를 살펴도 좋다. 이런 경험이 쌓이다 보면, 지금보다 더 원대하고 더 큰 꿈을 꾸어도 성취하는 기쁨을 맛보게 될 것이다.

필자의 삶은 이런 꿈들의 연속이요, 꿈의 결과로 얻어진 산물들이다. 이것은 현재 진행형이며 앞으로도 계속될 것이다. 어떤 꿈은 도저히 실현 불가능한 일이라고 생각했는데 너무 쉽게 이루어져 당황하기도 했고, 어떤 경우, 소름이 끼칠 정도로 명확하게 이뤄져서 꿈을 가지면 안 되겠다는 생각을 한 적도 있었다. 어떤 꿈은 아무리 생각해도 내 수준에서 도저히 실현 불가능한 일로 보였다. 그래서 꿈에서 제외하려고 생각하기도 했다. 그런데 그런 꿈을 가졌더니, 주변에서 다른 사람들이 나서서 도와주어 꿈을 이루기도 했다. 꿈은 묘하게 신비로운 능력을 지녔다. 꾸기만 하면 그것이 실현되니 말이다.

꿈이 있으면 다가오는 시간이 기대로 가득하게 된다. 이 계절에는 이런 일들이 이루어질 것이고, 다음 계절에는 이런 일이 생길 것을 예상하게 된다. 그러니 다가오는 시간을 준비하게 되고, 이루어질 일들로 인해 기대로 가득해, 날마다 삶이 즐거워지고, 가슴이 뛰고, 설렘이 사라지지 않게 된다.

그러니 꿈을 가진 사람들은 신세를 타령하거나 사회가 나를 사용해 주지 않는다고 원망하거나 악을 쓰지 않는다. 내 일자리가 없다고 세상을 탓하고 환경을 탓하지도 않는다. 또는 남들이 나를 괴롭힌다고 투덜거리거나 불평을 늘어놓지도 않는다. 꿈이 있는 삶은 언제나 만족스럽고, 윤택하고, 다가오는 날들에 대한 기대들로 가득하고, 설렘으로 충만하다. 꿈을 꾸고 가꾸어야 할 이유가 여기에 있다. 꿈이 있는 사람은 그냥 오늘, 현재를 사는 사람이 아니라 분명 미래를 사는 지혜로운 사람들이다. 이 글을 보는 모든 사람이 이런 놀라운 일을 경험할 수 있기를 소망하면서 마무리한다.

# II

# 여름


1.      어느 신사의 고민

2.      선거 승리 비결

3.      짧은 말, 긴 울림

4.      나이가 벼슬?

5.      소나기

6.      '닭대가리'에 대한 유감

7.      보신탕에 관한 생각

# 1.

# 어느 신사의 고민

2023년 상반기, 우리나라에는 가뭄이 심하게 들었다. 5월 초까지 비가 거의 오지 않았으니, 사람들 걱정이 이만저만이 아니다. 그동안 비가 오지 않은 것은 아니었지만 오는 모양이 찔끔찔끔, 내리는 듯 마는 듯하여 저수지나 댐의 물 수위가 밑바닥을 향하고 있다. 일부 지역에서는 제한 급수를 하고, 논에 물이 있어야 모내기를 할 수 있는데, 물이 모자란다며 애를 태우고 있다.

어느 기도보다도 기우제 기도만큼은 하늘이 꼭 들어준다는 이야기가 있는데, 이번에도 분명 들어맞은 셈이다. 5월 4일이 되니 비가 내리기 시작한다. 내일이 어린이날인데, 아이들의 기대를 무너뜨리면서까지 비가 내리고 있다. 어른들의 기원이 어린이들의 기대보다 더 간절했던 모양이다. 어린이날 실외 행사를 준비했던 사람들은 실내로 변경하느라 분주하다고 한다.

필자의 기억으로는 어린이날에 비가 온 적은 거의 없었던 것 같다. 그런데 이번 어린이날에는 어젯밤부터 시작된 비가 낮에도 쉴 새 없이 내리고 있다. 이 비로 농사와 식수의 걱정이 말끔히 해소되면 좋겠다. 오랫동안 기다려 온 고마운 비다.

어린이날에 비가 오니 한편으로는 반갑기도 하고, 한편으로는 아쉽다는 양가감정이 들었다. 필자는 시내에서 작은 카페를 운영하고 있는데 비가 오는 날이면 손님이 거의 없다시피 하기 때문이다. 아침에 쉬는 날인데다가 비까지 오고 있어서 아내에게 "여보, 오늘은 카페에 조금 늦게 나가요" 했다. 아내가 "당신은 쉬고 싶으면 집에서 쉬어요. 내가 먼저 나가 있을 테니, 당신은 쉬었다가 천천히 나와요" 한다. 아내의 배려 덕에 나는 마음의 여유를 얻었다. 아내가 현관문을 나가면서 "세 시까지는 내가 카페에 있을 테니, 이후에는 당신이 지켜요" 한다. 그래도 오전에는 쉴 수 있겠다는 생각에 기분이 좋았다.

집에서 쉬는 날이면 왜 이렇게 시간이 잘 가는지 모르겠다. 시험을 보는 시간이나, 지고 있는 축구 경기 시간은 참 빠르게도 간다. 그런데 일하는 시간이나 손님이 없는 카페를 지키는 시간은 참으로 더디 가고 지루하기까지 하다. '시간은 물리적인 개념이나 공간이 아니라 마음이다'라는 말이 맞는 성싶다. 집에서 쉬다 보니 하는 일이 없는데도 오전이 금방 휙 다 지나가고, 아내와 교대할 시간이 되었다.

어제부터 시작된 비가 오후까지 계속되고 있다. 그러니 예상대로 카페에는 손님이 거의 없다. 게다가 무료한 시간이라 가는 속도도 더디다. 오후 5시가 넘었을까? 검은색 승용차 한 대가 빗속을 헤집고

  계절이 건네는 말

굴러오더니 카페 앞에서 멈췄다. 차에서 나이 지긋해 보이는 중년 남자가 내려 카페로 들어왔다.

"어서 오세요. 비가 이렇게 많이 오는데도 밖에 나오셨네요."

"얼마 전 여기에 들렀는데, 커피가 맛있더라고요. 그래서 지나는 길에 다시 들렀습니다."

"그렇게 기억해 주시고, 찾아 주시다니, 감사합니다."

"무엇을 마실까? 대추차 한 잔 따뜻하게 해서 주세요."

차를 마련해 드리고, 나는 내 자리로 돌아와 앉았다. 손님도 없고 해서 유튜브를 보고 있는데, 손님이 "사장님! 손님도 없고 하니까 말을 걸어도 부담이 되지 않겠습니다. 어때요? 사업이 괜찮지요?" 했다. 그래서 "그럼요, 괜찮습니다"라고 응했다. 손님은 내 나이보다 네다섯 살 많아 보였다. 어쩌면 나와 같은 나이일는지도 모르겠다는 생각도 했다. 머리에는 부분부분 희끗희끗, 서리가 내려앉았고, 어투에서는 안정감과 여유가 묻어났다.

손님은 내게 "뜬금없이 이런 말을 해도 되는지 모르겠어요? 그냥 차를 마시다 보니 여유가 생겨서 물어보고 싶은 마음이 생겼어요. 사장님은 성공했다고 생각하세요? 인생을 성공적으로 살았느냐고요." 거대한 담론을 꺼내는 손님 말에 순간 나는 당황했다. 살면서 질문을 많이 받고 대답을 해 왔지만 이렇게 거대한 '인생 이야기'를 나눠 본 적은 거의 없었던 것 같다. 그래서 '무슨 말을, 어떻게 해야 손님이 원하는 답을 해 줄 수 있을까?' 잠시 망설였다. '교과서에 나오는 이야기를 할까? 아니면 철학적인 말을 할까? 아니면 어느 책에서 봤던 그럴싸한 답을 내놓아야 할까?' 당장 답을 내놓아야 할 것 같은 짧은 시간에 여러 생각들이 머릿속을 굴러다녔다.

생각을 주섬주섬 챙기고 있는데, 손님이 "나는 성공을 위해 지금껏 열심히 달려왔는데, 지금 이 나이에 와 보니, 세상에 성공이란 것은 없는 것 같아요. 그동안 저의 삶은 실패한, 아니 헛발질만 한 것 같다는 생각이 들어요" 한다. 그래서 나도 이런저런 말을 생각하다가 교과서에 나오는 철학적인 말보다 내가 평상시에 생각해 둔 성공에 관한 이야기를 하는 것이 제일 쉽고, 자신 있는 이야기가 될 것 같았다.

"글쎄요, 성공이라는 것은 사람의 성격이나 그 사람의 생각에 따라 달라지니까 무엇을 성공이라고 단정 짓는 일은 쉽지 않을 것 같습니다. 어떤 사람은 시장을 해도 국회의원을 못 했으니까 성공하지 못한 삶이라고 할 수 있고, 또 어떤 사람은 18평 아파트에 살아도 편하게 쉴 수 있는 집이 있으니까 성공한 삶이라고 말할 수 있고, 또 어떤 사람은 넉넉하지는 않지만, 누구에게 돈을 빌리러 가지 않아도 되니까 성공한 삶을 살았다고 말할 수 있을 것입니다. 또 어떤 사람은 안분지족(安分知足)을 떠올리고 단사표음(簞食瓢飮)만으로도 만족이라며 그 자체를 성공이라고 생각하기도 할 것 같습니다. 혹 어떤 사람은 삶에서 느끼는 잔잔한 기쁨만으로도 성공이라고 생각할 것 같기도 합니다. 따라서 성공은 그 기준을 어디에 두느냐에 따라 달라지는 이야기라서 쉽게 단정 지어 말하기에는 곤란할 것 같습니다. 하지만 손님께서 제게 성공한 삶, 성공했냐고 물으셨으니, 그 부분에서 저는 성공했다고 생각합니다"라고 했다.

　　　　　　　　　　　　　　　　　계절이 건네는 말

그러자 손님이 "그 성공이 무엇이길래 성공했다고 생각합니까?"라고 물었다. 그래서 "저는 거대한 명예나, 권위가 있는, 그러니까 내가 무슨 말을 하면 사람들이 내 앞에 와서 엎드리고, 내 말을 따라 주고, 나를 위해 변명해 주고, 목숨을 거는 일, 혹은 많은 돈을 운용하는 부(富)나, 수많은 사람을 거느린 사장 직함 같은 것을 성공이라고 생각하지 않습니다. 그냥 저는 제 수준에 맞는 소박하고, 불편한 것이 없는 생활이라면 성공했다고 생각합니다. 저는 지금 당장 돈을 벌기 위해 온갖 신경을 쓰지 않아도 됩니다. 무엇을 먹을까 염려하지 않아도 됩니다. 비록 전세로 살고 있지만 일을 마치면 들어가 편하게 쉴 만한 집이 있습니다. 그리고 저를 아껴 주고, 사랑해 주는 아내가 있고, 자녀들이 있습니다. 제 나이에 이 정도면 성공한 삶이라고 생각합니다. 그래서 전 자신 있게 성공했다고 말할 수 있습니다."

손님은 "참 용기 있는 삶을 살고 계시네요" 했다. 그래서 내가 "저는 그냥 소박하고 사소한 것을 말했을 뿐인데, 용기 있는 삶이라고 말씀해 주시니 고맙습니다" 했다. 다시 손님은 "그 소박함을 성공이라고 알고, 믿고 있는 그 용기가 좋아 보입니다. 저는 그 소박함을 천한 것으로 여겼던 것 같아요. 그래서 나름대로 성공을 위해 열심히 살았거든요. 그런데 이제 나이 들어 보니, 성공이 손에 잡히지 않는 거예요. 그래서 '성공은 허상인가?'라는 생각을 하게 되었어요."

그래서 내가 "아마 그것은 성공이 미래, 어딘가에 있다고 생각하는 관념 때문일 것 같아요. 다음 달이면 내 생활이 더 좋아지고, 내년이면 뭔가 완성되고, 내년 하반기가 되면 무슨 공장이 돌아가고,

내후년이면 수억 대 재산이 되고…….”

“그래도 성공이 손에 잡혀야 하잖아요.”

“손에 잡히지 않아서 허전하다는 말씀이네요.”

“그렇죠.”

“그래도 손님의 삶은 성공의 의미를 담고 있다고 생각합니다. 지금은 잡히지 않은 것 같지만 그것은 미래 어느 시점에 있을 테니 말입니다. 그러니 기대가 되겠어요. 젊은이들이 꿈을 가지고 있는 것처럼 말입니다. 오히려 성공했다고 말한 제가 더 초라해지는 것 같은 느낌이 듭니다. 저는 이미 이뤘다고 말했으니 말입니다.”

손님은 내 말을 듣고는 “그래요?” 했다. 그러면서 “사장님은 교회에 다니세요?” 했다.

그래서 나는 “네, 저는 크리스천입니다.” 했다. 손님은 “기독교인은 다들 그런 생각을 하나 봅니다.”

“모두가 그렇지는 않겠지만 기독교인들은 대체로 그런 생각을 할 겁니다. 성경에 ‘항상 기뻐하라, 쉬지 말고 기도하라, 범사에 감사하라’라고 가르치고 있거든요. 항상 기뻐하라는 말은 기쁠 때만 기뻐하라는 말이 아니라 불안하거나 슬프거나, 불편한 일이 있을 때도 기뻐하라는 말이고, 쉬지 말고 기도하라는 말은 언제나 자기 소망이나 꿈을 가지고 그것을 위해 기도하라는 말입니다. 그러니 기독인들은 늘 바람이 있어 희망이 담긴 긍정의 마음을 가질 수 있습니다. 또한 범사에 감사하라는 말 역시 감사한 일이 있을 때만 감사하라는 말이 아니라 ‘범사’, 그러니까 모든 일에 감사하라는 말입니다. 힘들고 어려울 때, 실패하거나 포기하고 싶은 일이 있을 때도, 무엇인가 이루지 못한 일이 있을 때도 감사하라는 말일 겁니다. 그러니 크리스천들은 일반적으로 어떤 상황에 놓이더라도 감사를 떠올리게 될 가능성이 큽니다."

대화가 더 진행되려는 순간, 손님의 전화에서 벨이 울렸다. 아마 급히 찾는 전화인 것 같았다. 손님은 좋은 이야기를 나눴다고 하면서 급히 자리에서 일어났다.

하지만 나는 오늘 손님과 함께 쉽게 나눌 수 없는 거대한 담론을 진지하게 나눌 수 있었다.


짧은 시간이었지만 좋은 대화를 나눈 탓에 공감대가 형성된 모양이다. 손님이 나서니까 나도 모르게 예를 갖추느라 문밖까지 따라 나가 인사를 했다. 그러면서 손님이 타고 가는 차를 봤다. 검은색 벤츠 560이었다. 나는 이 차의 값이 얼마인지 잘 모르겠다. 하지만 벤츠 차량이니 내가 알고 있던 값보다 더 비싸겠다는 생각이 들었다. 손님은 낯선 사람에게 문득 삶의 성공에 대한 말을 나누고, 물음을 던진 것을 보니, 요즘 무슨 일이 잘 풀리지 않고 있나 보다.

손님이 나간 뒤에 내가 느끼고 있는 성공에 대해 다시 한번 생각해 보았다. 그러나 성공에 대한 나의 관점은 아까 손님과 나눴던 대화의 범주에서 벗어나지 않았다. '지금 사는 사람이라면 누구나 성공한 사람이라고 할 수 있지 않을까?', '하던 일이 어렵게 되었거나 실패에 이른다고 하더라도 감사나, 기쁨을 찾아보는 일이 성공한 인생'일 거라는 생각이 들었다. 손님이 벤츠를 타고 온 것을 보니, 기아자동차 포르테의 엔진을 바꿔가며 13년째 타고 있는 나보다 훨씬 부유한 사람인 것 같았다. 하지만 성공에 대해서 고민하는 것을 보니, 성공은 꼭 부(富)에 있는 것만은 아닌 것 같았다.


불가에서는 세상 모든 일은 자기 마음에서 비롯된 것, 일체유심조(一切唯心造)라고 한다. 그리고 헤르만 헤세는 "운명은 어딘가 다른 데

　　　　　　　　　　　　　　　　　　　계절이 건네는 말

서 찾아오는 것이 아니라 바로 자기 마음속에서 성장하는 것이다"라고 했다. 운명만이 그렇겠는가? 미국 일리노이 대학의 명예교수이자 행복 심리학자인 에드 디너는 "행복은 이상과 현실을 보는 눈의 차이"라고 했다. 2백만 원의 월급을 받아도 '나보다 더 가난한 사람이 있는데' 하면서 만족하면 행복지수가 올라가고, 1억 원을 받아도 '2억을 버는 사람이 있는데, 나는 이게 뭔가?'라는 생각을 하면 행복지수가 떨어진다는 말이다. 운명이나 행복, 성공도 마찬가지라는 생각이다. 성공은 내 밖 어딘가에 존재하는 것이 아니라 분명 내 마음속에서 움 틔우고, 성장하고, 열매를 맺는 것이다.

간혹 사람들 가운데는 성공을 희미하고, 허전하고, 의미가 없는 것, 혹은 잡을 수 없는 어떤 것으로 생각하고 좌절하고 허탈해하는 이들이 있다. 오늘 만난 중년의 신사도 그런 사람들 가운데 한 사람으로 보였다. 모두 성공을 밖에서 찾고 있는 사람들의 모습이라 하겠다. 성공은 멀리 있는 것이 아니라 바로 내 안에, 내 마음속에서 자라고 있는데 말이다.

- 2023년 5월 5일 어린이날에

# 2.

# 선거 승리 비결

2023년 3월 8일, 전국에서 조합장 선거가 있었다. 한 때는 관에서 조합장을 직접 임명한 적도 있었지만 1988년부터는 조합원들이 직접 선거를 통해 선출하고 있다. 2015년부터는 조합에서 중앙선거관리위원회에 위탁해 매 4년마다 3월 둘째 주, 수요일에 선거하고 있다. 임기는 3월 20일부터 4년 동안 맡게 된다.

어느 선거나 마찬가지겠지만 선거에 출마하고 당선되는 일은 그리 쉬운 일이 아니다. 사람들의 환심과 지지를 받아야 하기 때문이다. 그래서 주변에는 선거에 출마하고 싶지만, 당선을 장담하지 못해 주저하는 이들이 많다. 아무리 작은 선거일지라도 경쟁자들은 많고, 뽑히는 사람은 한 명에 불과하기 때문이다.

선거에 관한 한 사람들의 입에 오르내리는 영웅담과 실패담들이 많다. 어떤 사람은 능력이나 인지도는 낮은데, 당을 잘 만나 당선되었다는 사람, 이름은 없는데, 투표 번호를 잘 받아서 당선됐다는 사람, 선거에 낙선하는 바람에 온 집안이 어려움에 처하게 됐다는 이야기 등이다. 그만큼 선거는 예삿일이 아니라는 말일 것이다.

그동안 필자는 조합장 선거가 뭔지, 언제, 어떻게 실시되는지 도무지 관심이 없었다. 하지만 이번 선거는 조합장에 대한 정보를 알아보고, 조합장이 무엇을 하는 사람인지, 또 선거 날은 언제인지 찾아보는 등 관심을 갖게 되었다. 내가 좋아하고 아끼는 친구가 조합장 선거에 출마했기 때문이다. 선거가 얼마나 힘들고 어려운지 알기에 반드시 당선되도록 응원하고, 격려해 주고 싶은 마음이 강하게 일었다.

친구는 농협에서 오랫동안 일을 했다. 그래서 누구보다 조합에 관한 정보를 많이 알고 있었다. 객관적으로 보면 친구는 이 일을 맡을 만한 충분한 자격을 갖췄다. 오래전부터 지역과 농협을 위한 일을 해 보고 싶다는 말을 해 왔다. 그러더니, 드디어 이번에 퇴직하고 선거에 출마한 것이다. 출마를 격려하는 자리에서 친구는 선거를 앞두고 3~4년 전부터 본격적으로 출마 준비를 해 왔다고 했다. 농협 일을 하면서 얻은 지식과 정보를 통해 공부를 넓고, 깊게 했다고 한다. 또 조합 일을 자세히 들여다보고, 효율적인 농협 운영과 지역사회를 위해 봉사할 거리를 찾아 나섰다고 한다. 그래서 얻은 정보와 지식을 머리에 담고, 가슴에 쌓고, 메모장을 가득 채워 나갔다고 한다. 출마 전부터 준비해 왔으니, 김대중 대통령이 출마 캐치프레이즈로 내걸었던 '준비된 대통령'처럼 친구는 준비된 조합장이었다.

선거 운동 기간에는 그동안 준비해 온 정보들을 바탕으로 사람들과 대화하고, 조합원들이 바라는 이야기를 듣고, 지역 발전을 이야기하고, 농민들에게 적용할 수 있는 일들을 말했다. 선거 운동 중에 조합원들이 민원성 이야기를 하면 일일이 메모하고, 준비된 정보를 가지고 분명하고 확신에 찬 말로 설명해 줄 수 있었다고 한다. 미리부터 몸과 마음으로 준비해 온 출마였기에 어떤 상황을 만나더라도 자신감과 에너지가 넘쳤다. 그래도 선거라는 것 자체가 쉽지 않은 일이라 곁에서 보고 있는 필자 역시 '혹시 낙선하면 어떻게 하나' 하는 염려도 했다. 그래서 직접 도와줄 형편이 못 되어 말로만, 관심으로만 부지런히 응원하고 격려했다.

사람은 목표가 있으면 자신감이 생기고, 그것을 실현하고 싶은 의지가 강해진다. 친구는 오래전부터 목표를 가지고, 사람들의 말에 귀를 기울이고, 할 수 있는 범위 내에서 온몸으로 돕고 원하는 것들을 해결해 주려고 노력했으니, 농협에서 했던 일들이 사람들에게 귀감이 되고, 또한 사람들에게 만족을 주었다.

선거 운동이 시작되면서 이른 새벽에 일어나 체력 관리를 위한 운동을 하고 곧장 현장으로 달려가, 조합원들의 일을 돕고, 그들의 이야기를 듣고, 오랫동안 정담을 나누었다. 체중이 빠지고, 허리가 아프고, 근육이 사라지는 아픔을 겪으며 열심히 선거 운동을 했다.

선거 운동 막바지가 되어서는 언론에서 후보자 선호도 조사를 했는데, 타 후보보다 약간 앞섰다는 좋은 결과가 있었다. 하지만 선거라는 것이 장담할 수 없는 일이라 마지막까지 최선을 다해 임해야 한다. 드디어 투표가 끝나고 개표가 진행되었다. 친구는 소폭의 차이로

  계절이 건네는 말

조합장에 당선되었다. 더구나 적은 표 차이로 당선되었으니, 그 기쁨은 더할 나위 없이 컸다. 옆에서 듣고만 있어도 흥이 절로 났다.

선거가 모두 끝나고 친구와 함께하는 계 모임이 있었다. 당선 축하 덕담을 나누고 친구의 답례 인사가 있었다. 친구는 선거를 도와준 동료와 친구들, 응원해 준 모든 사람에게 고맙다는 인사를 했다. 기쁘고 만족감이 넘치면서도 겸손한 친구의 얼굴을 보면서 대견스럽다는 마음이 일었다. 덩달아 내게도 자랑이 되어 어깨에 힘이 들어갔다.

나는 용케 친구 옆자리에 앉아 식사를 하게 되었다. 내가 "이번 선거에서 승리의 원인은 뭐라고 생각하느냐?" 물었다. 그랬더니, 친구는 망설임 없이 "그동안 내가 살아왔던 삶, 그러니까 내가 어떻게 살아왔느냐가 중요한 것 같아. 내가 보여준 삶이 사람들에게 인정을 받은 것 같아"라고 했다. 그러면서 선거 운동을 할 때 자신감과 에너지는 바로 '나의 삶'이었다고 했다. 그러면서 "나의 삶 여정이 선거에 50% 정도, 아니 그 이상의 영향을 미쳤다고 생각한다"라고 했다.

참으로 멋있는 고백이자, 진단이었다. 그동안 살아왔던 삶의 궤적이 구불구불하고, 지저분했더라면 있을 수 없는 일이다. 사람들은 보통 무관심하고, 남의 일에 관여하지 않는 것처럼 보이지만 대표를 뽑을 때는 그 사람의 됨됨이를 자세히 들여다본다. 그 사람의 삶을 보고, 평가하고, 선호하고, 응원하고, 지지하게 된다는 말이다. 멋지고 곧은 삶의 가치는 시대와 장소, 사람들의 계층을 넘나든다. 사람이라면 누구나 내면의 삶과 겉의 삶이 모두 같을 수는 없다. 하지만 가능한 한 같거나 비슷하게 살아가는 사람이라면 어디에서나 박수를 받고 감동을 주게 된다. 이런 일은 쉽지 않을 뿐만 아니라, 누구나 할 수 없는 일이기 때문이다.

근자에 우리 정치권을 보면 겉으로는 약자를 위하고, 어려운 사람들을 위하는 것처럼 말하면서도 속으로는 온갖 비리를 저지르고, 약자를 이용해 돈을 벌고, 거짓을 행하는 사람들이 상당하다. 보이지 않은 곳에서는 온갖 추한 일들을 다 하면서 얼굴로는 근엄하고, 착한 척 뻔뻔한 얼굴로 당당하게 돌아다니는 사람들도 많다. 잘못을 지적하면 주위 사람들을 탓하고, 검찰을 탓하고, 환경을 탓한다. 또 어떤 사람들은 도리어 잘못한 사람을 응원하고, 범죄자를 동정하고, 지지하기도 한다. 이것이 우리 현실이어서 참 안타깝다는 생각이다.

그런데 친구는 이번 선거에서 삶을 보여주고, 삶으로 평가를 받아 승리를 얻었다니, 정말 존경스럽고, 자랑할 만하다. 누구나 잘 아는 것처럼 자기를 철저하게 관리하는 일은 쉽지 않다. 그렇게 힘든 일을 친구는 평생 감내하고 실천했다고 하니, 큰 감동이 된다.

이런 결과를 보면서 '삶을 어떻게 살아야 할까?', 혹은 내가 젊은이라면 '어떻게 사는 것이 아름다운 삶일까?' 생각해 보게 되었다. 꼭 선거에 나서지 않더라도 우리는 우리 삶을 돌아볼 필요가 있다. '어떤 삶이 멋있고 훌륭할까?', '어떤 삶을 살아야 주변 사람들이 알아주고, 인정해 주는 삶이 될까?' 그리고 '어떻게 사는 것이 주변 사람들에게 감동을 주는 삶이 될까?'

     계절이 건네는 말

# 3.

# 짧은 말, 긴 울림

얼마 전까지만 해도 우리나라는 몹시 가난한 나라였다. 교육도, 생활도, 환경도 모두 열악했다. 공부하려면 고향을 떠나 먼 타향에서 자취하거나 하숙을 해야 했다. 필자도 고등학교 때부터 자취하면서 부모 형제들과 멀리 떨어져 지냈다. 그러다 보니, 가족과 혈연이라는 생각은 있었지만, 정서적인 면에서 유대감이나 연결 고리가 튼튼하지 못했던 것 같다.

부모님의 사랑을 많이 받았지만 어려서 아무런 개념 없이 살다 보니, 그것을 사랑으로 느끼거나 인지를 못 했던 것 같다. 또 머리가 좀 자란 고교 시절에는 가족과 멀리 떨어져 있다 보니 사랑을 당연한 것으로 여겼을 뿐, 고마운 마음으로 연결 짓지 못했던 것 같다. 그러니 성장기에 부모님과 함께했던 시간이나 추억이라고는 별로 없는 것 같다.

어린 시절 아버지가 연을 만들어 주시고, 토끼집을 만들어 주셨던 기억이 있다. 하지만 철이 없던 시절이라 그것을 마음을 나누는 통로로 여기지 못했던 것 같다. 게다가 내가 아버지라는 존재를 의식하기도 전에 아버지는 세상을 뜨고 말았다. 그래서 나는 아버지의 인생관이나 삶의 목표나 목적 등을 물어보거나 들을 기회가 없었다. 그러니 아버지에 대한 애틋한 정이 엷을 수밖에 없었다. 하지만 아버지와 함께한 얼마 되지 않는 시간과 대화 흔적들은 지금도 아버지를 떠올리게 하고, 불효의 죄스러운 마음을 일으켜 부끄럽게 만들어 놓기도 한다.

대학 1학년을 마치고 집에 갔을 때 일이다. 아버지는 대학생이 된 아들에게 '무엇인가'를 가르쳐 주고 싶었던 모양이다. 부르시더니, "서로 바쁘게 살다 보니, 대화를 나눌 기회가 많지 않구나." 그러시면서 잠깐 사람의 마음가짐과 옷차림에 대해 말씀해 주셨다.

"너는 아빠를 닮아 체격이 작으니까, 옷 입는 것에 신경을 쓰면 좋겠구나. 비싸고, 좋은 옷은 아니더라도 깔끔하고 밝은색으로 항상 몸에 맞는 옷을 입으면 좋겠구나. 사람들이 남을 평가할 때는 먼저 외모와 옷차림새로 한단다. 외모는 타고난 것이라 어쩔 수 없지만, 옷은 조금만 신경 쓰면 자기를 잘 표현할 수 있는 수단이 된단다. 허름한 옷을 입으면 그 사람의 능력 보유 여부를 떠나서, 설령 의도하지 않더라도 무시하거나 모자라게 평가하기도 한단다. 특별히 다른 사람들을 만나거나 대중 앞에 서게 될 때는 더욱 옷차림에 신경 쓰는 것이 좋단다. 그래서 하는 말인데, 공적인 자리에 가면 될 수 있는 대

　　　　　　　　　　　　　　계절이 건네는 말

로 양복을 입으면 좋겠구나. 양복은 세계적으로 인정받은 예복이란다. 양복을 입으면 단정하기도 하거니와 타인에 대한 예까지 갖추는 일이 된단다. 그리고 와이셔츠를 입을 때는 기성복보다는 비용이 들더라도 맞춰 입으면 좋겠구나. 셔츠가 몸에 커서 헐렁헐렁하게 보이면 사람들이 꺼벙하게 보거든. 그래서 너같이 체격이 작은 사람은 맞춰 입으면 단정하고 깔끔하게 보여 좋단다. 그리고 셔츠는 몸에 잘 맞는 옷이라도 앞에 구김이 생겨 단정해 보이지 않거든. 그러니까 입을 때, 셔츠 양쪽을 옆으로 잡아당겨 주름을 옆구리 쪽으로 만들면 앞뒤가 평평해져 단정하게 보인단다. 넥타이는 색깔별로 여러 장을 준비해 두었다가 상황이나 장소에 따라 적절하게 선택하면 옷맵시를 살려 줄 것이다. 넥타이를 맬 때는 아빠가 주로 매는 역삼각형 모양으로 하면 좋겠구나. 요즘 젊은이들은 번거로워서 그런지, 아니면 멋이라고 생각해서 그런지, 한 번 반만 돌려 한쪽으로 비스듬하게 매기도 하는데, 이런 습관은 좋지 않다고 생각한다. 넥타이가 비틀어지면 사람 모양새가 좀 삐딱하게 보이거든. 그러니 번거롭더라도 한두 번 더 돌려 역정삼각 형태로 매는 것이 좋다고 생각한다. 이런 모습이 좋아 보이지 않니?”


“그리고 옷을 입고 밖에 다녀오면 다림질해 둬, 다음에 입을 때를 준비해 두는 것이 좋단다. 아래 바지는 주름이 두 개가 되지 않도록 유념해서 다림질하고 한 줄 다림질이 쉽지 않으면 집게로 양 끝을 집어 놓고 다리면 도움이 된단다. 양말은 요즘 젊은이들이 흰색을 좋아

 계절이 건네는 말

하는 것(한때 우리 사회에 흰색이 유행한 적이 있었음) 같은데, 그것보다는 검은색 계열의 양말을 신으면 좋겠구나. 검은색은 생각보다 고급스러운 색이거든. 사람을 평가할 때 겉모습은 옷으로 한다면 삶의 평가는 행동거지로 한단다. 행동은 마음에서 우러나온 것이라 마음의 모양에 따라 달라진단다. 그러니 좋은 삶은 마음의 기준을 어떻게 정하고 사느냐에 달려 있단다. 그것은 다른 방법이 없다고 생각해. 우리는 기독교인들이니까 기독인의 마음가짐을, 기독교적인 양심을 갖고 살면 좋을 것 같구나. 기독교 신앙 양심은 법률이나 어떤 윤리나 도덕보다 더 엄격하고 철저하단다. 성경에서는 '음욕을 품는 자마다 간음한 자'라고 정의하고 있으니, 상당한 수준이라 할 수 있겠다. 그리고, 복된 말씀으로는 시편 1편의 '복 있는 사람은 악인들의 꾀를 따르지 아니하며, 죄인들의 길에 서지 아니하며, 오만한 자들의 자리에 앉지 아니하고, 오직 여호와의 율법을 즐거워하여 그의 율법을 주야로 묵상하는 자로다. 그는 시냇가에 심은 나무가 철을 따라 열매를 맺으며 그 잎사귀가 마르지 아니함 같으니, 그가 하는 모든 일이 다 형통하리로다. 악인들은 그렇지 아니함이여 오직 바람에 나는 겨와 같도다. 그러므로 악인들은 심판을 견디지 못하며 죄인들이 의인들의 모임에 들지 못하리로다. 무릇 의인들의 길은 여호와께서 인정하시나 악인들의 길은 망하리로다'라는 말씀을 생각하면 좋겠구나. 그래서 아빠는 네가 언제나 복 있는 사람이 되면 좋겠어. 설령 성경 말씀처럼 온전하게 살지 못하더라도 그 근처에만 가더라도 성공한 삶이라고 할 수 있겠구나."

아버지가 들려주신 시편 1편 말씀은 늘 외우고 다니면서 내 삶을 돌아보는 기준이 되고 있다. 아버지는 외모로는 옷 입는 것을, 내면으로는 기독교적인 신앙 양심을 강조해 주셨다. 어쩌면 아버지는 마지막으로 내게 삶의 기준이자 철학을 가르쳐 주셨던 것 같다. 이렇게 설명해 주시는데도 나는 이런 말들이 나와는 상관없는, 다른 사람에게나 필요한 이야기로 알고 건성으로 들었던 기억이 있다.

그러다 보니, 넥타이를 맬 때도 상당히 오랜 기간 아버지 말씀을 따르지 않고 젊은이들이 즐겨 매는 간단한 형태로 맸었다. 그러다가 천둥·번개를 만나 깜짝 놀란 사람처럼 번뜩 아버지 말씀이 떠오르

는 계기가 있었다. 학교에서 졸업생 앨범을 만들어야 한다며 교사들에게 졸업 앨범 사진을 촬영하라고 했다. 다른 생각 없이 보통 때 하던 대로 넥타이를 삐뚤어지게 매고 사진관에 갔다. 촬영 준비를 하던 사진사가 내 모습을 보더니, 넥타이에 문제가 있다며 역삼각형 형태로 다시 매 달라고 주문했다. 넥타이가 기울어지면 사진을 바르게 찍어도 삐뚤어지게 보여 좋지 않다고 했다. 그 후로부터 나는 아버지의 당부처럼 역삼각형 형태의 넥타이를 매게 되었다.

아버지 말씀을 또 한 번 실감한 일이 있었다. 심리학을 공부하면서 심리학자들의 실험 결과를 봤을 때다. 실험자들은 평범하게 생긴 젊은 남자를 선정하고 같은 장소에서 한 번은 양복을 입고 서 있게 하고, 한번은 허름한 운동복 차림으로 서 있게 했다. 그런 다음, 여러 여성에게 이 남성에 대한 이미지, 느낌, 직업, 소득, 성격 등을 평가하도록 했다.

그랬더니, 정장 차림의 남자를 보고는 대부분 성격이 좋을 것 같고, 좋은 직업을 가졌으며, 소득이 높은 사람일 거라고 평가했다. 만일 결혼 상대자를 고른다면 이 남성을 택하겠다고 했다. 반면 허름한 옷차림의 사람에게는 공부를 못 할 것 같으며, 성질이 좀 있을 것 같고, 대화하고 싶지 않은 사람으로 평가했다. 동일 인물을 두고 사람들은 복장에 따라 전혀 다른 평가를 하고 있었다.

이런 실험을 보면서 마치 전기충격기로 자극을 받은 것처럼 아버지 말씀이 훅 떠올랐다. '그렇군, 아버지의 말씀이 맞는 말이구만.' 덤으로 옛날부터 전해지는 '옷이 날개'라는 우리 말도 빈말이 아님을 알게 되었다.

아버지의 가르침 때문이었을까? 나는 교사로 재직하는 동안 가급적 단정한 양복을 즐겨 입었다. 같이 근무하던 선생님 중에는 허름한 청바지를 입거나 운동복 같은 가벼운 옷을 입고 출근하는 분들도 있었다. 특별히 수학능력 시험 감독을 할 때면 감독 책임자는 감독자들에게 단정한 옷차림으로 감독에 임해 달라고 부탁하곤 했다. 그래도 어떤 선생님들은 운동복 차림으로 감독에 임하는 것을 볼 수 있었다. 그러면 나는 교사라는 존재의 위상이나 체면을 스스로 깎아내리는 일이라며 속으로 비난하곤 했다.

요즘 사회에서는 교사를 바라보는 이미지나 위상이 예전만 못해졌다. 하지만 내가 교사 생활을 시작할 때만 해도 사회에서는 교사라고 하면 사회의 어떤 기준, 보편적 올바름, 가치 등을 지닌 사람들이기를 요구하고, 또 그런 윤리와 도덕을 갖춘 지식인으로 생각하는 경향이 있었다. 그래서 나는 가급적 거기에 맞는 삶을 살도록 노력했다. 행동도 교사라는 이미지가 갖고 있는 품격에 손상되지 않도록 조심하고, 궁핍하더라도 천박한 모습을 하지 않았다. 남을 괴롭히거나, 분수에 넘치는 일이라면 멀리하려고 했다. 한때 학교의 촌지 문제로 사회적인 문제가 된 적이 있었다. 하지만 이런 일은 나와는 먼 일이었다. 그래서 주변으로부터 좋은 소리는 아니지만 '평생 범생이 선생'이라는 말을 종종 듣곤 했다.

아버지 말씀은 짧은 시간, 몇 마디 되지 않았지만 내 생애 상당한



계절이 건네는 말

가르침과 영향을 주었다. 평소에 옷차림을 단정하게 입으려 했고, 행동 양식은 기독교적인 신앙 양심에 따라 살려고 했다. 나훈아의 노래 '사내' 속에 나오는 가사처럼 살면서 세파에 시달려 고민한 적도 있고, 비틀댄 적도 있지만 그래도 아버지 말씀을 따라 기독교적 신앙과 양심에 따라 정상 궤도를 회복할 수 있었다. 퇴직하고 나서도 옷을 입을 때나, 삶의 중요한 순간마다 아버지의 말씀을 떠올려 보곤 한다.

아버지는 짧은 생을 사셨지만 내게 잊을 수 없는 귀한 삶의 양식(樣式)과 철학을 가르쳐 주셨다. 세상을 살면서 아버지가 들려주신 말씀처럼 살려고 했지만, 세월이 지나고 보니 부끄러움만 앞에 수북이 쌓여 있는 것 같다. 자녀로서 혹 우리 아이들의 아버지로서 둘 다, 나는 내 아버지에 훨씬 미치지 못하고 있다는 생각이 든다. 나는 아버지로서 내 자녀들에게 무엇을, 어떤 말을 해 주고, 무슨 도움을 주고 있는 걸까? 자녀들은 부모의 뒷모습을 보고 자란다는데, 나의 뒷모습은 어떤 모습일까?

아무리 생각해도 생물학적 유전자 외에 전해 줄 만한 다른 어떤 그럴싸한 내용이나 철학이 떠오르지 않는다. 나는 아버지보다 훨씬 긴 인생을 살고 있지만 아버지보다 훨씬 모자란 삶을 살고 있다는 생각이 든다. 아무리 헤아려 봐도 늘 부족하고 어설픔만 많은 아들이라는 생각에 길어진 세월만큼 부끄러움만 늘어가고 있다는 느낌이 든다.

# 4.

# 나이가 벼슬?

　　필자가 어렸을 적에는 얼른 어른이 되고 싶은 마음이 있었다. 그리고 어른들이라면 모르는 것이 없는 완벽한 사람인 줄로 알았다. 또 청년 시절에 중년의 어른들을 보면 지식과 경험이 많아 실수나 과오(過誤)가 별로 없을 줄 알았다. 그래서 나도 얼른 사회에 나가 내 지식과 경험을 풀어 놓고 싶은 마음이 있었다.

　　30대가 되고 보니 이런 꿈들이 조금씩 무너져 내리고 있었다. 그래도 50대 어른들을 보면 또 다른 꿈을 꾸곤 했다. 공자가 말한 것처럼 지천명(知天命)이 되면 제 분수를 알고, 태어날 때 하늘이 내게 부여해 준 사명이 무엇인지 알고, 그 사명을 위해 살아가는 사람이 되는 줄로 알았다. 그래서 나 자신이 누구인지, 내가 무엇을 해야 하는지 도무지 모르겠고, 앞으로 무슨 일을 해야 가치 있는 삶이 될지 몰라 혼란을 겪고 있을 때면 '공자도 쉰에 이르러서야 하늘의 뜻을 아

는 나이(知天命)가 되었다는데, 나 같은 범인(凡人)이랴 오죽할까?'라고
하면서 스스로 위안을 삼기도 했다.

또 금아 피천득은 "수필은 청춘의 글은 아니요, 서른여섯 살 중년
고개를 넘어선 사람의 글이며……"라고 했다. 그래서 '글을 쓰려면 최
소한 어느 정도 나이가 지긋해야 글을 쓸 수 있겠다'라는 생각을 했다.

또 우리 시대 뛰어난 소설가 문순태 님은 『생오지 눈사람』의 서문
에서 "나는 노인 한 사람 한 사람이 박물관이고 도서관이며 이야기
창고라고 생각한다. 그들의 축적된 삶 속에 엄청난 이야기와 빛나는
문화, 역사적 가치가 옹근히 살아 있다. 노인들 생애에는 약자의 슬
픔과 오랜 세월 충분히 발효된 지혜와 불행을 행복으로 환치시키는
비법이 숨겨져 있기 때문에 우리는 마땅히 그들의 지혜를 인생의 길
라잡이로 삼아야 한다"라고 했다.

또 그는 "이순(耳順)을 넘기고부터 세상의 빛깔은 오방색도 무지개
색도 아닌, 수천, 수만 가지의 오묘한 빛깔로 이루어졌다는 것을 깨
달았다. 빨강 안에 초록, 노랑, 주황, 갈색 등 여러 가지가 한데 어우
러져 있다는 것도 알았다. 이질적인 것들의 어울림이야말로 진정한
아름다움이 아니겠는가. 나는 나이가 들수록 시력은 나빠졌으나 세
상은 더욱 명징하게 잘 보였다"라고 했다. 그래서 필자 역시, 어른들
의 삶을 보거나 들을 때면 곱게 물든 단풍처럼 '아름답구나'라는 생
각을 가졌다.

젊은 날, 미흡한 점이 있으면 그것은 '내 나이가 아직 어려서 그런가
보다'라는 생각을 했다. 사람 나이는 최소한 쉰을 넘고, 이순(耳順)을 넘

어야 공자 말씀처럼 귀에 들리는 말들을 사사로운 감정에 얽매이지 않고 모두 소화해 내는, 순한 귀를 갖게 되는 줄로 알았다. 그래서 '사람은 나이가 들어야 품격이 높아지고, 그 가치가 올라가 곱게 익은 열매처럼 주변 사람들에게 귀한 선물이 될 수 있겠구나'라는 생각을 했다.

그런데 막상 나이를 먹으면서 보니, 이런 말들은 모두 듣기 좋게 꾸며낸 말들이 아닌가 하는 생각이 들었다. 살아 보니 필자 역시 공자가 말한 인생의 여러 분기점을 지나올 수 있었는데, 부끄러운 생각들만 가득했기 때문이다. 나이가 들어도 단계마다 공자가 말한 수준의 근처에도 이르지 못했다는 말이다. 공자는 40세가 되니, 어떤 일에도 유혹되지 않았다며 '불혹(不惑)'이라고 규정했다. 그런데 필자도 나름으로 열심히 산다고 했으나 지나놓고 보니, 세상에 현혹되어 정신을 못 차리고 넘어지는 경우가 부지기수였다. 어떤 일은 결정을 짓지 못해 망설이다가 기회를 놓치는 경우도 많았다.

또 공자는 오십이 되어서는 하늘의 뜻을 알고, 그 뜻에 따라 사는 지천명(知天命)이라 했다. 그런데 필자는 오십이 되었어도 하늘이 내게 부여한 사명이 무엇인지 알 수 없었다. 나훈아의 노래처럼 "너 자신을 알라고 했지만, 도무지 모르겠다." 그러니 무엇을 하고 무엇을 완성해야 하는지, 그것의 끝은 어디인지조차 모르고 지나고 말았다. 그러니 흔들리고, 비틀대고, 어설프고, 허점이 가득한 삶이었다고 해야 할 것이다.

그래서 나는 은근히 육십 대를 기다렸다. 공자가 말한 60, 이순(耳順), '귀가 순해져 어떤 말이든 편하게 수용하고 소화할 수 있는 나이

일 것'이라고 생각했다. 60이 되면 부족하나마 귀가 순해져서 어엿한 삶을 구축할 수 있을 것으로 생각했다. 그런데 막상 60대를 살다 보니, 또다시 '공자의 말은 거짓이 아닌가?'라는 의심이 되었다.

60이 되어 보니, 귀가 순해지기는커녕 오히려 더 까칠해졌다는 느낌이 든다. 무슨 말을 들으면 수용하기보다는 배척하기에 바빴고, 수용하더라도 나와 비슷한 것만 수용하고, 그 외에는 거들떠보려고 하지 않았다. 심지어 나만이 가지고 있는 견고한 성을 구축하고, 다른 것들이 들어오지 못하도록 방어하고, 내가 옳다고 여기는 것에 누군가 반대하면 길게 듣지 못하고 당장 화를 내게 된다. 또 누가 나에게 부정적인 말을 하면 소화해 내지 못하고, 당장 얼굴부터 붉히게 된다.

60에는 귀가 순해진다는데 이게 무슨 일일까? 귀가 순해지기는커녕 더 악해졌다는 느낌이 든다. 사회 현상이나 다른 사람을 볼 때도 마찬가지다. 나와 다른 생각을 말하면 당장 불편한 감정이 울렁댄다. 또한 타인이 내게 불편한 평가를 하면 당장 화가 용암처럼 달아오른다. 그럴 때마다 나는 근본적으로 나 자신이 못 되어서, 혹은 수련이 덜된 사람으로 여기지 않고 여전히 '종심(從心), 그러니까 70에 이르지 못해 그런가?'라고 위안을 삼으려고 한다.

공자는 70을 종심소욕이불유구(從心所欲而不踰矩, 마음대로 해도 법도를 넘지 않는다)라고 했다. 마음대로 하더라도 사회 법도를 어긋나지 않게 된다는 말이다. 공자는 이제 살 만큼 살면서 원숙해서 어떤 일을 하더라도 법도에서 벗어나지 않게 되었다는 말인데, 지금 내 삶을 보니 70이 되어도 공자의 말에는 근처에도 못 가겠다는 생각이 든다.

공자가 내린 나이 정의를 보면서 사람이라면 누구나 이런 과정을 거쳐 원숙한 삶을 살게 될 줄로 알았다. 그런데 내가 살면서 생각해 보니, 공자의 말들은 나이를 먹으면 저절로 얻어지는 통과의례가 아니라는 생각이 들었다. 공자처럼 부지런히 책을 보고, 열심히 공부하고, 부단히 절차탁마(切磋琢磨)한 사람만이 얻을 수 있는 일종의 자격증 같은 것이 아닌가 하는 생각이 들었다. 그냥 나이만 먹는다고 해서 거저 주어지는 벼슬이 아니라는 말이다.

인생을 개망나니처럼 함부로 생각 없이 산 사람이라면, 아니 그렇지 않고 적당하게 산 사람이라도 공자가 말한 나이 수준에는 도저히 범접할 수 없겠다는 생각이 든다. 젊어서부터 부지런히 삶을 가꾸고, 공부하고, 수련하지 않으면 이순(耳順)이나 종심(從心)에 이른다는 것은 어림도 없는 이야기라는 생각이다.

최근에 새삼스럽게 재유행하고 있는 말이 있다. 한동안 기억 속에서 가물가물하던 말이었는데 근자에 젊은이들 사이에서 다시 회자되고 있는 '꼰대'라는 말이다. 이 말은 원래 1968년 동아일보에 연재된 이호철의 소설 『서울은 만원이다』에서 추레한 중년 남성을 이르는 말로 사용했다. 그래서 한동안 청소년이나 젊은이들이 나이 많은 남자 어른을 비꼬는 은어로 사용하기도 했다. 그러던 말이 수면 아래로 가라앉아 있다가 근자에 다시 재유행하고 있다. 별로 좋은 의미가 아닌 말이 다시 유행하고 있는 이유는 무엇일까? 아마도 어른들의 구태의연한 사고방식이 타인에게 자기 생각을 강요하는 일이 많아지면서 나타난 현상이 아닌가 생각한다.

   계절이 건네는 말

그만큼 요즘 어른들은 젊은이들에게 부정적인 시선으로 보이는 것 같다. 아무래도 이런 일들은 이 시대의 어른들이 어른답지 못한 데서 기인한 것이리라. 어른들의 귀가 나이 들어도 순(順)해지지 못하고, 젊은이들의 말을 수용하지 못하고, 젊은 세대에게 자기 경험만을 강요한 데서 비롯된 일이 아닌가 싶다. 바꿔 말하면 어른들이 나이만 먹었지, 자기 관리에 부실하고, 자기 연찬에 게을렀다는 말일 것이다.

억지로 변명이라도 해 본다면 우리 시대 어른들은 그동안 가족과 자신, 아니 직장에서 자기 몫을 다하느라 정신없이 살아왔다. 그러니 자신을 갈고닦는 수신(修身)을 제대로 할 수 없었다. 그렇게 위안을 삼으려 해도 젊은이들이 봐주려고 하지 않는다. 그러니 어쩔 수 없는 노릇이다. 이제라도 늦지 않았다는 생각이다. 어른들이라면 남은 생애 동안 공자가 제시한 연령의 등급에 맞는 삶을 살도록 스스로 자기를 갈고닦는 일을 게을리하지 말아야 할 것이다. '늦었다고 생각한 때가 가장 이르다'라는 서양 속담처럼 꼰대를 벗어나 무엇이나 수용할 수 있는 사람이 되려면 지금부터 시작해도 늦지 않을 것이다. 이런 노력을 원했던 퇴계는 아래와 같은 시를 남겼다.

명주실은 백 번을 처리해야 하애질 수 있고 百練絲能白
거울은 천 번을 문질러야 비로소 맑아진다네 千磨鏡始明

명주실은 수많은 절차를 거쳐서 비로소 하얗게 되고, 거울은 수없이 문질러 닦아야 맑아진다는 말이다. 옛날 거울은 요즘 거울과 달라 희미하게 보였다. 그러니 자주 문지르고 닦아야 얼굴을 볼 수 있었다. 우리네 삶도 마찬가지라는 가르침이다. 무슨 일이든지 단숨에 그냥 이뤄지지 않는다는 말이다. 부지런히 갈고닦고, 관리해야 무엇이나 하나 이룰 수 있다는 말이다. 나이가 들어서도 포기하지 말고, 삶을 연찬하는 데 게으름 피우지 말아야 하겠다.

만일 젊은이들이 이 글을 본다면 참고하길 바란다. 젊어서 인생을 그냥 허투루 살면 나이 들어 지금의 어른들처럼 꼰대가 되기 쉽다. 속담에 '상놈은 나이가 벼슬'이라는 말이 있는데, 훈련하지 않으면 나이조차 벼슬이 되지 못한다. 자기 관리에 철저하지 않으면 추하게 될 뿐, 별 볼 일 없게 되고 만다.

젊어서 좋은 책을 읽고, 아름다운 예술을 접하고, 마음을 다스리는 훈련을 해야 할 것이다. 일 년이라는 긴 시간을 살면서 글 한 편, 책 한 권 읽지 않는 사람들이 있는데, 이런 삶으로는 공자의 나이 단계 근처에도 갈 수 없다. 필자가 살아 보니, 나이를 먹는다고 해서 공자처럼 저절로 하늘의 뜻을 알게 되고 귀가 순해지는 것이 아니다. 나이를 먹는다고 해서 그냥 어른이 된다고 생각하는 것은 착각이다. 젊어서 시간이 주어지는 대로, 여유가 생기는 대로, 아니 바쁘게 돌아가는 삶 속에서 조금씩 자기를 다듬어야 할 것이다.

지금이라도 부단한 노력을 기울여야 하겠다. 그래야 70이 되어서 공자의 말처럼 아무렇게 살아도 법도에 어긋나지 않은 종심(從心)의 근처에 도달할 수 있지 않을까 싶다. 꼰대 소리를 듣는 어른은 언제나 좋아 보이지 않기 때문이다.

   계절이 건네는 말

# 5.

# 소나기

하늘이 스트레스를 많이 받았나 보다. 아니면 얼마 전에 먹은 음식이 소화되지 않아 속이 뒤틀렸는지도 모를 일이다. 아무튼 하늘의 심사가 어떻게 몹시 꼬인 것은 분명해 보인다. 그리 곱던 파란 얼굴은 어디 가고, 오래된 공장 굴뚝에서 뿜어져 나온 시커먼 연기를 둘러쓴 모습이다.

사람들은 이제야 하늘에게 스트레스를 안겨 준 사실이 기억났는지, 긴장하고 당황하는 모습이다. 눈치가 빠른 사람들은 하늘의 진노를 피하느라 벌써 발걸음을 재촉하고 있다. 어떤 사람은 무작정 그냥 뛰기 시작한다. 어른들이 뛰니 아이들은 상황도 모르고 그냥 덩달아 달리기 시작한다. 마치 전쟁 속에서 포탄이 쏟아지는 전장을 가로질러 달아나는 모습 같다. 머뭇거리는 사람들에게 경고를 내리고 싶은지, 하늘은 뇌성에 번개를 동반하여 살벌한 분위기를 만들고 있다.

사람들은 소리를 지르며 자기 죄를 생각하고, 마음을 다잡기 시작한다. 하늘의 진노가 임박한 모양이다.

굵은 비들이 프라이팬 위에서 볶아지는 깨처럼 톡톡 튀면서 밖으로 튕겨 나왔다. 어떤 사람은 머리에 서류 봉투를 이고, 다른 사람은 바람막이 잠바를 벗어서 차도르처럼 둘러줬다. 어떤 이는 차양이 있는 건물 밑으로 뛰면서 "곧 그칠 거야. 조금만 피해"라고 하며 건물 차양 밑에서 숨을 고른다.

하늘은 본래 성질이 급한 존재일까? 당장 노여움을 쏟아내더니, 금세 누그러질 태세다. 어떤 사람은 비가 쏟아지는데도 차 시간이 없다며 빗속을 그냥 달려간다. 비를 맞는 사람이야 불편하겠지만 소나기가 만들어 낸 요란한 풍경은 건물 안에서 유리창으로 보는 사람에게 호강을 안겨다 준다.

팔월은 장작을 가득 채워 불을 지핀 찜질방처럼 강한 열기를 뿜어낸다. 그러면 사람들은 찜찜했던 장마를 벌써 잊고 얼음 같은 시원한 카타르시스를 기다린다. 이때 사람들의 가슴을 툭 터지게 만들고, 마치 명쾌한 유머처럼 폭소를 만들어 내는 것이 바로 소나기다. 성난 표정으로 고함을 질러 천지를 찢어 놓을 것 같은 험한 위용을 과시하기도 하지만 그렇다고 장마같이 질질 끌며, 천박한 사람처럼 칭얼대지는 않는다. 그야말로 강하면서도 산뜻하다. 이 기쁨은 상쾌하고, 재밌는 하늘이 베풀어 준 은혜다. 이 현장에 참여하는 사람은 기쁨을 누릴지언정 기분 나빠하지 않는다. 겉으로는 비에 흠뻑 젖더라도 속으로는 상쾌함을 얻는다. 소나기가 내리면 지나가던 시간도 멈추고

    계절이 건네는 말

구경하거나, 어떤 경우 흠이 생긴 레코드판 위에서 지직대며 톡톡 튀어 올라 역주행하는 축음기 바늘처럼 두서없이 과거를 소환해 내기도 한다.

대학교 때 일이다. 8월 초순 무렵 2학기 수강 신청을 위해 학교에 갔다. 그때 필자는 학교로부터 2킬로미터 남짓 떨어진 곳에서 하숙하고 있었다. 그래서 학교에 가려면 늘 걸어 다녔다. 그날도 태양이 대지를 온통 달구고 있었다. 밖에 나가면 당장 벌겋게 익은 바비큐가 될 것 같았다. 오후가 되니, 태양이 더위에 지쳤는지, 아니면 사람들을 괴롭힌 것에 대한 미안한 양심이 발동했던지, 살며시 구름 속으로 숨어들었다. 해가 여유를 부리자, 바람이 보통 때와 다른 양상으로 불기 시작했다. 그래서 작은 접는 우산 하나를 양산 삼아 들고, 부지런히 학교로 향했다. 수강 신청을 마치고 집으로 오려는데 하늘이 조금 전과는 완전히 다른 모습으로 변장하고 있었다. 곱고 연한 얼굴은 어디로 가고, 시커먼 아스팔트 액에 몸을 담근 모양이다.

집으로 절반쯤 왔을 때 하늘은 심술을 풀어내기 시작했다. 갑자기 물을 토해냈다. 집으로 오는 길은 허허벌판이라 의지할 만한 건물이나 나무도 없었다. 우산이 없으면 내린 비를 홀딱 다 맞아야 했다. 그런데 준비해 간 우산 덕에 염려되지 않았다. 유비무환(有備無患)이라는 말이 이때를 이르는 말인 성싶었다. 소나기는 도저히 꺾을 수 없이 작열하는 태양을 달래 놓고, 상쾌한 기분을 가져다 주었다. 준비해 간 우산을 펼쳐서 비를 막았다. 워낙 세차게 내리는 비라 마치

토란잎을 쓰고 있는 것처럼 허접해 빗물이 안으로 마구 뚫고 들어왔다. 그때였다. 뒤에서 누군가 다급히 부르는 소리가 들렸다. 상큼한 여인의 목소리였다. "우산 좀 같이 써요." 몇 번을 불렀던 것 같은데, 빗소리 때문에 듣지 못했던 것 같다. 나는 신사의 도를 실천하느라 오던 길을 돌아가 달려오는 여인을 맞이했다. 그 여인은 우리 하숙집 옆집에서 동생과 자취하고 있던 역사교육과 여학생이었다. 조금 전에 시작한 비였지만 여학생은 벌써 비를 다 맞았다. 그 모습이 마치 비 맞은 학처럼 우아하면서도 품위를 잃지 않은 의젓한 모습이었다. 나는 남자라고 나보다는 여학생 쪽으로 우산을 기울여 썼다. 작은 우산 속에 남녀가 같이 있다 보니, 분위기가 묘했다. 여학생은 비를 피하려고 뛰어온 탓에 숨도 헐떡였다. 학교를 오고 가면서 여학생을 본 적이 있었지만 이렇게 가까이에서 보는 것은 처음이다. 얇은 여름옷이 비를 맞았으니, 몸에 딱 달라붙어 몸매가 고스란히 드러났다. 그 모습이 낯설었는데, 잠잠했던 감정을 까불러 주었다. 그때 나는 청포도에서 나오는 상큼한 단맛 같은 여인의 싱그러운 맛을 느꼈다. 나도 모르게 좋으면서도 익숙지 않은 기분에 행동이 먼저 알고 버벅댔다.

소나기라 금방 멈출 줄 알았는데 그치지 않고 계속 내렸다. 퍼붓는 소나기 속에서 둘이 작은 우산 하나에 의지하고 있으니, 껴안고 있는 거나 다름없었다. 둘이 너무 붙어 있다는 느낌이 들었다. 어느덧 순수가 붉은색 물감을 입어 물들어 간 것처럼 슬그머니 핑크빛 감정이 돌았다. 먼 데서 이 모습을 보는 사람이 있다면 아마 영화 '쉘부르의 우산' 포스터 속 연인을 떠올렸을지도 모를 일이다. 그렇게 소나

   계절이 건네는 말

기 덕에 우리는 우산을 같이 쓰고 자취방까지 같이 갈 수 있었다. 데려다주고 돌아서는데 여학생이 고마웠는지, "다음에 같이 시간을 내요" 했다. 엄청 기분이 좋았다. 그렇게 우리는 데이트를 하고 2년 동안 외로운 줄 모르고 학교생활을 할 수 있었다.

학교에서 고3 여학생들 입시 지도를 하고 있을 때 일이다. 1월부터 숨 가쁘게 달려온 입시 준비는 사람의 정서를 말려 놓고, 정신적으로나 육체적으로 매우 고달프게 만들었다. 더구나 8월이 되면 더위까지 겹쳐 몸을 녹초로 만들어 놓았다. 그래서 수능까지는 어찌어찌 가야 하니까 아이들의 모양새는 마치 목줄에 묶여 끌려가는 양처럼 비참한 형국이다. 힘든 여정이라 쉬어가고 싶은 마음이 굴뚝같다. 아이들은 쉴 만한 핑곗거리를 찾느라 용을 쓰고 있다. 더구나 당시에는 에어컨도 없던 시절이라 교실 열기가 이만저만이 아니었다. 누가 보면 어색할 정도로 다 큰 여학생들이 옷을 거의 훌러덩훌러덩 벗은 것처럼 가볍게 입고 있었다. 그때였다. 하늘이 괴성을 지르더니, 번개를 동반한 소나기를 뿌려댔다. 조금 있으니, 마치 댐에서 쏟아진 폭포수처럼 엄청난 양과 속도로 쏟아졌다. 아이들은 무더위를 깨부수는 소나기가 너무 좋다며 함성을 지르고 책상을 두들겼다. 자율학습 지도를 하고 있던 필자도 덩달아 기분이 시원해졌다.

학생 중 한 명이 "선생님, 우리 비 맞으러 가요" 했다. "정말? 그럴 수 있겠어?" 했더니, 모두 큰 소리로 "네" 했다. 순간 '아이들을 데리고 천둥 번개가 치는 빗속으로 나가는 것은 아니지'라는 생각이 들었다. 아이들을 제지하고 싶은 마음에 명분을 만들었다. "번개가 치면 위험해, 안 돼" 했더니, 아이들이 "그래도 괜찮아요. 맞으러 가요" 했다. 첫 번째 방어선이 무너지고 말았다. 그래서 또 다른 명분이 필요했다. 학급 인원이 48명이었으니, 비 맞는 것을 싫어하는 아이들도 있을 것 같아서 "그러면 좋아, 한 사람도 빠짐없이 다 나가면 선생님

 계절이 건네는 말

도 가지"라고 했다. 한두 명은 안 간다고 할 줄 알았는데, 모두 다 나간다고 큰소리를 쳤다. 제시한 약속을 어길 수 없어 "그럼 모두가 다 원하니까 가자" 하고 우리는 모두 옥상으로 올라갔다. 화가 난 듯 쏟아내는 물줄기를 함성과 함께 흠뻑 맞았다. 더위가 기승을 부리고 있던 터라 비를 맞으니 기분이 너무 황홀했다.

어느 정도 맞고 나니, 비가 그쳤다. 비를 맞은 데까지는 좋았는데 비가 그치고 난 뒤 모습이 가관이었다. 비를 맞은 촌닭들처럼 모양이 영 어색했다. 우리 반이 비를 맞으러 나가니 다른 반에서도 웅성웅성 자습이 되지 않았다. 선생님이고 아이들이고 불만을 토로하는 바람에 교실이 시끄러움에 휩싸이고 말았다. 다른 반 아이들이나 선생님들께 면목이 없었다. 소나기를 맞고 그날 우리는 자습을 할 수 없었다. 놀면서 자습 시간을 때우다가 초라하고 어색한 기분을 안고 집으로 가야 했다. 하지만 이날의 추억은 두고두고 잊을 수 없는 일이 되었다.

내가 일하는 가게에서 소나기가 연출한 장면을 보고 있자니, 미소가 절로 인다. 사람들이 놀라 달아나고, 엉거주춤 뛰고, 몇 가닥 남지 않은 옆머리로 넘겨 빗은 대머리 신사는 머리가 옆으로 떨어질까 봐 손으로, 옷으로 가리느라 당황한 모습이다. 이런 재밌는 코미디가 따로 없다. 순간의 일이지만 소나기는 새로운 영화 한 장면을 멋지게 찍어 냈다. 더욱이 내 기억의 창고 어느 한편에 켜켜이 쌓여 있던 추억의 한 장면을 꺼내 훌훌 불어 흑백 필름까지 상영해 주었다.

소나기는 그냥 소나기가 아니다. 아름다운 추억이자 삶을 보석으로 빛나게 다듬어 주는 멋진 세공사다. 그뿐만 아니라 가마솥처럼 달궈진 대지를 안정시켜 주고, 짜릿한 감정을 가져다주는 시원한 탄산음료다. 연인을 만들어 주기도 하고, 고운 추억을 생산해 내기도 한다. 소나기는 허기지고 팍팍한 우리네 삶에 여유와 감동으로 이어주는 월하노인(月下老人)과 같은 존재다.

살다 보면 불볕더위처럼 견디기 힘든 뜨거운 시절을 만날 수 있다. 그럴 때면 한 번쯤 쉬었다 가고 싶은 마음이 들기도 한다. 그럴 때 소나기는 삶에 큰 힘이 돼 준다. 살면서 지치고 힘들 때 잠시 쉬어갈 수 있는 피난처가 돼 주기도 한다. 세상을 살면서 나도 이런 소나기 같은 사람이 되고 싶다. 내 주변에서 삭막하고 거친 인생길을 살아가는 사람들의 더위를 식혀 주고, 추억을 만들어 주고, 유머를 보여 주고, 순간의 카타르시스를 제공해 주는 그런 소나기 같은 삶을 살고 싶다.

# 6.

# '닭대가리'에 대한 유감

      '닭대가리'라는 말은 우리가 평상시에 잘 사용하지 않는다. 어쩌다가 화가 나거나, 닭대가리처럼 어리석고 무지한 사람을 비난할 때 사용한다. 닭이 맹금류의 추격을 받다가 마지막에는 풀숲에 대가리를 처박고 있다가 결국 잡힌다고 해서 이를 비난하는 말이지만 욕이나 다름없는 말이다. 그런데 근자에 들어 '이 말이 과연 맞는가?' 하는 의심이 드는 일을 겪었다. 닭을 가까이에서 살펴보니, 이 말의 진위(眞僞)에 상당한 의문이 들었기 때문이다.

    우리 아이가 초등학교 4학년이 되었을 때 일이다. 글을 읽기 시작하면서 학습 만화책이며 여러 책을 좋아하고, 여러 분야에 관심과 호기심을 드러냈다. 의심이 가는 것마다 물어보고, 때로는 부모가 대답하기 어려운 분야도 질문했다. 이런 아이의 모습을 보면서 '공부를 잘하려나?' 하는 생각을 하기도 했다. 그래서 우리는 아이의 호기심에 적극 반응하고, 그 호기심을 지원해야겠다고 생각했다.

아이가 보인 호기심 가운데 하나는 병아리가 정말 알에서 태어나는지에 대한 의문이었다. 달걀은 요리할 때 자주 사용하기도 하고, 주변에서 자주 볼 수 있을 뿐 아니라 함부로 툭 깨서 먹기도 하는 물건이라 생명체라는 의식을 하지 못했나 보다. 아들의 호기심을 응원하고, 지원하기 위해 집에서 알을 직접 부화시켜 보자고 제안했다. 아들은 관심을 보이며 매우 좋아했다.

인터넷에서 부화기를 구매하고, 마트에 들러 최근 들여온 유정란 10개를 샀다. 부산하게 준비하는 과정을 보니, 아들보다 부모 호기심이 더 크다는 생각이 들기도 했다. 부화기 설명서에 나온 대로 알을 부화기에 넣고 습도 조절을 위해 물도 조금 부었다. 부화기 가동 날짜를 달력에 표시해 두고 매일매일 부화기가 잘 작동하고 있는지, 달걀의 모양이 달라지고 있는지, 책에 기록된 대로 정말로 21일이 되면 병아리가 깨어나는지 살펴보기로 했다. 부화기가 시간에 따라 알을 굴리는 모습을 보니, 우리 기대는 소나기로 불어난 강물처럼 더 세차게 불어나고 있었다. 예정일이 다가오자, 아직 시간이 많이 남았는데도 데이트 날짜를 기다리는 연인들처럼 알을 더 자주, 빈번하게 관찰했다. 마지막 날에는 자는 동안 병아리가 깨어날까 봐, 당번을 정해 잠을 줄여가며 알의 동태를 살폈다.

병아리가 태어나기 전부터 우리는 여러 마리가 태어날 것을 대비해 이름을 고민했다. 그러자 아들이 어렵게 생각하지 말고, 그냥 맨먼저 나온 병아리를 일병이, 두 번째는 이병이, 다음은 삼병이, 사병이 하자고 제안했다. 그래서 우리는 아들의 제안대로 깨어난 순서를 따라 그렇게 부르기로 했다.

호기심이 기운을 불어넣고, 기다림이 힘이 된 걸까? 새벽이 되니 아내가 마치 전쟁이 난 것처럼 자는 방에 들어와 급하게 깨웠다. 우리는 모두가 난리가 난 것처럼 서둘러 부화기로 달려가 숨을 죽이고 살폈다. 한 알에 금이 가더니, 작은 구멍이 생겼다. 병아리가 알을 깨고 나오기 시작한 것이다. 우리는 깊은 산속에서 어렵게 발견한 인삼을 두고 '심봤다'를 외치는 심마니처럼 함성을 지르고 싶었다. 하지만 작은 구멍을 뚫은 경이로움에 놀라고, 신비로움에 눌려 말을 하지 못하고 숨을 죽였다. 알은 고요 속에서도 작은 구멍으로 호흡을 끌고 들어와 생명을 완성하고 있었다. 놀라움에 흥분을 주체할 수 없었다. 세상에 신비로움이 우주의 빅뱅에만 있을까? 돌덩이같이 죽어 있는 알에서 생명이 탄생하다니, 바로 이것이 우주적인 경이로움이 아닌가? 신비한 세상은 먼 곳에 따로 있지 않았다.

드디어 날이 차니 정말 병아리들이 알에서 부화하기 시작했다. 신비로웠다. 알이 부화기에 들어간 시간은 모두 같았는데, 알을 깨고 나오는 시간은 조금씩 달랐다. 21일째 되는 날 일병이가 맨 먼저 알을 깨고 나왔다. 이후 한 시간 남짓 지나니까 두 번째 이병이가 나왔다. 다음 병아리는 쉽게 태어나지 못하고 한나절이 지나고 나서 삼병이가 태어났다. 또 하루가 지나고 사병이가 나왔다. 그다음에는 하루 이틀이 지나도 다른 알들은 깨어나지 않았다. 나머지 6개는 끝내 부화하지 못하고 말았다. 깨어난 숫자보다 깨어나지 못한 알이 많아 아

쉬움을 주었다. 하지만 우리는 신비로운 광경과 함께 정말로 병아리가 알을 깨고 나온다는 사실을 눈으로 똑똑히 확인할 수 있었다.

부화 예정일이 다가오자, 커다란 종이상자를 마련하고, 병아리들이 엄마 품처럼 느낄 수 있도록 상자 중앙에 백열전구를 달아 주었다. 상자 속 온도 점검을 위해 벽면에 작은 온도계도 붙였다. 그리고 병아리들이 먹을 수 있는 사료도 구매해 먹이통에 넣어 주었다. 부화기에서 깨어난 병아리들을 새로운 상자로 옮겨 주었더니, 마음에 들었는지 매우 활발하게 움직였다. 노란 병아리들은 본능적으로 삐악삐악 소리를 내면서 먹이를 먹기 시작했다.

이렇게 해서 우리는 얼떨결에 병아리 사육을 하게 되었다. 알에서 깨어난 지 1주일이 지나자, 덩치가 제법 커져 처음 상자로는 감당하기 어려웠다. 그래서 다시 더 큰 철제 사육장을 마련해 조금 더 넓게 만들어 주었다. 병아리들은 하루가 다르게 닭의 모습으로 성장해 갔다. 가족들이 퇴근해 닭장에서 병아리를 꺼내 주면 제 세상을 만난 양, 움직임이 더욱 활발해졌다. 무릎에 앉기도 하고, 어깨 위에 올라가 앉기도 했다. 어찌나 귀엽고 예쁘던지 집안에 생기가 돌았다.

언젠가 책에서 보았는데 조류는 알에서 깨어날 때, 처음 들은 소리를 엄마의 소리로 인식한다고 했다. 이들이 깨어날 때 사람의 소리를 들어서 그런지 우리가 걸어 다니면 어미 닭을 따라다니는 것처럼 졸졸 따라다녔다. 가족 중에 늦게 들어오는 사람이 있으면 현관으로 달려 나가 닭이 할 수 있는 온갖 반가운 동작을 온몸으로 보여주었다.

병아리들에게 어찌나 정감이 가던지, 닭장에 넣어 놔도, 꺼내 놔도, 병아리들은 우리의 관심과 사랑을 받기에 충분했다. 병아리를 안고 쓰다듬어 주고, 손에 먹이를 얹어 먹여 주고 안아 보기도 했다. 그러면서 병아리와 점점 정이 깊어져 갔다. 병아리와 어울려 지내면서 그동안 가졌던 의문 하나를 해소하는 계기도 되었다.

필자는 평소 새에 대한 의문을 품고 있었다. 새들은 추운 겨울에도 발에 양말이나 신발을 신지 않고 차가운 물속이나 얼음 위에서도 잘 지냈다. 우리는 조금만 추워도 견디기 힘든데 새들은 '어떻게 저럴 수 있을까?'라는 생각을 가졌다. 그런데 닭을 기르면서 봤더니, 그 의문이 어느 정도 해소될 수 있었다. 닭이 손이나 어깨 위에 앉았을 때 닭발의 온도를 느낄 수 있었는데 따뜻한 것이 아니라 아예 뜨겁게 느껴졌다. 발바닥이 이렇게 뜨겁다는 말은 피가 발바닥까지 잘 돌고 있다는 것을 의미할 것이다. 피가 계속 덥혀 주니, 새들은 맨발로 다녀도 추위를 잘 견딜 수 있겠다는 생각이 들었다. 과학적으로 맞는 원리인지 모르겠지만 내 생각으로 '이런 원리 때문에 추운 겨울을 잘 견딜 수 있구나'라는 짐작을 하게 되었다.

이렇게 시간이 가면서 우리는 닭을 좋아하게 되었다. 그런데 문제가 있었다. 병아리들의 재롱은 너무 좋은데, 여러 마리가 침대 위나 소파 위, 거실 등 아무 데나 똥을 싸고 다녔다. 또 가끔 날개를 치곤 했는데 그럴 때면 어찌나 세게 치던지, 털이나 먼지가 사방으로 날렸다. 한 달이 넘어가니, 아파트에서는 더 이상 기를 수 없겠다는 생각이 들었다. 아들이 집에서 계속 기르자고 성화였지만 불편이 늘어나

  계절이 건네는 말

니 그냥 두고 볼 수 없었다.

가족들이 모여 회의를 했다. 서운한 일이지만 이런저런 이유를 들어 닭들을 키우지 못하겠다고 결론 내렸다. 해결 방안으로 시골에서 닭을 기르고 있는 아빠 친구네 집으로 보내자고 했다. 막상 보내려고 하니, 정이 많이 들어서 그런지 매우 절친한 벗과 헤어지는 것처럼 서운하고 허전하다는 감정이 지워지지 않았다. 사람을 알아보고 재롱을 떠는 녀석들을 멀리 보낸다고 생각하니, 한용운의 고백처럼 '뜻밖의 일이 되고 놀란 가슴은 새로운 슬픔에 터집니다.' 우리 가족은 놀란 가슴으로 상당한 상처를 입게 되었다.

그동안 간식으로 치킨을 자주 먹었는데, 닭이 예쁘다거나 귀엽다고 생각해 본 적이 한 번도 없었다. 더구나 고맙다거나 서운하다거나 안타깝다는 생각은 전혀 하지 못했다. 그런데 우리 집에서 태어나 같이 생활하던 닭을 보낸다고 하니, 죽인 것도 아닌데, 더구나 좋은 환경으로 보내 준다고 하는데도 눈물의 원천이 되고 마는 것을 경험했다.

닭들을 시골로 보내는 날 아침, 우리 가족은 곱게 만든 상자에 닭들을 넣고 시골에 가서 잘 지내라는 인사를 건넸다. 닭들도 우리와 헤어지는 것이 싫었던지 푸드덕거리며 자꾸 경쟁적으로 밖으로 나오려고 무진 애를 썼다. 그래도 어쩔 수 없었다. 냉정하게 상자 뚜껑을 야무지게 닫고 마무리를 했다. 그렇게 해서 우리는 정이 듬뿍 들었던 닭들과 이별하게 되었다.

닭들과 이별 후에 우리 가족은 이별의 아픔을 다스리기 어려웠다.

만해 한용운은 걷잡을 수 없는 슬픔의 힘을 옮겨서 새 희망의 정수박이에 부었다고 했지만 우리는 그리할 수 없었다. 멀리 보낸 닭들을 생각하고 애틋한 감정을 일으키고 그리게 되었다. 아침저녁으로 친구에게 전화해서 닭들의 안부를 묻고, 자라 갈 모습도 상상했다. 닭들을 보내고 나서는 그렇게 좋아하던 치킨 간식도 먹을 수 없었다. 치킨을 먹는 것이 우리 병아리를 잡아먹는 것과 같다는 생각이 들어, 닭에게 큰 죄를 짓는 것과 같은 마음이 들었기 때문이다.

닭 사육을 맡아 준 친구에게 "정이 들었던 닭을 보내려니 마음이 너무 허전했다"라고 했더니, 친구 역시 동물이지만 기른 정이 보통이 아니라고 하면서 "내가 닭을 기르고 있으니까 친구들이 닭을 잡아먹자고 부탁하곤 하는데, 내가 기른 닭이라 정이 들어 함부로 못 잡겠어. 나를 알아보고 좋아하는데 내 손으로 차마 닭을 잡을 수 없다는 말이네. 그래서 친구들 바람에 응하지 못하고 있다네" 했다. 그러면서 "'닭을 잡아먹고 싶으면 닭을 줄 테니, 친구들이 직접 잡아먹소'라고 했다"라고 한다. 그러면서 동물이지만 직접 기른 정과 감정을 느껴보지 않은 사람은 정말 그 감정을 모르는 일이라고 했다. 그 후로 친구는 친절하게도 닭들의 모습이 담긴 동영상을 보내 주기도 하고, 우리 닭이 낳은 알이라며 달걀을 가져다주기도 했다. 그럴 때마다 우리는 닭에 대한 추억을 이야기하곤 했다.

사람들은 별생각 없이 남을 비난하고 싶으면 '닭대가리'라는 말을 떠올린다. 닭의 생태를 빗대서 만들어진 말이긴 하지만 잠시나마 닭을 길러 본 사람이라면 이 말이 얼마나 닭의 생리를 모르고 하는 말

　　　　　　　　　　　　　　계절이 건네는 말

인지 당장 알 수 있다. 닭을 가까이에서 직접 길러 보니, 닭은 어리석은 동물이 아니었다. 생각을 뒤집어 놓을 만큼 매우 영리한 동물이었다. 닭들도 강아지 못지않게 사람을 알아보고, 좋아해 주고, 감정을 나눌 줄 아는 동물이었다. 이런 모습을 보니, '닭대가리'라는 말이 닭에게 도무지 어울리지 않는다는 생각이 들었다.

우리는 스스로 만물의 영장이라며 우쭐대기도 한다. 하지만 어떤 경우, 닭보다 못하다는 생각이 자주 들기도 한다. 남을 무시하고, 업신여기고, 다른 사람의 감정을 이해하지 못하는 사람들이 많기 때문이다. 작은 이익이라도 있으면 부모도 형제도 없다. 서로 차지하겠다며 야단하고 다투고 뒤돌아서는 사람들이 많다. 그저 주변 여건을 생각지도 않고 자기만을 생각하는 사람들을 보면 '닭대가리'라고 해야 할 것이 아니라 '사람 대가리'라고 하는 것이 맞을 성싶기도 하다. 누가 닭을 어리석은 동물이라고 하는가?

# 7.

# 보신탕에 관한 생각

우리 집에는 반려동물이 두 마리나 있다. 하나는 단비
라는 세 살짜리 고양이이고, 다른 하나는 두 살짜리 아롱이라는 강
아지이다. 우리 식구들은 본래 반려동물이라고 하면 모두 마땅치 않
게 여겼던 사람들이다. 주변에서 반려동물들을 기르거나 데리고 다
니는 사람을 보면 '사람이나 잘 키우지, 동물한테 저게 뭐야' 하면서
좋지 않은 감정을 드러내곤 했다. 더구나 아내는 털이 날리고, 산책
을 시켜줘야 하고, 병원에 데리고 다녀야 하는 등 불편한 일이 많다
며 아주 반대했다. 그런 우리 집에서 반려동물을 두 마리나 키우게
되다니, 아무리 생각해도 얼른 납득이 되지 않는다. 우리 집에서 반
려동물을 기르게 된 사연은 이렇다.

앞서 「'닭대가리'에 대한 유감」에서 말했던 것처럼 우리 집 아이의
호기심 덕에 집에서 병아리를 부화시킨 일이 있었다. 병아리를 기르

다 보니, 알 수 없는 정(情)에 빠져들었다. 하지만 몸집이 커지면서 기르기가 곤란해져, 시골에서 닭을 기르고 있는 친구네 집으로 보낸 일이 있었다. 보내고 나서 우리는 이별로 인한 허전한 감정을 주체할수 없었다.

닭이 떠난 후로 걷잡을 수 없는 슬픔의 힘을 옮겨서 새 희망(希望)의 정수박이에 들이부을 만한 새로운 대상이 필요했다. 그래서 가족이 모여 의논했다. 고양이는 독립심이 강해서 사람의 손을 조금 덜타는 장점이 있으니 길러 보자고 했다. 고양이를 분양받기 위해 애완동물 가게에 갔더니, 분양 가격이 만만치 않았다. 예쁘고 혈통이 좋아서 그런지 당장 입양하기에는 부담스러웠다. 우리 아이는 고양이가언제 오냐며 종종 보챘다. 더 미루기는 곤란하게 되었다.

예전에 시장에 나갔더니, 고양이나 강아지를 데리고 와 파는 사람이 있는 것을 본 적이 있었다. 그래서 벼르다가 어색함을 무릅쓰고용기를 내 시장에 나갔다. 마침 한 모퉁이에서 고양이 새끼 다섯 마리를 가져와 파는 할머니가 있었다. 옳거니, 비싼 고양이 대신에 이것으로 하자. 그중에서 제일 마음에 드는 암컷 고양이 한 마리를 데려왔다.

어른 주먹만 한 고양이가 얼마나 귀여운지, 병아리의 사랑을 대체하기에 충분했다. 보금자리를 마련해 주고, 장난감과 사료를 주었더니, 잘 먹고 잘 놀았다. 놀이 기구로 놀아 주면 그것을 잡으려고 깡충깡충 뛰는 모습이 너무 깜찍하고 귀여웠다. 일을 마치고 집에 들어가면 식구들이 고양이와 놀아 주느라 상당히 즐거운 시간을 가질 수

계절이 건네는 말

있었다. 이로써 병아리의 서운함을 반전시켜 새로운 희망을 만들 수 있었다.

고양이를 데려오고 한 달쯤 되었을 때 일이다. 고양이가 저녁이 되면 아기 울음소리 같은 괴성을 질러댔다. 한두 번도 아니고 밤이 깊으면 깊을수록 더 심했다. 더구나 아파트 생활을 하고 있어 이웃에 폐를 끼칠까 봐 염려돼 견디기 힘들었다. 어디 아파서 그런 줄 알고 이튿날 당장 동물병원으로 데리고 갔다. 선생님은 아픈 것이 아니라 암컷 고양이가 발정이 나면 수컷을 부르느라 내는 소리라면서 중성화 수술을 하면 곧 없어질 것이라고 했다. 다만 수술에 앞서 여러 예방접종을 해야 한다며, 성장 과정을 보니 아직 수술하기에는 이르다며 3주 후에 다시 오라고 했다. 그렇게 해서 우리는 저녁이면 잠을 미루고 고양이 괴성에 시달리며 지내야 했다.

어린 시절에도 고양이의 이런 괴성을 들은 적이 있었는데, 그 소리가 싫어 고양이에 대해 좋지 않은 이미지를 갖고 있었다. 알고 보니 그 소리는 암컷 고양이의 세레나데였다. 중성화 수술을 마치고 나서 우리 단비는 얌전하고, 깜찍하고, 귀여운 좋은 반려묘가 되었다.

우리들이 집에 들어가면 반갑다는 표현을 어찌나 잘하는지, 바닥에 아예 때굴때굴 뒹굴었다. 표현할 수 있는 온갖 몸짓을 다 하면서 야옹야옹 소리를 내고, 반갑다는 표현으로 자기 뺨을 우리 발에 비벼댔다. 우리를 따라 사방으로 뛰어다니면서 소리를 내고 발톱으로 스크래치를 냈다. 집에 들어가면 일에 지쳐 피곤한데, 단비의 재롱에 피곤이 달아나고 새로운 감정이 생겨났다.

　날이 가다 보니, 고양이가 우리에게 너무 집착하는 것 같았다. 또 다른 단점으로는, 만날 때는 그렇게 반가운 표현을 하는데 인사가 끝나면 주인을 소 닭 보듯이 했다. 가까이 두고 감정을 나누고 싶은데, 간식을 들고 있거나 장난감으로 놀아 줄 때만 관심을 보이고 그렇지 않으면 주인을 멀리했다. 2년 남짓 이런 고양이의 생리를 겪은 우리는 단비의 외로움을 도와주고, 교감을 더 많이 나눌 수 있는 동물의 필요성을 느꼈다. 그래서 다시 반려동물 분양소를 찾았다. 보아하니 강아지 역시 분양 가격이 만만치 않았다. 망설이다가 큰마음 먹고 포메라니안 강아지를 분양받았다.

계절이 건네는 말

녀석이 얼마나 예쁘고 귀여운지, 바쁘고 메마른 우리 감정을 상승시켜 주기에 충분했다. 처음 강아지를 집에 데려왔더니, 고양이가 자기 영역을 침범한 것으로 알고 서로 싸우려 들어 함께 둘 수 없었다. 고양이의 외로움을 덜어 주려 했던 우리 계획이 실패로 돌아갔다. 결국 강아지만 들어갈 수 있는 울타리를 만들어 분리하고 서로 안팎에서 보고 익숙해지기를 기다렸다. 한 달 정도면 될 줄 알았는데, 한 달로는 부족했다. 그렇게 6개월 정도가 지났을 때, 둘이 조금 익숙해졌다. 다시 우리 집에 평화가 찾아왔다.

일을 마치고 집에 들어가면 두 반려동물이 현관으로 달려 나와 얼마나 진하게 환영식을 하는지 모른다. 몸을 뒹굴며 꼬리를 치고,

빙글빙글 돌고, 얼굴을 마구 비벼대면서 달려든다. 이들과 "잘 있었어?", "잘 놀았어?", "밥은 잘 먹었어?" 등과 같은 인사를 나누다 보면 밖에서 있었던 온갖 힘들고 짜증이 났던 일들이 모두 달아나고 만다. 강아지를 데리고 노는 일이 어쩌면 이렇게 기쁨과 여유를 주는지, 강아지는 언제든지 부르면 부리나케 꼬리를 흔들면서 달려온다. 감정이 색깔을 잃을 때, 부르면 언제든지 달려와 감정에 채색을 입혀 놓는다. 감정이 살아나고 쉬어 가는 감정에 즐거운 파장을 만들어 주기도 한다. 이런 맛에 반려동물을 기르는가 싶다.

이전에 TV 프로그램에서 강아지의 성별을 남자·여자로, 또 기르는 사람을 엄마·아빠라고 부르는 모습을 보면서 얼마나 비난했는지 모른다. 옛사람들은 사람과 동물을 분명히 구별하기 위해 서로 다른 용어를 사용했는데, 요즘 사람들은 동물과 사람을 구분조차 못 하고 사람에게 쓰는 용어를 강아지에게도 사용하다니 별일이 다 있다며 매우 못마땅하게 여겼다. 그런데 반려동물들을 기르다 보니, 이런 모습들조차 자연스럽게 느껴졌다. 예전에는 개고기 보신탕을 즐겨 먹곤 했다. 그런데 강아지를 기르다 보니, 생각이 예전과 많이 달라졌다. 내가 기른 것과 그렇지 않은 것에 대한 차이가 이렇게 다르다니, 새로운 느낌을 얻을 수 있었다. 그러고 보니, 사람들 사고(思考) 역시, 매우 편협하다는 생각이 들었다.

얼마 전 윤석열 대통령이 집권하면서 많은 변화가 있었다. 그 가운데 영부인의 적절치 못한 여러 이야기는 우리를 불편하게 만들기도

　　　　계절이 건네는 말

했다. 영부인이 제안한 사업 가운데 '개고기 먹는 것을 금지'하는 것
도 있었다. 좋은 일이라며 사람들은 박수를 쳤지만, 필자는 이 제안
이 너무 편협하고 짧은 소견이라는 생각이 들어 불편했다.

우선 국민적 합의가 덜 된 사안인 데다가 개고기 식용은 문화적인
측면이 강하기 때문이다. 게다가 영부인의 말 한마디로 이렇게 결정
되고 법을 만드는 것은 문제라는 생각이 들었기 때문이다. 우리는 여
러 나라의 다양하고 독특한 문화를 보면서 이해하고 수용하려고 한
다. 우리나라 사람들이 혐오하는 바퀴벌레를 튀겨 먹는 사람들이나
돼지고기나 소고기를 먹지 않는 사람들도 있다. 또 그렇게 불편하게
보이는 히잡을 기어이 쓰고 다니는 사람들도 있다. 그렇다고 해서 우
리는 그것들을 수용하려고 하지, 비난하거나 못 하게 막지 않는다.
그런 사람들을 이상하게 봐서도 안 될 일이다. 세상에는 상상할 수
없는 다양한 문화와 의식이 존재하기 때문이다.

조금 더 큰 시각으로 세상을 보면, 세상에 존재하는 모든 생명체
는 다 귀한 존재들이다. 이런 관점에서 보면 개나 양이나 소나 돼지
모두 소중한 생명체들이다. 그런데 개고기만 문제 삼아 먹지 말라고
하니 영부인의 사고가 너무 치우쳤다는 생각이 든다. 사실 반려동물
이라는 것이 뭐 별다른 것이 있겠는가? 직접 길러 보는 것과 직접 기
르지 않은 것의 차이일 뿐이다. 세상에 존재하는 모든 동물은 다 감
정이 있어 사람들과 충분히 교감을 나눌 수 있다. 그래서 혹자는 징
그럽게 보이는 파충류도 반려동물로 삼기도 한다. 그러니까 개만 소
중한 동물이 아니라 닭이나 소, 돼지도 모두 소중하고 예쁜 동물들

이라는 것이다. 심지어 여러 새도 강아지 못지않게 길들여지고, 사람과 교감을 나눈다. 그러니 이들의 생명도 예외 없이 소중하다고 하겠다. 그래서 가까이에 두고 기르다 보면 이들을 잡아먹으라 해도 함부로 잡아먹을 수 없게 된다. 그런데 내가 기른 동물은 잡아먹으면 안 되고, 내 앞에 보이지 않거나 내 품에 없는 소·돼지는 잡아먹어도 된다는 생각을 가지고 있는 것으로 보이니, 이는 매우 편협한 생각이 낳은 결과라는 생각이 들었다. 그래서 문제라는 것이다.

개 중에도 반려동물로 지내다가 버려져 들개가 된 개들도 있다. 언젠가 방영했던 KBS '애니멀포유'라는 방송 탐사 취재에 따르면 들개들의 문제는 우리가 생각할 수 없을 정도로 많다고 했다. 영부인의 논리대로라면 이런 개들에게도 어떤 해를 가해서는 안 된다는 말이 된다.

법률이라는 것은 이해 주체 간에 서로 동등하게 적용되거나 평등하게 적용할 수 있어야 가치가 있다. 그런데 내 눈에 보이는 것은 제외하고, 내 눈에 보이지 않는 것은 마음대로 해도 된다는 말은 법의 취지에도 맞지 않는다. 이와 비슷한 우스운 이야기가 있다. 옛날, 맹자가 제(齊)나라 선왕(宣王)을 만났을 때 이야기이다.

왕이 맹자에게 "어떠해야 좋은 왕이 될 수 있습니까?"라고 물었다. 그러자 맹자가 "백성을 보호하여 백성들이 편안하게 살 수 있도록 통치하면 좋은 왕이라 할 수 있습니다."

그러자 다시 선왕이 "나 같은 사람도 백성을 보호하여 백성들이 편안하게 살 수 있도록 할 수 있습니까?"라고 하자, 맹자가 "그렇습니

   계절이 건네는 말

다"라고 대답한다. 그러자 왕이 "선생께서는 무엇에 근거하여 그렇다
고 하시는지요?" 그러자 맹자가 "저는 왕의 신하인 호흘(胡齕)로부터
이런 이야기를 들은 적 있습니다. 왕께서 어느 날 당(堂) 위에 앉아
계셨는데, 당 아래에 어떤 사람이 슬픔에 가득 찬 소를 끌고 지나가
는 것을 보시고, '소를 무슨 일로 끌고 가느냐?'라고 물으셨다면서요.
신하가 '소를 잡아 흔종(釁鐘)[1]에 쓰려고 끌고 갑니다'라고 하니, 왕께
서 측은지심으로 '소가 저렇게 벌벌 떨고 가는 모습을 차마 볼 수 없
구나. 흔종하는 데 불쌍한 소를 잡지 말고 대신 양으로 바꾸라'라는
명령을 내리셨다면서요? 바로 이런 마음이면 왕께서는 왕도를 충분
히 구현하실 수 있습니다."『맹자(孟子)』 양혜왕 편 상(上)에 나오는 이
야기다.

이 말은 맹자가 선왕의 좋은 점을 들어 교화하기 위해 인용한 이
야기다. 선왕에게 동물까지 측은하게 여기는 좋은 마음이 있으니, 이
를 확장시켜 백성들에게 적용하면 백성들이 좋아해서 정치를 잘할
수 있을 뿐만 아니라 영토가 절로 넓어질 것이라고 설명한 것이다.

맹자의 의도를 떠나 조금 넓게 생각해 보면 선왕의 이런 태도는 얼
마나 어리석고 얕은 생각인지 모른다. 생명이 있는 존재는 본능적으
로 생명을 유지하려 하고 죽기를 싫어한다. 연구에 따르면 식물들도
죽음은 싫어해서 위험에 처하면 서로 냄새를 풍겨 대처하고 방어에
나선다고 한다. 그런데 당장 눈에 보이는 소는 죽지 말라 하고, 눈에

---

1    종을 새로 주조할 때 종에 생피를 바르는 의식

보이지 않는 양(¥)은 된다고 하니, 거 참, 누가 들어도 우스운 이야기이다. 얼마나 편협하고 어리석은 일인가! 대학 때 맹자를 처음 읽고, '세상에 이런 미련한 왕이 있나?' 하면서 얼마나 웃었는지 모른다.

그런데 그런 일이 오늘날에도 벌어지고 있다. 참 우습고 묘한 일이다. 그래도 선왕은 아주 옛날 사람이니까 조금 양보할 수 있겠다. 그런데 이렇게 발달한 시대에 살고 있는 우리나라에서, 그것도 영부인이 옛날 제나라 선왕이 범했던 그런 어리석음을 재현하고 있는 것이다. 얼른 납득이 되지 않는다. 내가 기르는 개는 불쌍하니 식용으로 먹어서는 안 되고, 보이지 않는 닭, 돼지, 소에 대해서는 아무런 언급을 하지 않았으니 말이다. 그러니 보이지 않는 것들은 잡아먹어도 괜찮다는 의미가 된다. 얼마나 철이 없고 편협하고 무식한 언행인가? 아마 초등학생도 비교할 줄 아는 명백한 일을 영부인은 의기양양, 의로운 일인 것처럼 당당하게 주장했다.


만일 영부인다운 주장을 하려면 불가에서 말하고 있는 것처럼 "모든 생명은 귀한 것이므로 모두 존중해서 잡아먹어서는 안 된다"라는 말을 해야 했다. 그렇지 않으면 기독교에서 말하고 있는 것처럼 모든 생명을 다스리고 관장하라고 했으니, 사람이 잘 관리해야 함을 말해야 했다. 그런데 이것도 저것도 아니고, 그냥 내 눈앞에 보이는 것만 소중히 여기고 개고기 금지령을 내리다니, 참으로 어처구니없는 행동으로밖에 보이지 않는다.

더 우스운 것은 영부인의 이런 말을 듣고 토론이나 다른 협의 과

 계절이 건네는 말

정도 없이 국회에서 법을 만들었다는 점이다. 영부인의 말이니 그냥 따져보지도 않고 당장 법을 만든 것이다. 이렇게 대처한 사람들은 또 얼마나 어리석은 사람들인가? 그 사람에 그 사람들이라는 생각이 들어 입맛이 씁쓸해진다. 오늘날처럼 이렇게 멋진 시대를 살아가면서 생각은 어쩌면 그렇게 짧고 어리석은지 모르겠다.

보통 모르고 나대는 사람에게 해 주는 말이 있다. '모르면 가만히 있어라. 그러면 중간이나 간다.' 공부가 덜돼 있거나 책을 많이 읽지 못했으면, 그냥 가만히 있으면 좋은 일이다. 그러면 중간이라도 갈 수 있으니까 말이다. 왜 영부인이 되었다고 꼭 무엇인가를 해야 한다는 강박에 사로잡혀 있는지 모르겠다. 영부인의 가볍고, 널리 헤아리지 못한 언행은 국민까지 무식하고 어리석게 만들고 있다는 생각이 들어 씁쓸한 기분이 든다.

　　　　　　　　　　　　　　　　　　　계절이 건네는 말

# III

# 가을


1.     감동의 온도

2.     쉽지 않은 일

3.     장(場)을 보는 즐거움

4.     나무의 지혜

5.     성격의 색깔

6.     선택의 자유

7.     치유의 명약

# 1.

# 감동의 온도

　　며칠 전 친구의 어머니가 돌아가셔서 상가(喪家)에 다녀왔다. 어머니는 올해로 90세라고 하니, 그럭저럭 천수(天壽)를 다 누리고 돌아가신 셈이다. 하지만 죽음이란 까만 하늘에 별 하나를 띄우는 일이라 가슴으로 보내 드리는 것이지 손놀림으로 어찌해 볼 수 없는 일이다. 그러니 혈육의 죽음이란 아무리 오래 사셨다 하더라도 언제나 슬프고 아픈 일이 된다. 살아 계셨을 때 잘해 드리지 못한 미안함, 효를 다하지 못한 죄스러움, 그리고 고운 추억들이 풀잎에 대롱대롱 맺힌 이슬방울처럼 영롱하게 빛나고, 맑으면서도 상큼한 보석 같은 감정들이 흥건하게 젖어 들기 때문이다. 그러니 가족의 이별은 언제나 서운한 감정에다 눈물까지 뒤섞여 한없는 아픔을 크게 부풀려 놓는다.

　　이번 상가에서도 상주(喪主)를 비롯한 가족들이 울고, 아쉬워하는 자리가 되는 것을 봤다. 그 와중에 유독 친구의 막내 외삼촌 이야기가 가슴에 와닿았다. 이야기하는 동안 눈시울을 붉히는 모습에서 외삼촌의 진정성을 볼 수 있었다. 외삼촌은 누나에 대한 애틋한 정을 잊을 수 없었던 모양이다.

"너희 엄마가 아니었으면 나는 이렇게 행복하게 살 수 없었을 거야. 내가 초등학교에 입학했을 때, 너희 엄마는 6학년이었거든. 누나는 엄마를 대신해 내 등교를 책임져 줬어. 그래서 나는 얼마나 든든하고 편하게 학교에 다녔는지 모른단다. 너희 엄마는 어려운 형편 탓에 공부를 하지 못하고 서울로 돈을 벌러 갔어. 가면서 너만은 대학 공부를 해야 한다면서 어렵게 번 돈을 내게 보내 주었거든. 내 주변에는 형편이 어려워 중고등학교에 가지 못한 친구들이 많았는데, 나는 누님 덕에 자랑스럽게 대학까지 다닐 수 있었단다. 그러니 나는 너희 엄마의 은혜를 잊을 수가 없구나."

내가 직접 경험한 일은 아니지만 듣다 보니, 나라도 그렇겠다는 생각이 들었다. 삼촌이 받은 감동은 내게도 상당히 큰 울림으로 다가왔다. 1940년대에 태어나 1950~1960년대를 살았던 사람들은 모두가 다 알고 있는 것처럼 참으로 어렵고 힘들었다. 그때 사람들은 삶 자체가 찢어지듯 고달프고, 칼날이 살을 파고드는 것 같은 괴로움에 시달려야 했다. 어느 누구 하나 예외 없이 먹을 것이 귀했고, 입는 것도 궁색하기 짝이 없었다. 얼마나 어려웠으면 '첫딸은 살림 밑천'이라 하여 집안 부양의 도구로까지 여겼을까.

그렇다 하더라도 자기를 희생해서 동생에게 가르침을 베푼 일은

 계절이 건네는 말

쉬운 일이라 할 수 없다. 참으로 훌륭하고 위대한 헌신이라 하겠다. 그냥 듣고만 있어도 어머니의 삶이 참으로 위대했다는 것을 느낄 수 있었다. 듣고 있자니 잔잔한 감동이 내게도 파장을 일으켜 가슴의 온도를 높여 놓고 있었다.

얼마 전 친한 친구들 모임에 갔다. 친하고 부담 없는 자리라 다들 편한 복장으로 모이곤 한다. 그런데 한 친구가 그럴듯한 양복을 단정하게 차려입고 왔다. 분위기가 익어 갈 무렵, 친구는 자랑할 일이 있다며 양복이 어울리냐고 물었다. 우리는 행여 자녀 결혼을 시키면서 마련한 예복인 줄 알았다. 그런데 생각과 달리 친구는 제자로부터 얻어 입은 엄청나게 비싼 옷이라고 했다. 그러자 친구들은 모두 부러운 표정을 지으면서 "교사가 그런 뇌물을 받아도 되느냐?" 하고 김영란법을 거론하기도 했다. 친구는 쑥스러운 모습으로 옷에 담긴 사연을 늘어놓았다.

"25년 전이었을까? 초임 발령받은 중학교에서 가르치던 제자인데, 대학에 진학하지 않고 사업을 시작한 제자가 있었어. 그 제자가 15년 전에 사업이 어렵게 되었다며 나를 찾아왔어. 마음이 심란했던 모양이야. 고향을 찾아왔다가 나를 만나러 온 거야. 형편을 물으니, 먹고 살기조차 힘들게 되었다는 거야. 아끼고 사랑했던 아이였는데, 이런 말을 들으니, 너무 짠하고 불쌍하다는 생각이 들었어. 그 녀석 표정을 보니, 내게 무슨 도움을 청하는 눈치였어. 그래서 통장 번호를 알려 달라 하고, 저녁을 사 주면서 격려하고 보냈지. 제자와 헤어지고 나서 아내에게 어렵게 이야기를 꺼내 동의를 구했어. 이튿날 그때 당시 100만 원을 보내 주면서 생활에 보탬이 되면 좋겠다고 했지. 그리고 이후로 나는 그 제자를 그냥 잊고 지냈어. 그런데 얼마 전, 그 제자가 나를 만나고 싶다며 찾아온 거야. 그동안 열심히 사느라 찾아뵙지 못해 늦었다며 엄청나게 미안해하는 거야. 그러면서 이제 살 만하게 되었다며 와서는 이렇게 내게 옷을 사주고, 빚을 갚고 간 거야. 교사를 하다 보니 참 별 재밌는 일이 다 있다니까” 했다.

나는 그 양복이 구체적으로 얼마짜리인지 잘 모르겠다. 하지만 그 양복은 친구의 말처럼 값으로 매길 수 없을 만큼 참으로 귀하고 값진 선물이라는 생각을 했다. 그런 멋진 삶을 산 친구의 삶이 부럽게 느껴졌다. 제자의 성공을 위해 도움을 준 친구의 마음이 너무 대단하게 느껴졌기 때문이다. 그리고 그것을 잊지 않고 찾아와 선생님에게 성공한 삶을 보여 준 제자도 참 훌륭하다는 생각이 들었다. 집으로 돌아오는 동안 그 감동이 까만 하늘에서 반짝반짝 빛나고 있었다.

약 40여 년 전 일이다. 필자는 아버지를 일찍 여의면서 어렵게 생활하게 되었다. 아버지는 가족만 남기고 돌아가셨으니, 자녀들의 생활은 말이 아니었다. 생활비나 학비는 모두 스스로 마련해야 했다. 아르바이트로 돈을 번다고 해도 생활비로 쓰기에는 턱없이 모자랐다. 학비를 마련하는 일은 견디기 힘든 고통이었다. 대학을 마치기도 어려웠다. 그래서 어쩔 수 없이 안면 몰수하고 친척들에게 신세를 져

 계절이 건네는 말

야 했다. 그러고 보니, 친척들도 대부분 어렵게 살고 있어서 아무리 살펴봐도 부탁할 만한 친척이 보이지 않았다. 고민하다가 그래도 공무원 생활을 하는 막내 외삼촌이 나을 것 같았다.

삼촌 역시 어렵게 생활하다가 경찰이 되어 외벌이로 세 자녀를 양육하고 있었다. 그러니 내 학비를 부탁해 볼 형편이 되지 못했다. 하지만 내 코가 석 자라, 한계에 이르러 도저히 남의 형편을 헤아릴 여건이 되지 못했다. 큰 결심을 하고 삼촌을 찾아가 도움을 청했다. 어려운 여건임에도 삼촌은 외숙모님과 상의해 본 뒤, 연락을 주겠다고 하셨다. 며칠 후, 삼촌은 대학교 한 학기 등록금을 마련해 주셨다. 너무 기쁘고 황홀한 일이었다. 덕분에 나는 대학을 마칠 수 있었다.

거금의 학비를 마련해 준 일을 생각해 보니, 삼촌은 조카라 어쩌면 조금 마음을 낼 수도 있었을는지 모르겠다. 하지만 외숙모에게는 자기 집도 어려운데, 그런 마음을 낸다는 것은 상당히 큰 결단이 필요했으리라. 내가 성장해서 사회생활을 해 보니까 남에게 베푸는 일은 이보다 작은 일도 쉽지 않았다. 그러니 생각하면 할수록 삼촌 내외가 베푼 은혜는 정말로 대단한 일이라 하겠다.

그렇게 도움을 받아 나는 대학을 졸업하고 교사가 되었다. 그래서 늘 고마움을 간직하고 갚을 기회를 상수리나무 아래서 도토리를 탐하는 다람쥐처럼 엿보고 있었다. 그런데 내가 삶의 터전을 다지기도 전에 외삼촌은 간암이라는 병을 얻어 돌아가시고 말았다. 아주 미안하고 죄송한 마음뿐이었다. 삼촌은 내가 교사가 되었다는 소식을 듣고 그렇게 좋아하셨다는데, 더구나 나의 답례도 받지 못하고 돌아가셨으니 더욱 안타까웠다.

삼촌에게 진 빚은 평생 잊지 못하고 내 마음에 늘 부담으로 자리하고 있었다. 외숙모님께 안부 전화를 드릴 때마다 늘 미안하고 고마운 마음뿐이었다. 그러다가 십여 년이 지나서 비로소 진 빚을 갚으려고, 자녀들과 홀로 살고 계신 외숙모님을 찾아갔다. 삼촌 내외분의 고마움을 결코 잊을 수 없다고 말씀드렸다. 도저히 갚을 수 없는 은혜이지만 작은 정성으로나마 갚고 싶다며 학비보다 훨씬 많은 정성을 전해 드린 적이 있다. 생각하면 할수록 감동이 되고 울림이 된다. 생각만 해도 감동의 온도가 한계를 모르고 끓어오른다.

그러고 보니, 내 주변에는 봄날 대지를 어루만져 생명을 키워 내는 고운 햇볕처럼 따스한 마음을 가진 사람들이 많다. 생각만 해도 삶이 넉넉해지고, 푸근하고, 살 만하다는 느낌을 준다. 나도 생명을 키워내는 포근한 햇볕처럼 따스한 마음을 가진 사람으로 살고 싶다. 할 수 있다면 내게 고운 느낌을 주었던 사람들처럼 나도 남에게 감동의 온도를 끌어올려 주는 삶을 살고 싶다. 그런 마음을 시인 안도현 님도 강하게 느꼈나 보다. 「너에게 묻는다」라는 시에는 다음과 같은 구절이 있다.

연탄재 함부로 발로 차지 마라

너는

누구에게 한 번이라도 뜨거운 사람이었느냐?

 

# 2.

# 쉽지 않은 일

세월은 누구의 형편이나 바람에 상관없이, 원망, 서운함, 기쁨이나 분함을 드러내도 눈치 보지 않고 부지런히 달려가고 있다. 언제나 제 질서에 따라 낡은 계절을 훌러덩훌러덩 벗어던지고 새 옷으로 갈아입고 있다.

필자 역시 이 질서에 따르다 보니 눈가에 주름이며, 검은깨, 손등에 검푸른 흔적 등 세월의 굳은 때를 얻었다. 여러 해를 살아온 터라 이제는 계절 감각이 무디어질 만도 하지만 올해 계절은 감정까지 더 예민해지고 있다. 평생 교사로 지내다가 퇴직하게 되었으니, 삶에 상당한 변화가 생긴 셈이다. 직장에 처음 출근했던 일, 결혼했던 일과 맞먹는, 잊을 수 없는 변곡점에 선 것이다.

지금은 많이 달라졌지만 30여 년 전, 필자가 교사를 시작할 때는 아침 7시 20분 전후에 출근해서 야간자율학습을 마치는 밤 10시나

11시가 되어서야 퇴근했다. 그러다 보니 긴 시간을 학교라는 조직의 틀 안에서 생활해야 했다. 하지만 이제는 내 몸이 원하는 시간으로 갈아입게 되면서 규칙적인 시간의 부담으로부터 상당히 자유로워졌다. 이런 변화에 맞춰 내 삶도 조금씩 달라져 가고 있다.

교사로 지낼 때는 나름의 가치 기준을 가지고 있었다. 교사에게 어울리는 일정한 행동거지가 있고, 생활에도 질서가 있어야 한다고 생각한 것이다. 그것은 사회가 요구하는 보편적인 윤리나 도덕 수준보다 더 높거나 좋아야 한다고 생각했다. 그래서 어디를 가든 모범적이고 양심적인 삶을 살려고 노력했다. 사소한 실수나 잘못도 하지 않으려고 노력했다. 더욱이 양심에 거스르는 일이나 윤리, 도덕적 기준을 벗어나는 일이라면 더욱 부끄럽게 여기고 멀리하곤 했다.

복장도 교사라는 직업에 맞는, 학교에서 요구하는 보편적 기준이 있다고 생각했다. 그것이 나는 정장 차림이라 생각했다. 그래서 출근할 때는 주로 양복을 입고 다녔다. 이것이 교사 됨됨이나 체면을 세워주는 일이자, 교사가 학생들에게 갖춰야 하는 최소한의 예절이라고 여겼다. 그런데 퇴직하고 보니, 이런 것들로부터도 자유롭게 되었다.

'직업이나 직책은 사람의 삶의 형태와 모양을 결정해 준다'라고 했던가. 아무튼 나는 교사라는 직업과 삶에 전적으로 동의했고, 그런 삶을 좋아했고, 그런 수준을 유지하려고 노력했다. 그러다 보니 내 옷장에는 어느새 양복들이 많아졌다. 계절별로 정장과 콤비, 정장 바지들이 네다섯 벌 정도 되었다. 그러니 내 옷장은 늘 비좁았다. 새 아파트를 찾을 때는 옷장이 넓은지를 먼저 살펴보기도 했다.

　　　　　　　　　　　　　　　계절이 건네는 말

그동안 이사를 몇 번 한 적이 있었는데, 그럴 때마다 옷들이 주는 불편함이 보통이 아니었다. '입지 않은 옷은 좀 버리자'라는 생각을 하지 않은 것은 아니지만 언젠가는 꼭 요긴하게 입을 것 같아 버리지 못하고 싸 들고 다녔다. 그렇게 안고 다니던 옷들이 이제 입을 기회가 거의 없어졌으니 그냥 두고 볼 수 없었다. 양복은 예식에 참여하거나 학교에 강의 나갈 때 조금 필요할 뿐이었다. 보통 때는 그냥 편한 티셔츠나 면바지만 입어도 어색하게 느껴지지 않았다. 신발도 마찬가지였다. 구두가 아닌, 그냥 편한 샌들이나 가볍게 만들어진 운동화 한 켤레면 족했다.

교사로 있을 때, 예식장에 가면 운동복 차림이나 작업복을 입고 오는 사람들을 볼 수 있었다. 그럴 때면 '결혼식에 오려면 격에 맞는 옷을 입고 와야지, 저런 옷을 입고 예식장에 오다니, 신랑 신부를 존중하는 마음이 있다면 저런 옷을 입고 올 수 있을까?' 또 '나 혼자라면 모르지만 많은 사람이 오는데, 예를 갖추지 않으려면 도대체 여기에 왜 오는 거지?'라며 속으로는 비난하곤 했다.

그런데 퇴직하고 보니, 예식장에 그런 옷을 입고 온 사람들의 심리를 어느 정도 이해할 수 있을 것 같다. 평상시에 편한 복장으로 생활하다 보니, 양복이나 재킷은 너무 거추장스럽게 느껴진다. 편한 차림으로 어디든지 다니고 싶어진다. 내가 흉을 봤던 사람들도 지금 내 마음과 같아 거리낌 없이 편안한 복장으로 예식에 참여하지 않았을까 하는 생각이 든다. 어쩌면 퇴직이 내 마음의 지평을 넓혀 주고 있는지 모르겠다.

아무튼 이제는 정장들이 별로 필요하지 않게 되었다. 게다가 옷들이 옷장을 빽빽이 차지하고 있어서, 다른 옷을 꺼내려면 상당한 불편을 주었다. 그래서 계절이 바뀌는 틈을 타서 옷장을 정리하기로 마음먹었다.

봄이 되어서 옷들을 골라냈다. 처음에는 계절별로 한 벌씩만 남기고 다 버리려고 했다. 꺼내고 보니, 모두가 좋게 보여 내렸다 걸었다를 반복했다. 아쉬운 마음이 들어 겨우 두 벌을 내려놨다. 그것도 아깝다는 생각이 들었다. 그리고 여름을 맞았다. 여름에는 반소매, 짧은 옷들이 많아서 재킷은 한두 벌인 줄 알았다. 그런데 꺼내 놓고 보니 네 벌이나 되었다. '여름에도 정장을 이렇게 많이 입었나' 하는 생각이 들었다. 그래서 고르고 골라 두 벌만 남기고 나머지는 버리기로 했다.

이렇게 버리면서 한 해를 보내고, 다시 두 번째 해를 맞게 되었다. 올해는 정말 한 벌만 남기고 다 버리려고 마음먹었다. 옷장을 열어 선별 작업에 들어갔다. 지난해를 살아 봐서 '이번에는 편안한 마음으로 버릴 수 있겠다'라고 생각했다. 그런데 이번에도 역시 아까운 마음이 들었다. 그래서 미련을 버리지 못하고, 또 내렸다 걸었다를 반복했다.

가을이 되니 나무들이 옷을 벗고 있었다. 어느 시인이 '계절이 다이어트하는 시절'이라고 노래한 것을 본 적이 있다. 그렇다. 나무들이 세월의 무거운 짐을 내려놓고 살을 빼는 중이다. 그래, 이 가을에는 나무들의 지혜를 따라 버림을 실천해 보리라. 생각을 가다듬고 버릴

 계절이 건네는 말

옷을 다시 고르기 시작했다. 다짐하고 또 다짐해 보지만 낙엽목의 재치를 따르는 일이 쉽지 않았다. 그래도 버려야 한다. 그래야 새로운 싹을 준비할 수 있고, 성장을 기대할 수 있고, 변화를 맞이할 수 있을 것이다.

그래서 계절별로 한 벌씩만 남기고 버리고 있다. 빽빽한 옷들로 비좁았던 옷장이 제법 헐렁해졌다. 옷을 넣고 꺼내기가 한결 수월해졌다. 빈자리가 있어야 여기에 여유로움과 성장, 그리고 새로운 생각이 채워질 것이다.

그러고 보니, 살면서 비우고 버려야 할 것들은 옷만이 아닌 것 같다. 미움도, 욕심도, 아집도, 탐심도, 감투도 계절에 맞춰 버려야 할 것들이다. 손에 야무지게 쥐었던 힘들도, 내려놔야 할 것들이다. 세상 이치는 버리고 비운 가운데서 새로운 가치와 의미가 만들어진다. 그래야 새로운 계절에는 더 바랄 수 없는 보석과 같은 가치들이 채워질 것이다.

옷을 정리하면서 필요하지 않은 옷이라 쉽게 버릴 수 있을 것으로 생각했는데 그것조차 애착 때문에 쉽지 않았다. 하물며 더 가치 있는 것들이랴 말해 무엇하겠는가? 멀리 가려는 사람은 몸을 가볍게 하는 것이 지혜로운 일이다. 잡다한 짐들을 가득 짊어지고서는 멀리 갈 수 없다. 그러니 힘이 약해지는 인생의 후반부에는 더욱 아까운 것들부터 버리는 일에 신경을 써야 하겠다.

가만히 보면 좋지 못한 습관이나 마음은 그냥 두어도 저절로 잘 자라고 실천하게 된다. 게으름은 생각하지 않아도 저절로 잘 실천하게 된다. 남을 미워하고 시기하고 질투하는 일은 사소한 일만 만나더라도 저절로 생겨나곤 한다. 그런데 공부하는 일이나 몸에 좋은 운동이나 골프나 테니스 같은 운동은 훈련하지 않으면 안 된다. 관심을 두고 꾸준히 노력해야 모양새가 나고 잘할 수 있게 된다. 그러고 보면 좋은 것들은 그냥 저절로 되지 않는 모양이다.

버리는 일이 쉽지 않은 것을 보니, 분명 좋은 것임이 틀림이 없어 보인다. 좋은 일이라면 주어지는 시간 속에서 게으르지 말고 부지런히 실천하고 훈련해야 하겠다. 나 자신까지 버리고 텅 빈 충만함으로 온전한 것을 얻을 때까지……

이제 마음에 새로운 희망이 조금씩 조금씩 채워지겠다.

 

# 3.

# 장(場)을 보는 즐거움

　　필자가 운영하는 카페 앞에는 순천에서 서는 두 개 장(場) 가운데 하나인 웃장이 선다. 전통적으로 열리는 장이라 매 5일 마다, 즉 5일, 10일, 15일…… 이렇게 선다. 장날의 위세가 예전만 못 하지만 그래도 장(場)날이면 보통 때보다 사람들이 많이 모인다. 덩달 아 필자가 운영하는 카페도 보통 때보다 손님이 더 많아진다. 그래서 장날이면 월드컵 경기장에 들어가는 것처럼 아침부터 기대가 되고 마음이 분주해진다.

　　장날이면 코앞에서 서는 장이라 자연스럽게 나도 장을 보게 된다. 아내보다 내가 시간상으로 더 여유 있어 특별한 일이 없으면 장 보는 일은 주로 내가 맡는다. 장 보는 일이라고 하면 언제나 가슴이 설레 고 정겨운 감정이 술렁술렁 인다. 어렸을 적에 어머니가 장에 다녀오 시면 과자나 신발, 옷, 생필품 등을 사 오셨는데 종일 그것들을 기다렸던 추억도 불러들인다. 시대가 달라졌다고 하지만 장날 풍경은 예전과 비슷하다.

우선 몸을 비벼야 지나갈 수 있을 만큼 사람들이 많다. 그리고 여기저기서 외쳐대는 소리들로, 말 그대로 도떼기시장이다. 더구나 요즘은 성능이 좋은 앰프에서 대포처럼 쏴대는 거북한 소리가 날개를 달고 파닥이며 분위기를 띄운다. 관심을 끌기 위해 불어대는 호루라기 소리는 정겨우면서도 귀를 따갑게 만든다. 박수를 치며 "싸다, 싸

계절이 건네는 말

다"에 목숨을 건 사람들, 종종 대포 같은 튀밥 튀는 소리도 들리고, 험상궂은 비린내로 코가 부담을 떠안기도 한다. 복잡하고 어지러운 풍경들이다. 그래도 시장에서는 목소리가 크다고 누가 짜증 내거나 나무라지도 않는다. 요란하고 시끄럽지만 그래도 삶이 익어 가는 소리이고, 고달픈 생을 힘겹게 지고 가는 사람들의 처절한 몸부림이라 경건하게 수용하게 된다.

플라스틱 소쿠리에 냉이, 달래, 쑥, 시금치, 각종 채소를 담아 파는 모습을 볼 때면 어릴 적 뛰어놀던 시골 풍경 속 채소밭이 여기에 옮겨 와 있는 것처럼 보이기도 하고, 생미역이며 톳, 파래, 고등어, 병어 등을 파는 가판대를 볼 때면 항구의 어판장을 옮겨다 놓은 것처럼 갯내 향수를 불러내기도 한다. 모퉁이를 돌아서면 가정에서 필요한 괭이, 삽, 곡괭이 등 농기구며, 톱, 망치 등 여러 공구들이 재롱을 부리고 있다. 마치 비닐봉지 속에서 복잡하게 얽혀 있는 북어채처럼 얽히고설켜 남정네들의 간택을 기다리고 있다. 모퉁이 구석에는 살아 있는 닭과 오리, 고양이, 강아지 등도 장을 보러 나왔다. 장은 제법 눈요깃거리가 된다. 우리 집에서 기르는 반려묘도 시골 할머니가 시장에 가지고 나온 것을 샀다.

시장 물건들은 대형 마트처럼 깔끔하지는 않지만 다소 투박하고 거칠어도 값이 싸고, 흥정할 수 있어 좋다. 그래서 매번 서는 장임에도 불구하고 불편하거나 싫지 않다. 그래서 필자는 카페에 손님이 뜸한 시간이면 장 보는 즐거움에 빠져들곤 한다.

장을 자주 보다 보니 자연스럽게 단골집도 생겼다. 단골집이 만들어지는 데는 사소한 일이 한몫했다. 무를 사러 갔을 때 일이다. 무를 달라고 했더니 육십 대 후반으로 보이는 할머니가 "좋은 것으로 골라 보세요" 했다. 그래서 내가 "아무거나 하나 주세요" 했다. 그래도 할머니는 손님에게 성의를 보이느라고 수북이 쌓인 무 더미에서 이것을 들었다가 놓고, 또 저것을 들었다 놓기도 했다. 그러면서 그중 하나가 마음에 들었던지 "이것이 좋겠습니다"라고 하면서 비닐봉지를 집어 들었다. 그래서 내가 "그러지 말고, 조금 전에 내려놓았던 상처 난 무로 주세요." 그러자 할머니는 "아니, 왜 이 상처 난 것을 달라고 해요?"

"아, 그거요? 좋은 것은 까다롭게 살펴보고 사는 사람에게 팔고, 저는 그냥 조금 상처 난 것도 좋습니다. 저걸로 주세요"라고 했다. "아니, 수십 년 장사하면서 많은 사람을 겪어 봤지만 좋은 거를 놔두고 상처 난 것을 달라는 사람은 처음 봤소" 한다. 그래서 내가 "좋은 것은 누구나 쉽게 사 가지만 상처 난 것은 잘 팔리지 않잖아요. 그러니 제게는 이것도 좋은 상품이에요"라고 했다. 할머니는 "저야 좋지만, 손님에게 미안해서 그렇지요"라고 했다. 그래서 "저는 이것으로 요리해도 충분합니다. 좋은 것은 언제라도 팔 수 있으니 나중에 파셔요. 할머니도 이 물건들을 다 팔아야 기분이 좋지 않겠어요. 그러면 저도 좋고, 할머니도 좋으니 갑절로 좋은 일이잖아요"라고 했다. 할머니는 별 색다른 사람을 만났다며 미소를 지었다.

그다음에 또 야채를 사러 갔더니, 할머니는 또 좋은 것을 고르려

   계절이 건네는 말

고 했다. 그래서 "좋은 것은 다른 사람에게 팔고, 내게는 다른 사람들이 가져가지 않은 것으로 주세요"라고 했다. 그랬더니, 할머니는 작은 무 하나를 더 얹어주었다. 그러면서 자연스럽게 할머니 채소가게 단골이 되었다.

한번은 가지를 사려고 할머니에게 갔다. 할머니는 가지를 5개씩 모아두고 팔고 있었다. 한 묶음 달라고 했더니, 뒤 망태에 감춰 뒀던 상처 나고 조금 굽어진 가지 3개를 더 얹어주었다. 집에 가져왔더니, 요리하던 아내가 "여보! 가지를 사려면 모양을 보고 좀 좋은 것을 사와야지, 왜 이렇게 못난이를 가져왔어요?"했다. "아, 그거, 굽어진 것은 할머니가 덤으로 주신 거야"라고 했다. 그러자 아내는 "아 그래요. 먹기에는 상관이 없겠네요. 말을 잘했나 봐요" 했다. 그날 저녁 우리는 가지나물 요리를 맛있게 해 먹었다.

한번은 부추김치가 먹고 싶어 부추를 사러 시장에 갔다. 단골 할머니에게 부추가 없어서 부추를 가져온 다른 할머니에게 갔다. 한 묶음에 삼천 원 하는 부추를 세 묶음 사 왔다. 집에 와서 김치를 담그려고 단을 풀었더니, 한 단 속에 조금 상한 부추가 들어 있었다. 그래서 그 묶음의 1/4은 쓰레기로 버려야 했다. 당장 '할머니가 나를 속였구먼' 하는 불편한 생각이 들었다. 그래서 다음 장에 가서 할머니에게 상한 부추를 팔았다며 타박하려 했다. 그러다가 다시 생각해 보니, '아마 그 할머니도 속이 상한 줄 모르고 팔았겠지, 실수라면 내가 속을 잘 살펴서 샀어야지'라는 생각이 들었다. 또 '만일 알고 팔았다 하더라도 내가 말하면 할머니가 얼마나 무안해할까, 그리고 저런

것을 내가 아니라 꼼꼼하게 잘 살피는 손님을 만났더라면 팔지도 못했을 것이다. 팔 수 있었으니, 할머니는 속이 후련했을 것이다. 그런데 내가 불편한 말을 하면 할머니는 얼마나 어색한 마음이 들까? 그러니 조용히 있는 것이 할머니에게 평안을 드리는 일'이라 생각했다. 그리고 작은 선이나마 베풀었다는 마음으로 부추김치를 담가 먹으면 보약이 될 것으로 생각했다. 그러면서 세상을 아름답고 따뜻하게 하는 것은 꾸중하고, 지적하고, 야단하기보다는 상대 입장을 헤아려 주고, 배려해 주는 일일 거라고 생각했다.

필자는 겨울이면 매번 감기를 한 번쯤 앓는다. 그래서 겨울이 오기 전에 감기 상비약으로 채소가게에 들러 파 뿌리를 얻어 냉장고에 넣어 두었다가 사용하곤 했다. 감기로 목이 간질간질하면 파 뿌리 한 줌에 생강 몇 조각, 콩나물 두 주먹, 무 두어 조각, 배가 있으면 반 개 정도 넣어 끓인 물에 꿀을 조금 넣어 하루 이틀 마시면 거의 나아진다. 그래서 겨울이 오기 전에 파 뿌리를 구해 보관해 두곤 했다. 그런데 이번 겨울에는 파 뿌리를 준비하지 못했다. 목이 간질간질 감기가 오려고 한다. 그래서 평소에 들리는 채소가게에 갔더니, 국밥집에서 고기를 삶는 데 넣는다며 서로 가져가는 바람에 파 뿌리가 없다고 했다. 그래서 마침 장날이 되어 단골 할머니에게 갔다. 채소를 사면서 파 뿌리가 필요한데 한 줌 얻고 싶다고 했다. 그랬더니, 할머니는 "지금은 없는데…… 어쩌지?"라고 하시면서 자기가 아는 사람이 파를 다듬는데 다음 장날이면 얻어다 줄 수 있다고 했다. 그래서 다음 장에 가져와 달라고 부탁하고 집으로 왔다.

　다음 장날이 되어 약속을 생각해 오후에 할머니에게 갔다. 그랬더니, 할머니는 야채를 사는 것보다 더 반가운 표정을 지으면서 "내가 이것을 가져오면서 나의 어리석음을 탓했다오. 그 손님 전화번호라도 받아 둘 것을, 이렇게 애써서 가져오는데 안 오면 어쩌지?" 하면서 가져왔다고 했다. 조금 기다리라고 하더니 할머니는 큰 양파 망태를 낑낑거리면서 들고나왔다. 커다란 망태에 파 뿌리가 가득했다. 이렇게 많은 것을 힘겹게 들고 오면서 더구나, 무, 당근, 양파 등 많은 양의 야채를 싣고 오면서 돈도 되지 않을 파 뿌리까지 들고 왔으니 얼마나 힘들었을까? 보통 정성이 아니면 실천하기 어려운 일이다. 만일 약속한 손님이 안 오기라도 하면 그저 버릴 쓰레기가 아닌가? 그런데 오후가 되도록 손님이 나타나지 않았으니, 할머니의 마음이 어떠했을지 짐작이 된다. 사소한 일일지라도 남과 약속을 지키는 일은 쉬운 일이 아니다. 그런데 할머니는 육체적으로 힘을 써야 하고, 거추장스럽기까지 한 일을 잊지 않고 가져와 주셨다. 게다가 5일이라는 긴 시간을 기다리고 기억해야 하는 일은 더욱 번거로운 일이다. 그런 불편을 무릅쓰고 할머니는 약속을 지켜 주셨다. 그러니 그 정성이 얼마나 고마운 일인지 모르겠다. 3%의 소금이 거대한 바닷물을 썩지 않게 만들고, 3%의 선한 마음들이 세상을 살 만하게 만든다는 말을 들은 적이 있다. 고마운 마음이 호수에서 잔잔하게 이는 물결처럼 반짝거렸다.

내가 원하는 파 뿌리 양은 작은 비닐봉지 하나면 충분했다. 그런데 할머니는 생각과 달리 엄청난 양의 파 뿌리를 가져오셨다. 나는 그냥 받을 수 없어 야채를 사면서 덤으로 파 뿌릿값이라며 오천 원을 더 드렸다. 할머니는 흐뭇한 표정을 지으셨다. 할머니의 고운 행동이 세상을 참 살 만한 곳으로 만들어 준다는 느낌이 들었다. 오늘 나는 파 뿌리를 얻어 온 것이 아니라 팍팍한 삶을 따뜻하게 덥혀 주는 뜨끈한 난로를 큰 것으로 얻어 왔다.

파 뿌리를 가져오는데 할머니의 정감이 듬뿍 담겨서 그런지 제법 무겁게 느껴졌다. 집에서 씻으려고 부어 보니, 밖에서 보던 것보다 더 많았다. 씻어 보관하는 데 많은 시간이 들었다. 잘 씻어서 일부는 냉동실에 넣어 두고, 나머지는 말려서 보관해 두었다. 덕분에 파 뿌리를 달여 먹고 감기는 수월하게 나을 수 있었다. 아내가 수육을 삶는데도 잊지 않고 넣어 사용하면서 잡냄새를 잡아 줘 좋다고 했다.

이렇게 장을 볼 때면 나는 물건을 보는 것이 아니라, 사람들의 정(情)을 보고, 훈훈함을 본다. 시장에서 얻은 고운 감정은 삭막한 세상을 즐겁게 살 수 있는 커다란 힘이 돼 준다. 더욱이 지루해지기 쉬운 인생살이에서 잔잔한 미소를 머금게 하는 여유가 돼 준다. 게다가 이런 작은 만족들이 모여 큰 행복이 된다고 생각하니, 장 보는 일이 커다란 행복이라는 생각을 하게 된다.

– 2023년 겨울

# 4.

# 나무의 지혜

내가 근무하는 학교 역사는 100년을 바라보고 있다 (지금은 120년이 넘었다). 역사가 긴 만큼 교정에는 학교 나이만큼이나, 아니 학교 연혁보다 더 많은 나이를 가진 나무들이 몇 그루 있다. 5층 높이나 되는 상록수 태산목이 있고, 오랜 풍상을 견뎌 와 몇 군데 가지가 부러진 소나무과 상록 침엽교목인 히말라야시다도 있다. 또 정문과 후문 입구에는 둘레가 2미터가 넘고, 높이도 5층 건물과 맞먹는 큼직한 상수리나무가 각각 한 그루씩 있다.

봄이 오면 교정에는 거대한 나무들의 웅장한 향연이 펼쳐진다. 말라 죽은 것 같은 가지에 귀엽고 예쁜 싹들이 올망졸망 피어난다. 겨울을 힘겹게 버텨온 태산목은 두꺼운 가죽옷을 새색시 저고리 벗듯 야하게 벗어내고, 연하고 부드러운 속살을 부끄럽게 드러낸다. 나무들의 삶을 보고 있노라면 궁금증을 동반한다. 나무는 저렇게 높은 가지 끝에까지 어떻게 수분을 빨아올리고, 무슨 힘으로 저렇게 영양을 고르게 공급하며 살아갈까? 가만히 보고만 있어도 저절로 경이로움을 부추긴다. 몇 되지 않은 과학 지식이 이론을 정비하고, 철학이 문리를 터득한다.

여러 나무 중에 정문과 후문에 터를 잡은 상수리나무의 재롱은 유독 도드라진다. 부드럽고 가녀린 비가 봄을 재촉하면 말라비틀어져 죽은 것 같은 가지에 생명이 타고 흐른다. 빗물이 겨드랑이 사이로 흘러 들어가 간지럼을 태우면 어제 만난 연인의 진한 호흡이 생각난 것처럼 얼굴 가득 미소를 짓는다. 부끄러움도 사랑이 되었을까? 상수리나무는 지렁이같이 길고, 꽃 같지도 않은 못생긴 사랑을 아래로 축 드리운다. 꽃이 예쁘지 않아 부끄러워 그런 걸까? 몰래 감추고 싶은 쑥스러움이 드러날까 염려되었는지, 곧 진초록 천으로 온몸을 두르고 나선다. 여름이 되면 커다란 공작새가 날개를 활짝 펼치고, 몸 자랑을 하는 것처럼 엄청난 크기의 위용을 뽐내 끝없는 하늘까지 가려놓는다. 그렇게 상수리나무가 거대한 천막을 마련하면 지나는 이들은 그 양산의 혜택을 입는다. 체육수업을 하는 아이들에게는 이야기꽃이 되고, 선크림이 되어주기도 한다.

그러다가 가을이 되면, 어느 틈에 감추어 두었다가 내놓는지, 소중한 열매들을 하나둘 떨어뜨린다. 그러면 우리 행정실 선생님들은 도토리를 주워 모아 두었다가 묵을 쑤어 추억을 만들어 내곤 한다. 쌉쌀한 묵 향기가 입안에서 가실 무렵, 10월 말이면 나무는 그 무성한 잎들을 하나둘씩 내려놓기 시작한다. 상수리 잎들이 떨어지면 우리는 세월의 빠름을 이야기하고, 자연의 순행을 체험하고, 삶을 이야기한다. 나무가 엮어낸 사색을 마무리할 무렵 우리는 잊지 않고 준비해야 할 것이 있다. 대빗자루와 큼지막한 쓰레기통이다. 상수리나무가 길바닥에 푹신한 갈색 카펫을 깔고 명망 있는 배우들을 맞이하기 때문이다. 여름철의 고마움은 온데간데없다. 추풍선(秋風扇)이란 말이 딱 맞는 소리다.

나는 요즈음 한 해를 열심히 살아온 상수리나무 밑에서 비질하는 것으로 하루를 시작한다. 떨어진 상수리 잎들이 마치 폭설이 녹고 나서 드러난 엉성한 대지처럼 상쾌하지 않은 환경을 만들어 놓기 때문이다. 처음에는 학생들의 아침 등교 지도를 위해 나무 아래에 갔었는데 이제는 청소를 위해 일찍 나아가는 셈이 되어 버렸다. 주객이 전도된 느낌이다.

나뭇잎을 쓸다 보면 '나뭇잎은 참 많기도 하다'는 생각을 하게 된다. 아침에 한 시간 정도 족히 쓸어야 겨우 주변이 대충 깨끗해진다. 여기저기 쓸어서 군데군데 모아둔 잎들을 큰 쓰레기통에 담아내면 몇 개나 되는지 잘 세어지지도 않는다. 한참을 쓸다가 힘에 겨워, 멀뚱히 서서 '저 나뭇잎은 몇 개나 될까?' 하는 허튼 생각도 해 본다. 10월부터 마당쇠가 되어, 11월 말까지 쓸어야 하니 짜증이 나려고 한다. 처음에는 깨끗해진 학교가 좋아서 시작한 일이었는데, 이제는 나무가 원망스러워지려고 한다. 하루가 지나면 나무를 쳐다보고, 또 하루가 지나면 쳐다보고, 또 그렇게 한다. 나무는 아직도 많은 잎을 달



계절이 건네는 말

고 있다. 저 잎이 다 떨어져야 내 비질도 끝날 텐데.

나무는 11월 중순을 지나면 듬성듬성하고 엉성한 모습을 드러낸다. 그러면 비로소 '그래, 조만간 다 떨어지겠구나' 하는 기대감에 마음이 한결 가벼워진다. 이제 힘든 일 하나가 없어지겠다는 기쁨이 가슴에서 얼굴로 물수제비처럼 환하게 퍼진다. 11월 20일이 되니 이제 정말 잎이 몇 개 안 남았다. 아침저녁으로 제법 차가운 바람이 일기 시작한다. 겨울이 엉금엉금 오고 있다.

나무는 여름철 화려했던 그 많은 잎을 가지고는 추운 겨울을 날 수 없다는 자기 삶을 잘 알고 있는 모양이다. 일 년 내내 비바람을

맞아가며 부지런히 살찌워 오던 잎들을 아까워하지 않고 모두 떨어뜨리고 있다. 12월이 다가오니, 거의 나목(裸木)이 되었다. 이제 나무는 진짜 추운 겨울이 와도 걱정이 없게 생겼다. 자신이 가진 모든 잎을 덜어냄으로써 완벽한 겨울 준비를 했기 때문이다.

1997년 12월 추운 겨울, 우리나라는 감각적으로 정말로 추운 IMF를 맞았다. 그때 기업은 물론, 온 나라는 인수 합병이니, 구조조정이니 하는 것들을 통해서 몸집을 줄이기 시작했다. 혹독한 겨울을 나기 위해 거추장스러운 잎들을 모두 정리한 것이다. 이러한 지혜가 효력을 발휘했던지, 우리는 다행스럽게도 조기에 IMF라는 혹독한 겨울을 넘길 수 있었다.

나무나 사람이나 어려움이 다가오면 화려하고 그럴듯한 모습들을 정리해야 하나 보다. 상수리나무는 겨울이 다가오면 아주 냉정하고 비참하리만큼 철저하게 자기를 치장했던 옷을 떨궈버린다. IMF 때 우리나라도 그랬다.

나뭇잎을 쓸면서 얻은 지혜는, 엄동설한(嚴冬雪寒)을 견디고 봄의 향연을 즐기려면 아무리 정성스럽게 가꿔온 잎일지라도 완전히 떨어내야 한다는 것이다. 양분이 부족한 것도, 기력이 없어서 그런 것이 아니다. 더구나 자포자기로 인해 어쩔 수 없어서 벌인 일도 아니다. 새로운 봄이 오면 싱싱하고 산뜻한 잎을 내고, 더욱더 큰 나무로 성장하기 위한 나무의 지혜다. 성장과 성숙을 위한 활엽수가 잠시 보이는 움츠림이다. 내년이면 더 성장할 수 있다는 희망이 담겨 있기 때문이다.

오래전에 어떤 기자가 대권에 도전해 실패한 전임 대통령에게 대권에 대한 야망을 물은 적이 있었다. 그러자 그분은 이제 완전히 마음을 비웠다고 말했다. 미움도 원망도, 안타까움도 모두 비웠다고 한다. 그분은 나무들이 발휘했던 지혜를 실생활에 그대로 적용하고 있었다. 그는 완전히 비운 결과 새로운 희망을 창조해 낼 수 있었다. 그 결과 다음 대권에 도전해 대통령이 될 수 있었다.

우리도 살면서 이런 지혜가 필요하겠다는 생각이 든다. 겨울과 같이 혹독한 어려움이 찾아오면 좌절하고, 괴로워하고, 주위를 원망할 것이 아니다. 내게서 버려야 할 것들과 떨궈야 할 것들이 무엇인지 조용히 살펴보고, 그것들을 실행하는 것이 지혜일 것이다. 아무리 화려하고 좋은 것일지라도 또 열심히 노력해서 이룬 괄목상대한 업적일지라도 겨울이 다가올 때는 그것들을 버리고 내려놓을 수 있어야 한다. 젊은이들 가운데는 실연(失戀)했다고 삶을 팽개친 이들이 있다. 상심한 채로 못된 감정을 품고 억울함을 호소한 이들도 있다. 내려놓고 버리면 모든 것을 잃은 것 같지만 거기에 성장과 성숙이 있다는 진리를 놓쳐서는 안 될 것이다.

아침마다 나를 힘들게 하던 상수리나무가 나의 수고에 보답이라도 하듯, 오늘 아침 나에게 좋은 삶과 훌륭한 철학을 가르쳐 주었다.

- 2005년 11월

# 5.

# 성격의 색깔

　'열 길 물속은 알아도 한 길 사람 속은 모른다'라는 속담이 있다. 우리는 사람이면서도 사람을 모르겠다는 소리를 자주 한다. 하기야 나 자신조차 잘 모르겠는데 하물며 다른 사람을 아는 일이랴 오죽할까 싶다. 그래서 소크라테스는 "너 자신을 알라"라고 그렇게 외치고 다녔는지 모르겠다.

　우리가 나를 알고, 더 나아가 다른 사람을 알 수만 있다면 얼마나 좋을까? 서로 얼굴 붉히는 일이나 다툼 따위는 거의 줄어들 수 있지 않을까 생각해 본다. 그래서 많은 선각자는 수천 년 동안 사람을 탐색하는 연구를 진행해 왔다. 하지만 사람의 정체에 대해서는 아직도 오리무중이다. 그래도 최근에는 연구자들의 피나는 노력 덕분에 사람에 관한 상당한 정보들을 얻을 수 있게 되었다. 완벽하지는 않지만 그래도 밖으로 드러나는 사람의 특성에 대해서는 어느 정도 정리가 된 셈이다. 이런 정보는 나의 성격을 알고 더 나아가 내 가족, 혹은 함께 일하고 있는 사람의 성격을 아는 데 많은 도움을 준다. 따라서 우리는 이런 정보에 관심을 가져 볼 만하다.

필자는 젊었을 때, 세상이 어떻게 돌아가는 줄도 모르고, 사람이라면 모두 생각이나 가치관, 이념 등에서 큰 차이가 없는 줄 알았다. 설령 차이가 있더라도 대화를 나누면 소통이 잘될 줄로 알았다. 그래서 인간관계에서 어려움이 있으면 '다 같은 사람인데 이해하지 못할 일이 있을까?' 하고 대화에 나서기도 했다. 하지만 넘을 수 없는 벽이 있다는 것을 느낀 적이 많았다. 그러면 상대를 비난하기도 했다. 이제 보니 이러한 실수는 원초적으로 사람에 관한 공부가 되지 않아서 그랬다. 그래서 여기에서는 행여 필자와 같이 무식한 용감함을 드러내는 독자들이 있을까 싶어 사람 성격에 관한 이야기를 조금 해 보려고 한다.

사람의 성격을 모르고 사는 것은 마치 가전제품의 사용법을 모르고 사용하는 것과 같이 무모한 일이다. 전원 스위치가 어디에 있는지 모르고, 스위치를 on으로 하지 않고 작동이 되지 않는다고 불평할 수 있다. 또 고장이 아닌 것을 고장으로 알고 서비스센터에 가져갈 수도 있다.

사람의 성격을 모르면 나는 상대에게 잘한다고 하나 상대가 불만을 표하기도 하고, 또한 내 노력을 상대가 몰라준다며 불편해지기도 한다. 이런 일은 마치 소에게 돼지고기를 가져다주며, 사자에게 풀을 뜯어다 주는 꼴과 같이 우스운 일이 되기 때문이다. 모두 몰라서 벌어진 일이다.

사람을 알고 이해하려면 공부를 많이 하고, 꾸준한 탐색이 필요하다. 하지만 이 분야의 전문가가 아니라면 MBTI와 같은 성격 유형을 다루는 정보만으로도 상당한 도움을 받을 수 있다. 그 이야기를 시작해 보려고 한다.

MBTI(Myers-Briggs Type Indicator)는 캐서린 브릭스(Katherine C. Briggs), 이사벨 마이어스(Isabel B. Myers), 피터 마이어스(Peter Myers) 3대에 걸쳐 70년 동안 연구하여 개발된 비진단성 성격 유형 검사이다. 여기에서는 사람의 성격을 네 가지 기준에 따라 구분하고 있다.

첫 번째 기준은 에너지를 사용하는 방법에 따라 외향형(E)과, 내향형(I)으로 구분한다. 자기 에너지를 외부로 사용하는 사람들과, 자기 내면으로 사용하는 사람들로 구분하는 것이다. 외향형의 사람들은 타인과 관계 속에서 에너지를 얻어 사용하는 사람들이라 사람을 만나 대화하고, 교제 나누는 것을 좋아한다. 그래서 주변에 친구들이 많고, 선후배뿐만 아니라 지역을 넘어 다양한 사람들과 교제를 나눈다. 이들은 말을 잘하고, 말소리 역시 크고, 힘이 있다. 주로 바깥 활동을 즐기는 사람들이라 집에서 혼자 오래 지내라고 하면 우울증을 앓을 정도로 힘들어한다.

반대로 내향형의 사람들은 에너지를 나 자신과 내면으로 사용한다. 주로 집에서 혼자 조용히 지내며 음악을 듣거나, TV 보는 것을 좋아한다. 모임에 나가더라도 자기가 필요하다고 여기는 몇 군데만

　　　　　　　　계절이 건네는 말

참여한다. 그리고 모임이나 활동 등에 자발적으로 스스로 나서지 않는다. 모임에 나가더라도 소극적으로 참여하고, 자기에게 맡겨진 일이 아니라면 직접 나서서 모임을 주도적으로 이끌지 않는다. 그뿐만 아니라 다른 사람들에게 어떤 일에 참여하도록 권유하거나 설득하는 일도 잘 못한다.

다음으로는 정보를 수집하는 방법에 따라 감각형(S)과 직관형(N)으로 나눈다. 감각형은 정보를 받아들일 때 오감(五感), 즉 만지고, 듣고, 보고, 맛보는 것 등 감각을 통해 받아들인다. 따라서 어떤 일을 직접 몸으로 경험하고, 체험하는 것을 좋아한다. 이들은 과거로부터 현재까지 자기가 경험했던 일, 혹은 익숙한 일을 중심으로 파악하고 이해한다. 그러다 보니 익숙한 길이나 환경을 선호하고, 그 경험을 지식으로 삼는다.

반면에 직관형의 사람들은 경험보다는 어떤 일의 이면에 담긴 의미나 가치를 잘 파악한다. 이들은 어떤 행동이나 현상을 만나면 그 행동이나 현상 자체보다는 그 이면에 담겨 있을 법한 의미나 가치를 직관적으로 잘 파악한다.

예를 들어 어느 날 친구가 아프다고 하면 감각형의 사람들은 '친구가 아프나 보다' 혹은 '힘들겠구나'처럼 있는 그대로 수용한다. 그런데 직관형의 사람은 '너 또 꾀병을 부리는 거지?', '너 무슨 일이 있었니?'처럼 반응하게 된다. 또 어느 날 친구가 어두운 표정으로 나타나면 감각형의 사람은 '친구 어디가 불편한가 보다'라고 생각하는데, 직관형의 사람은 '집에서 가정불화가 있었을까?' 아니면 '나에게 불만이 있을까?' 등을 생각한다. 감각형은 아픈 것 자체, 혹은 불편한 모습과 같은 실제 상황에 관심을 가지는 반면, 직관형은 어떤 현상이나 사건의 내면에 감춰진 그 의미를 잘 읽어낸다. 그래서 과거 경험을 다루는 일은 감각형들이 잘하고, 다가올 미래에 대한 계획이나 예측은 직관형들이 잘하는 편이다.

다음으로는 판단 방법에 따라 사고형(T)과 감정형(F)으로 나뉜다. 사고형의 사람들은 어떤 일을 만나면 이성에 근거해서 논리적이고 합리적으로 판단한다. 이들은 질서와 객관적인 원칙에 따라 옳음과 그름을 구분해 낸다. 한번 기준이 정해지면 쉽게 타협하지 않고, 다른 사람의 의견이나 생각 또한 잘 받아들이려고 하지 않는다. 이들은 사람의 행동도 윤리적으로 바른지, 그렇지 않은지 금세 구분하고, 당장 비판하거나 두둔하는 모습을 보이기도 한다. 그러니 당연히 다른 사람의 잘잘못을 잘 가려내고 지적도 잘한다. 이들은 논리적인 말을 좋아하고, 일의 진행도 합리적이기를 원한다.

반면에 감정형 사람들은 어떤 일을 판단할 때, 주변 환경이나 다른 사람의 입장을 고려해서 결정한다. 논리와 이성을 사용하지 않는 것은 아니지만 자신이 처한 여건이나 상대방의 입장을 먼저 생각한다는 말이다. 즉, 주변의 눈치를 봐 가며 판단하고 결정한다는 말이다. 이들은 어떤 불편이나 어려운 상황을 만나더라도 상대가 어려움을 만나거나 상처를 입을까 봐 하고 싶은 말을 참기도 한다. 이들은

　　　　　　　　　　　　　　계절이 건네는 말

스스로 자신이 정감(情感)이 있고 다정다감한 사람이기를 바라고, 또 그런 사람을 좋아한다. 만일 상대와 견해가 엇갈릴 경우, 서로 감정을 상하지 않을 방법으로 해결하려고 한다. 이들은 어떤 문제를 만나면 기술적인 측면보다는 인간적인 면을 더 중요하게 여긴다. 때문에 어떤 상황을 만나면 머뭇거리거나 망설이다가 때를 놓치기도 한다. 이들은 동정적(同情的)이고, 인정적이며 상대 입장을 많이 헤아린다는 평을 듣는다.

네 번째는 생활 양식에 따른 구분으로 판단형(J)과 인식형(P)이다. 판단형의 사람들은 필요한 정보를 어느 정도 얻었다 싶으면 외부 세계에 대해 비교적 빠른 판단을 내린다. 그리고 어떤 일을 만나면 체계적으로 계획을 세워 끝까지 지속적으로 해 낸다. 공부를 하더라도 한자리에 앉아 오랜 시간 꾸준히 한다. 이들은 어떤 일을 해야 할 경우, 사전에 계획을 세우고, 여기에 따라 차근차근 진행해 끝까지 마무리한다. 또한 이들은 기호(嗜好)가 분명해서 카페나 음식점에 가더라도 망설이지 않고 자기가 먹고 싶은 음료를 당장 말한다. 또 어떤 물건을 사러 가더라도 구입할 물건 목록을 적어 가거나 머리에 무엇을 살 것인가를 미리 정리해서 간다. 그래서 물건을 고를 때 비교적 쉽고 빠르게 선택하는 편이다. 그래서 명쾌한 판단력을 가진 사람으로 보인다. 그 대신에 새로운 정보에 민감하지 못하고, 융통성이 부족하다는 단점을 가지고 있다.

반면 인식형의 사람들은 외부에서 제공되는 정보에 관심이 많다.

이들은 정보 자체를 좋아하고 즐기는 까닭에 새로운 사건이나 변화에 개방적이며 수용적이다. 다양한 정보에 관심이 많아 이것저것에 관심을 보인다. 정보가 다 수집되기를 기다리기 때문에 결정을 내리기까지는 시간이 걸린다. 이들은 시장에 가더라도 막연하게 생각하고 가고, 물건을 고를 때에도 얼른 선택하지 못하고 이것저것 정보를 파악하느라고 시간을 허비하기도 한다.

이들은 무슨 일을 시작하면 끝까지 가지 못하고 다른 일에 관심을 보이거나 또 다른 일을 시작하기도 한다. 예를 들어 메일을 확인하려고 컴퓨터를 열었다가 곧장 메일을 확인하지 않고 다른 여러 기사를 검색하고 즐기다가 정작 봐야 할 메일은 나중에 보거나, 어떤 경우 보지 못하고 닫는 경우도 있다. 만일 직업 갖는 것을 예로 들면 이 직업을 가졌다가, 저 직업으로, 또 다른 직업으로 옮겨 다닐 가능성이 크다. 그래서 곁에서 보면 끈기가 없는 사람처럼 보이기도 한다.

이런 경향은 독서하는 모습에서도 잘 드러난다. 한 권의 책을 들면 끝까지 읽지 못하고 중간에 책갈피를 끼워 두고 쉬었다 읽기를 반복한다. '어차피 언젠가 한 권을 읽으면 될 것인데 조금 쉬었다 가면 어쩌랴?' 하면서 여유를 가진다. 글의 양이나 분량으로 본다면 단편소설이나 길면 중편소설, 수필이나 기행문 정도를 선호한다. 인식형의 사람들은 주어진 정보 자체에 관심이 많아 새로운 변화에 민감하고 어떤 변화라도 잘 수용하고 잘 적응한다.


지금까지 MBTI에서 알려 주고 있는 사람의 성격적 특성을 간략하

 계절이 건네는 말

게 알아봤다. 요즘에는 이런 내용이 비교적 잘 알려져 있어 사람들이 어느 정도 알고 있는 내용이기도 하다. 만일 여기에 관심이 없거나 아는 지식이 없다면 젊은 날 필자가 저질렀던 무지한 경험을 하게 될 것이다. 나와 다른 유형의 사람을 만나면 '저 사람은 왜 저러지?', '저 사람은 왜 저런 말을 할까?' 혹은 '저 사람은 왜 저런 행동을 할까?'와 같이 끝없는 고민을 하게 될 수도 있다. 또 어떤 경우는 나와 다른 행동이나 의견을 제시하는 사람을 만나면 도저히 용납할 수 없는, 결코 납득할 수 없는 사람이라며 불쾌감을 느끼고 관계를 정리하고 싶은 마음이 들지도 모르겠다.

사람의 성격을 모르면 남에게 상처를 주기도 쉽고, 또한 내가 상처를 받기도 쉽다. 사람의 성격에 대해 조금이라도 알면 이런 불편을 줄일 수도 있을 뿐만 아니라 상대를 이해할 수 있는 좋은 도구가 될 것이다. 따라서 우리가 만나는 사람들과 관계의 지평도 넓어질 수 있다.

우리가 살다 보면 알아야 할 것들이 한두 개가 아니라는 사실을 느끼게 된다. 그중에서도 사람의 성격을 알아두는 것은 살아가면서 쉽게 적용하고 활용할 수 있는 지식이라 할 수 있다. 이 글을 접하고 이에 대해 생각한 사람이라면 젊은 날 필자처럼 사람을 모르면서 아는 것으로 여기고, 스스로 어리석은 줄도 모르고 용감하게 살아가는 우(愚)는 면할 수 있으리라 확신한다.

# 6.

# 선택의 자유

　『논어(論語)』「술이(述而)」 편에는 이런 말이 있다. '세 사람이 가면 반드시 내 스승이 있다. 그중에 좋은 사람은 따르고, 좋지 못한 자는 그를 교훈 삼아 내가 고치면 된다(三人行 必有我師焉. 擇其善者而從之, 其不善者而改之).'

　우리는 일반적으로 선한 사람과 그렇지 못한 사람을 보면, 선한 사람은 이런저런 점이 좋고, 다른 편 사람은 이런저런 점들이 문제라고 평가하기에 바쁘다. 그래서 옳은 것만 수용하고, 그렇지 않은 것은 그냥 버리려고 한다. 그런데 공자는 그러지 않고 선(善)과 불선(不善) 모두 다 내 스승으로 삼아야 한다고 말한다. 그러니까 전혀 다른 이질적인 상황이지만 그것을 내가 어떻게 생각하고 받아들이느냐에 따라 스승으로 삼을 수 있다는 말이다. 세상사는 명(明)과 암(暗)이 중요한 것이 아니라 그것을 내가 어떻게 보고 수용하느냐에 따라 달라질 수 있다는 말이다.

『논어』에는 또 이런 말도 있다. '다른 사람이 나를 알아주지 않아도 화내지 않으면 또한 군자이지 않은가!(人不知而不慍, 不亦君子乎!)' 「학이(學而)」 편에 나온다. 남이 나를 알아주지 않아도 섭섭해하지 않고, 화를 내지 않으면 그런 사람이 곧 '군자'라는 말이다. 공자는 남에 의해 자신이 휘둘리지 않고 외부에서 주어지는 일에 일희일비하지 않았다.

보통 이런 말을 들으면 '모두를 스승으로 삼아야 한다'라는 말로, 또 '타인의 평가에 신경 쓰지 말라' 하는 정도로 해석하고 이해하려고 한다. 이 말에는 이런 의미도 있지만 필자는 내가 주인이 되는 삶, 즉 주체적으로 살라는 말로 이해하고 싶다. 그러니까 무슨 일을 만나면 외부의 일이 나를 움직이게 만드는 것이 아니라 내 생각에 따라, 내가 주인이 되어 판단하고 내 이로움으로 삼으면 좋다는 말로 이해하는 것이다. 보통 사람들은 좋은 사람만 스승으로 삼지만 '나'를 주인으로 여기는 사람은 모두를 스승으로 삼게 되고, 또 남이 나를 알아주느냐, 그렇지 않으냐에 따라 내 감정이 달라지지 않는다는 말이다.

우리는 종종 못된 사람을 만나면 스승으로 삼지 않고 비난하거나 내버려 두려고 한다. 또 다른 사람들이 나를 알아주지 않으면 섭섭한 마음이 생겨 꼴을 부리거나 투정을 부리기도 한다. 그런데 공자는 그렇지 않고, 누구든지 스승으로 삼을 수 있고, 남이 하는 평가에 휩쓸리지 않고 당당하게 살아야 함을 일러 주고 있다.

사람들이 감정적으로 불편을 느끼는 경우는 그 중심을 '나'에게 두지 않고, '타자'에게 두면서 생겨난 경우가 많다. 관점을 밖에 두고 있어서 억울하고 분한 감정이 일어난다는 말이다. 즉, 세상 때문에 내가 힘들고, 사회 구조가 불평등해서 그렇고, 국가가 내 일자리를 마련해 주지 않아서 힘들고, 부모가 재산을 물려주지 않아서 내가 못 살고, 다른 사람이 내 기분을 맞춰 주지 않아서 힘들다고 불평하고, 저 사람이 저런 행동만 고쳐 주면 내가 편할 수 있을 텐데…… 이런 생각들 말이다.

그런데 공자는 어떤 원인을 나 밖에서 찾으려고 하지 않았다. 남이 나를 알아주지 않아도 거기에 기준을 두지 않았다. 세상을 향해 옳고 그름을 따지거나 외부의 판단 근거가 잘못되었다고 생각하지도 않았다. 그리고 세상을 보는 관점은 언제나 '나'를 주인공으로 '내가' 주체가 되어 판단하고 결정했다.

예수님도 이런 말을 했다. "너를 송사하여 속옷을 가지고자 하는 자에게 겉옷까지도 가지게 하며 또 누구든지 너로 억지로 오 리를 가게 하거든 그 사람과 십 리를 동행하고, 네게 구하는 자에게 주며 네게 꾸고자 하는 자에게 거절하지 말라."

사람들은 이 말을 대부분 '남에게 선행을 베풀라'라는 의미로 이해한다. 그런 의미도 있겠지만 필자는 그보다는 한 걸음 더 나아가 각자가 주체적인 삶을 살라는 것을 가르쳐 주고 있다고 생각한다. 오 리를 가자는 사람에게 십 리까지 가 주겠다고 하면, 주체가 요구하는 사람에게서 십 리를 가 주겠다는 사람에게로 옮겨진다. 따라서

 계절이 건네는 말

무게 중심이 '가 주겠다'라고 하는 사람에게로 이동된다. 예수님은 우리에게 어떤 곤란한 상황에서도 소극적으로 생각하지 말고, 자기가 주체적으로 생각하고 처신할 것을 가르쳐 주고 있다. 공자님이나 예수님 모두 어떤 일을 만나면 바깥에 의해 휘둘리지 말고 내가 주인이 되어 적극적으로 참여하고, 결정하라는 점을 가르쳐 준 것이라고 생각한다.

이런 일은 옳고 그른 일에만 해당되지 않는 것 같다. 시선을 조금 확장시켜 보면 세상만사가 다 이런 관계들로 짜여 있다는 것을 알 수 있다. 내 개인적인 면만 보더라도 동전의 양면처럼 잘한 것이 있는가 하면, 못한 것도 있다. 삶을 되돌아보면 어려운 적도 있었고, 편안하고 행복한 적도 있었다. 또 실패한 적도 있었고, 성공한 적도 있었다. 어려움을 만났을 적에는 힘들고 괴로워서 '어려운 일을 왜 나만 겪지?'라는 생각을 하고 힘들어하기도 했다. 또 편안하고 행복할 때는 주변 사람들에게 내 자랑을 늘어놓고 싶은 마음이 있었다. 지나놓고 보니 실패하거나 어려움에 처한 적도, 기쁘고 행복에 처한 적도, 모두 내게 소중한 자산임을 알 수 있었다.

필자는 아버지가 일찍 돌아가시면서 학비를 벌어 생활해야 하는 어려운 시기가 있었다. 거처가 좋지 못해 겨울이면 춥고, 여름이면 너무 더웠다. 이를 견디기 위해 아침 일찍 도서관을 찾아 공부하고, 저녁 늦게 집에 들어갔다. 이런 시기를 거치면서 내 실력이 점프했던 것 같다. 이런 시기가 없었더라면 행여 자포자기하고 신세타령이나 하면서 무기력하게 지냈을지도 모를 일이다. 이런 시기 덕분에 취직 시험이라고 하면 언제든지 자신감이 있었다. 그래서 어디를 가든지 나를 자신 있게 소개하고 추천할 수 있었던 것 같다.

또 젊은 시기에 교통사고로 한 달 동안 중환자실에서 생사의 갈림길을 헤맨 적이 있었다. 의식이 어느 정도 돌아왔을 때, 내 모습을 보니 말이 아니었다. 침대에 피가 흥건히 고여 시트를 자주 갈아야 했고, 고통도 몹시 심했다. 다행히 여러 달 고생한 보람이 있어 완전히 회복할 수 있었다. 너무 아프고 힘든 기간이라 떠올리기조차 싫다. 하지만 덕분에 군대 면제를 받아 다른 친구들보다 일찍 직장 생활을 시작할 수 있었다. 전화위복이 된 셈이다.

돌아보건대, 내 삶에서 어려운 일도, 편하고 기쁜 일도 모두 내 삶에 좋은 자양분이었다는 것을 알 수 있다. 어려운 일은 힘들고 아팠지만, 기쁜 일을 만났을 때 기쁨을 몇 배나 더 치솟게 만들어 주었다. 만일 어려운 시기가 없었더라면 그렇게 커다란 기쁨을 느낄 수 없었을 것이다. 그래서 내가 만난 어려움은 감추고 숨기는 것이 아니라 반대로 어디를 가나 자랑이 되고 있다.

살다 보면 이렇게 큰일이 아니더라도 선과 악함, 간단함과 어려움, 힘든 일과 편안한 일, 바람대로 되는 것과 그렇지 않아 분함과 원망이 쌓이는 일 등 설명할 수 없는 일들을 수시로 만나게 된다. 사소한 교통사고가 일어나기도 하고, 사소한 일로 동료 간에 마찰을 빚기도 한다. 부부간의 다툼도, 행복도 불행도, 시간에 따라 달라지고, 상황마다 달라지는 모습으로 다가오기도 한다.

이런 양면을 지닌 환경을 어떻게 생각하고 어떻게 대해야 할 것인가는 모두 나의 선택에 달려 있다. 세 사람 중에 못된 사람이 있어도 스승으로 삼을 것인가, 아니면 가치 없는 것으로 여기고 버려야 할 것인가, 남이 나를 알아주지 않는다고 불평하고 있을 것인가, 반대로 당당하게 여기고 앞으로 나아갈 것인가? 세상을 탓하고 원망하고 있을 것인가? 내 도약의 발판으로 삼을 것인가? 모두 내 선택에 달려 있다. 모두 사물을 보는 나의 관점에 달렸다. 그럴 때면 공자나 예수님의 시선을 참조할 필요가 있다. 내가 스스로 주인공이 되어 외부의 어떤 조건에 상관없이 선택하는 것이다.

오덕렬의 『수필 한 편』에 보면 이런 이야기가 나온다. 옛날에 결전을 앞둔 두 장수가 있었다. 마지막이 될지도 모르는 음식상이 거나하게 준비되었다. 이때 웬일인지 갑자기 한바탕 광풍이 몰아쳐서 상을 부숴 버리고 말았다. 그러자 한쪽에서는 이제 나무 상은 필요 없고 금 상을 받을 징조라고 좋아했다. 또 한편에서는 결전을 앞두고 재수 없는 일이라며 화를 냈다. 같은 일이지만 이렇게 서로 다르게 생각했다. 결전의 결과는 어땠을까? 긍정적으로 생각한 전자는 대승하였고, 부정적으로 생각하는 후자는 패했다는 것이다.


살면서 수시로 선택의 순간들을 맞게 된다. 우리에게 다가오는 일을 어떻게 보고 받아들이느냐, 혹은 어떤 감정을 가질 것이냐는 모두 나의 관점과 선택에 달려 있다. 만일 어떤 사람이 부정적인 면만 보고 외부의 탓만을 일삼는다면 그래도 어쩔 수 없는 노릇이다. 그렇다고 세상이 달라지지 않는다. 그렇게 생각한 사람만 손해다. 반대로 '내 삶의 주인공은 바로 나'라는 인식을 갖고 내가 주도적으로 내게 유익하게 볼 것인가는 나의 결정과 선택에 달려 있다. 나는 어떤 선택을 할 것인가? 무엇을 고르든지 선택은 나의 자유다.

# 7.

# 치유의 명약

　　유엔무역개발회의(UNCTAD)는 2021년 7월 2일, 우리 나라의 국제적인 지위를 개발도상국에서 선진국으로 변경했다. 이로 써 우리는 명실상부한 선진국이 되었다. 하지만 나라 안에서 살다 보니 우리가 그런 지위를 얻었는지, 그렇게 실감이 나지 않는다.

　그런데 조금만 관심을 두고 주변을 둘러보면 그런 느낌이 구체적으로 다가온다. 근자에 음악만 보더라도 K-팝이라는 이름으로 전 세계를 호령하고 있다. 그것만이 아니다. 우리 음식도 K-푸드라는 이름으로 여러 나라에서 엄청난 인기를 얻고 있다. 얼마 전까지만 해도 변방에 이름도 없는 가난한 나라에서 이제는 경제뿐만 아니라 문화 예술 분야도 세계에서 두각을 나타내고 있다. 눈만 감아도 어깨에 힘이 들어가고, 가슴이 뿌듯해진다.

　최근 유튜브를 통해 세계 여러 나라에서 활동하고 있는, 더구나 음악으로 선진국이라고 하는 유럽에서 선전하고 있는 우리나라 음악가들의 활약상을 볼 수 있었다. 우리가 잘 알고 있는 것처럼 유럽은 뛰어난 작곡가, 연주가, 기획자들이 지천으로 널린 세상이다. 필자는 오래전부터 그들의 문화나 능력을 너무 부러워하고 있었다. 그런 유럽에서 정명훈, 조수미를 비롯한 기라성 같은 우리 음악가들이 이름을 날리고 있다. 그러니 음악에 문외한인 내게도 엄청난 자랑이 된다. 그들의 활약을 온몸으로 칭찬하고 응원하고 싶다.

이런 자존감으로 어깨가 올라갈 즈음, 또 하나의 뿌듯한 경험을 할 수 있었다. 임재식 님이 지휘하는 스페인 마드리드 시립 어린이합창단의 '고향의 봄' 연주를 듣는 것이다. 이 연주를 듣고 있자니 나도 모르게 눈물이 주르륵 흘렀다. 한국어가 뭔지도 모르는 아이들이 또박또박 "나의 살던 고향은 꽃 피는 산골……"을 연주하다니. 영상을 통해 듣는 노래였지만 연주가 다 끝나도 감동이 멈추지 않았다. 음악이 감동을 주기도 했지만, 고향에 대한 소박한 감정이 부풀어 올랐기 때문이다. 한참 동안 숨을 죽이고 멍하니 있었다.

스페인에서 밀레니엄 합창단 지휘를 맡고 있는 임재식 단장은 1980년대 성악을 전공하고 스페인으로 유학 가 왕립음악원에서 성악을 전공했다. 당시에는 우리나라가 잘 알려지지 않아 놀림과 무시를 받으며 서럽게 공부했다고 한다. 그는 우리 노래를 알려 주고 싶은데 알릴 방법이 없어서 마음이 아팠다고 한다. 고민 끝에 스페인에서 음악으로 실력을 인정받으면 우리 음악을 알릴 수 있겠다는 생각에 15년 동안 열심히 준비하면서 공부했다고 한다. 그 후에 1999

　　　　　　　　　　　　　　　　　　계절이 건네는 말

년 새천년을 맞이하면서 스페인 성악가를 통해서 우리 노래를 알릴 수 있었다. 그의 끈질긴 노력으로 스페인 초등학교 5학년 음악 교과서에 우리 민요 '아리랑'이 실리기도 했다. 그는 지휘할 때마다 우리 노래를 부르게 하는데, 스페인은 물론 온 유럽을 다니면서 우리 노래를 알리고 있었다.

이국에서 울려 퍼지는 '고향의 봄'과 '아리랑'을 듣다 보니, 우리나라에서 부르는 것보다 더 진한 감동이 몰려왔다. 지휘를 하고 있는 임재식 단장의 얼굴에 여유와 기쁨이 가득한 것을 보니, 그도 멀리 떨어져 있는 한국의 고향을 가슴으로 그리며 부르고 있는 것 같았다. 가슴이 저려 왔다. 이런 독특한 감동은 이국에서 불리는 고향의 노래이기도 해서 그렇거니와 내 마음에 담겨 있는 고향에 대한 그립고 고운 정서가 파장을 일으키면서 더 커진 것 같다.

고향을 생각하면 햇빛을 받아 반짝이는 물결처럼 내 가슴에도 희로애락의 물결들이 반짝반짝 빛나기 시작한다. 나의 살던 고향은 꽃 피는 산골이었다. 봄이면 살구꽃, 복숭아, 아기 진달래가 가득하던 곳이었다. 고향을 생각하면 고향의 풍경과 어릴 적 추억들이 영화 속 멋진 장면처럼 눈앞을 길게 장식한다. 온종일, 아니 몇 날 며칠을 상영해도 소재가 궁해지지 않을 것 같다. 이름 모를 꽃들이 지천으로 널려 피어 천연 정원을 만들고, 쟁기를 맨 소가 논과 밭을 갈다가 지쳐 논두렁에 엎드려 음메…… 하며 쉬어가고, 제비들이 흙을 물어다 처마 밑에 집을 짓고, 남쪽 나라 사랑 이야기를 들려주는 곳이다. 물을 댄 논에서 합창하는 개구리 노래는 소프라노, 테너, 베이스 파트가 따로 없고 단조로운 소리의 반복이지만 시끄럽지 않고 도리어 지울 수 없는 진한 향수(鄕愁)를 만들어 주었다. 지금도 오뉴월 밤이면 불러도 불러도 목조차 쉬지 않고 부르는 녀석들의 노래는 가슴을 울려 주고, 향수를 자극해 준다.

푸르스름한 살구를 보며 침을 삼키고, 자두가 익기도 전에 돌을 던져 떨어뜨려 신 열매를 가져와 맛있다며 침을 질질 흘리며 먹고, 엄마 몰래 익지도 않은 복숭아를 입 안에 넣고는 표정까지 감춰 넣었던 일이 떠오른다. 옥수수가 할아버지 수염처럼 내려앉아 노르스름해지면 마당 평상에 모깃불 피워 놓고 찐 옥수수를 먹는다. 공연장에 불이 꺼지고 커튼이 올라가면 공연이 시작되는 것처럼 고향에 모깃불이 엷어지고, 연한 바람이 어둠을 불러들이면 하늘 천장이 열리면서 커다란 공연장이 된다. 날이 어두우면 어두울수록 공연장은 더욱 즐겁고 선명한 이야기들로 가득 채워진다.

맨 먼저 남서쪽 하늘에서 주인공 금성이 얼굴을 내민다. 지구와 가장 가까워 크고 밝게 빛나는 탓도 있지만 눈에 가장 먼저 띄어 우리는 이 별을 거지별이라고 했다. 밥을 얻어먹으려고 맨 먼저 나온다고 생각했기 때문이다. 그러면 우리는 저런 별이라면 거지라도 하나쯤 가지면 좋겠다는 생각을 하기도 했다. 그러면 우리 엄마는 "소원을 가지면 이뤄진대, 빌어 봐" 했다. 그래서 초등학교 때는 그 말이 진짠 줄 알고 마음에 별을 품고 다니기도 했다.

우리는 거대한 공연장에서 북두칠성의 사연을 듣고, 사자자리와 백조자리의 공연을 봤다. 별자리는 우리 누나가 제일 잘 알았다. 백

  계절이 건네는 말

조자리는 저것과 이것, 그리고 요것들의 선을 이으면 백조 모양이 된다고 했다. 그러면서 제우스가 스파르타의 왕비 레다를 사랑하여, 꼬드기기 위해 백조로 변하여 나섰다고 했다. 누나는 물었다. "꼬셨을까, 못 꼬셨을까?" "그 후 백조가 사라진 뒤 왕비 레다는 알 2개를 낳았대. 그중 한 알에서 헬레네와 클리타임네스트 여자아이 둘이 나오고, 다른 한 알에서는 폴리데우케스와 카스토르 남자아이 둘이 태어났대." 그러면 "둘이 사랑하긴 했는데 결혼은 안 한 거지? 맞지? 맞아?" 누나는 장난스럽게 말했다. 하지만 나는 그 말이 무슨 말인지 그때는 잘 몰랐다. 누나는 이야기를 참 잘한다고 생각했다. 나중에 알고 보니, 그리스 신화에 나온 이야기였다.

"또 사자자리는 이거와 저거, 저기, 저런 별들을 이어가면 사자 모양이 돼. 저 사자는 레오인데 원래 땅에서 살다가 하늘로 올라갔대. 어찌나 사나운지 사람들이 죽이려고 했지만 보통 무기로는 죽일 수가 없어, 헤라클레스라는 사람이 특별한 방법을 사용해서 겨우 죽일 수 있었대. 그 사자가 죽어 하늘로 올라가 사자자리가 되었다고 해. 그러니 저기 봐, 피를 흘리는 모습이 보이지 않니?" 나는 사자가 하늘로 간다는 말과 피를 흘린다는 말을 도통 알아들을 수 없었다. 누나는 대단한 작가라고 생각했다. 나중에 훌륭한 소설가가 될 것 같다고 생각했다. 나중에 알았지만, 이 역시 그리스 신화에 나오는 이야기였다.

누나의 부지런한 설명에 나는 별자리를 찾으려고 눈을 부라려 가며 집중했다. 하지만 내 눈에는 쉽게 들어오지 않았다. 내가 모르겠다고 하자, 우리 엄마는 "봐 봐, 저 별하고 저기 있는 저 별, 있잖아! 똑바로 봐 봐" 하셨다. 그래도 나는 찾지 못해 다음 날 또 평상에 누워 별을 찾았다. 그래도 여전히 찾을 수 없었다. 어떤 날은 하늘이 맑지 않아 보이지 않았는데 우리 엄마는 "네가 찾지 못하니까 집으로 들어갔나 봐. 오늘은 안 보인다" 했다. 그래서 나는 별도 우리처럼 집이 있는 줄로 알았다.

하루는 별을 도저히 찾지 못하겠다고 하자 우리 엄마는 "별은 착한 일을 많이 한 사람에게만 보인대" 했다. 그래서 잠자리에 들면서 '내일은 착한 일을 많이 해서 꼭 찾으리라'라고 다짐하기도 했다. 별자리를 찾다가 싫증이 나면 우리는 별 따기 시합을 했다.

　　　　　　　　　　계절이 건네는 말

하늘에 있는 별을 따서 누가 빨리, 더 많이 망태에 담는지 하는 시합이었다. 그 방법은 이랬다.

"별 하나, 따서, 구워서, 불어서, 망태에 담고."

"별 둘, 따서, 구워서, 불어서, 망태에 담고."

"별 셋, 따서, 구워서, 불어서, 망태에 담고……."


열 개를 먼저 딴 사람이 이겼다. 그러면 일등은 늘 엄마였고, 누나가 이등 하고, 나는 언제나 꼴등을 했다. 그런데 언젠가 봤더니, 누나가 엄마를 이겼다. 나는 그 방법이 신기했다. 그래서 누나한테 알려 달라고 했더니 그게 무슨 비법이라도 되는 양, 비밀이라 알려 줄 수 없다고 했다. 그래서 한번은 내가 시합에 참여하지 않고 엄마와 누나만 시합하라고 했다. 가만히 살펴봤더니, 누나는 재주를 부렸다. 엄마가 앞서가면 누나는 별 다섯 하다가 별 일곱으로 넘어갔다. 나는 누나가 엄마를 이기는 방법을 알아냈다. 엄마도 알면서 모르는 척한 것 같았다.

나는 누나가 사용하는 방법을 쓰지 않고 늘 꼴등을 했다. 누나보다 앞서려면 별 서넛은 건너뛰어야 했기 때문이다. 그리고 그런 방법으로 엄마를 이기는 것은 좋은 방법이 아니라고 생각했다. 나는 누나가 이기는 것보다 엄마가 일등 하는 것이 더 맘에 들었다.

그러다가 하루는 내가 염소, 토끼 먹일 풀을 뜯어 와야 하는데 친구들과 노느라고 풀을 넉넉하게 하지 못했다. 집에 돌아와서는 풀이 없어 채우지 못했다고 거짓말했다. 죄를 지어 뉘우치는 마음으로 집에 들어왔는데, 누나가 "풀은 안 뜯고 친구들과 놀기만 했다"라고 엄마한테 일렀다. 그날 밤 평상에서 별 따기 시합을 했는데 누나가 일등 했다. 나는 엄마한테 누나가 숫자를 건너뛰었다고 일렀다. 그러면 엄마가 누나를 꾸중할 줄 알았는데 그냥 슬그머니 넘어갔다. 내가 풀을 적게 뜯어 왔을 때는 강하게 꾸중한 것 같더니, 누나의 거짓말에는 그냥 넘어갔다. 엄마는 누나 편이라는 생각이 들어 서운한 감정이 들었다.

여름이면 우리 마을 곳곳에는 수박, 참외밭이 있었다. 그런 밭을 지날 때면 늘 몰래 따 먹고 싶은 마음이 일었다. 외밭에는 갓길 쪽에 높다랗게 원두막을 지어 두고 사람이 지키고 있었다. 게다가 외밭 가장자리에는 가시가 주렁주렁 달린 탱자나무를 잘라다 막아 두어 쉽게 들어갈 수 없었다.

참외를 훔치면 안 된다는 것을 알고 있었지만, 참외를 먹고 싶은 욕구는 언제나 제어하기 어려웠다. 참외 생각이 간절했던 어느 날, 친구랑 둘이 참외를 따 먹자고 했다. 따 먹자는 데는 합의했는데 누가 따 올 것인가에 대한 합의를 하지 못했다. 외밭에 둘이 함께 들어가면 들킬 것이 뻔하니, 한 사람은 망을 보고, 한 사람은 따러 들어가자고 했다. 여기까지는 의견 일치를 봤다. 그래서 나는 잘못을 하더라도 직접 참외를 따기보다는 간접적으로 참여하는 망을 보고 싶었다. 그런데 친구가 "네가 몸이 작으니까 네가 엎드려 기어가 따 와" 했다. 내가 체격이 작다는 과학적인 근거를 들이대니, 나는 다른 변명을 할 수 없었다. 친구가 "내가 원두막 근처에 가서 지키는 사람이 있

 계절이 건네는 말

나 없나 살펴서, 없으면 두 손을 맞잡아 원을 그리고, 사람이 지키고 있으면 두 손으로 가위표를 할게" 했다. 그래서 나는 원두막에서 제일 먼 밭모퉁이에서 몸을 숨기고 신호를 기다리고 있었다. 친구가 아무도 없다는 사인을 보내 주었다. 그래서 나는 곧바로 엎드려서 낮은 포복으로 외밭으로 들어갔다. 밖에서 봤을 때는 노란 참외가 엄청 많아 보였다. 그런데 막상 직접 들어가 보니, 범죄를 저지르면 안 된다는 양심이 눈을 가려서 그랬는지, 아니면 급한 마음이 행동을 가로막아서 그랬는지 모르지만 노란 참외가 잘 보이지 않았다. 주변에 덜 익은 푸릇푸릇한 참외들만 가득했다. 가슴은 두근두근하고, 머리에서는 들키면 안 된다는 생각이 압박을 가하고 있어 급한 마음이 들었다. 몸이 말을 듣지 않았다. 들어갈 때는 친구와 한 개씩 먹으려고 두 개 이상 따겠다고 생각했다. 그런데 들어가는 순간 '들키면 어떻게 하나?' 하는 생각이 심하게 압박하는 바람에 겨우 하나만 따고 얼른 나왔다. 나와서 내 모습을 보니, 옷에 온통 흙이 묻어 장난이 아니었다. 망을 보던 친구가 오더니, "몇 개 땄어?" 물었다. 그래서 내가 "한 개, 익은 게 없어" 했다. 친구가 "야, 들어갔으면 한 다섯 개 정도는 따 와야지 달랑 한 개, 이게 뭐냐?" 했다. 그래서 내가 "그러면 네가 가지 그랬냐? 가 봐, 참외가 없다니까" 했다. 그렇게 서로 책임 공방을 하면서 우리는 언덕을 넘어 외진 곳에 앉아서 어렵게 마련한 참외 한 개를 나눠 먹었다. 마을로 들어가자니, 친구가 "야, 너 옷이 그게 뭐냐? 사람들이 보면 참외 따 먹었다고 하겠다. 차라리 뒤집어 입어라" 했다. 그래서 나는 도둑질한 것이 마음에 걸려 옷을 얼른 뒤집어 입었다.

집에 돌아와 옷을 빨래 바구니에 벗어 놨는데 엄마가 보고는 어디서 이렇게 흙을 묻혀 가져다 놨느냐며 야단하셨다. 나중에 보니 내 몸도 탱자나무 가시에 찔려 여기저기 긁혀 있었다. 엄마 야단에, 긁힌 곳이 쓰려 잠을 제대로 자지 못했다. 그날 깨달은 것은 '죄는 절대로 범해서는 안 되겠구나'였다.

그날 일은 세월이 가면 저절로 사라질 줄 알았다. 그런데 시간이 가면 갈수록 함께했던 친구가 생각나고 그 일이 선명하게 그려졌다. 그래서 고등학생 때, 집에 가면 그 외밭 근처를 둘러보고 추억을 되살려 보기도 했다. 그때는 정말 두렵고 무서웠는데, 다행히 세월의 지우개는 무서운 감정들을 부지런히 문질러대 옅게 만들어 주었다. 하지만 그때 추억은 영화처럼 선명하게 그려져 스토리를 엮어내고 있었다.

어른이 되어서도 고향 쪽을 향하면 어릴 적에 있었던 일들이 주섬주섬 살아나기 시작한다. 내가 살아가는 동안 수시로 의미를 만들어내고 푸근한 정서를 풀어내 놓는다. 스페인에서 연주되는 '고향의 봄' 합창을 듣고, '아리랑'을 들었을 때, 나도 모르게 고향에 대한 그리움이 솔솔 올라온 것도 그 때문이다.

'고향의 봄' 감상의 여운은 시간이 지나도 쉽게 사라지지 않았다. 오히려 아지랑이에 떠밀려 하늘 높은 줄 모르고 높이 솟구쳐 쫑알쫑알 노래하는 종달새처럼 끝없이 날아올랐다. 비록 이국에서 불리고,

   계절이 건네는 말

유튜브를 통해서 듣는 노래였지만 진한 감동의 파장은 쉽게 사그라지지 않았다. 가슴에서 일어난 감정의 일렁거림은 맑고 청량한 깊은 산속 옹달샘 물이 작은 골을 따라 흐르면서 생명을 만들어 낸 것처럼 내 가슴 속으로 흘러들어 추억을 창조해 낸다. 고향 생각만으로도 마음에 쌓인 불편한 쓰레기들이 눈 녹듯이 사라진다. 고향은 병원 처방전을 받지 않아도 전인적 치료를 낳는 최고의 명약이다.

요즘 아이들을 보면 시간만 나면 컴퓨터 게임을 한다. 처음에는 운전 연습과 같은 단순한 게임을 하더니, 그다음에는 블록을 포개거나 깨뜨리는 게임을 한다. 그러다가 나중에는 총과 폭탄을 구입하고 탱크를 사고, 항공기까지 구입해 전투한다. 그것도 친구들을 모아 집단을 이뤄 전쟁을 하기도 한다. 참 삭막하고 잔인하다는 생각이다.

이런 아이들에게도 다음에 크면 낭만적인 고향이 있을까? 병원 처방전보다 나은 치유의 명약이 있을까? 필자는 큰일을 결정할 때면 고향을 둘러보고, 어릴 적 걸었던 길을 걸어보고, 추억을 소환해 내곤 한다. 고향을 한 바퀴 돌아보고 나면 실타래처럼 복잡하게 얽혔던 일들이 해결의 실마리를 찾기도 한다. 그리고 마음의 얼룩지고 복잡한 감정이 잔잔한 물결처럼 평온으로 안정을 얻기도 한다.

요즘 아이들은 어려움을 만나면 컴퓨터 속으로 들어갈까? 이 아이들도 쉽지 않은 인생을 살아야 할 텐데, 그리고 어려움도 만나게 될 텐데, 어디서 따듯한 도움을 얻고, 어디에서 엉킨 감정을 풀어낼 수 있을까?

고향은 따듯하고 포근한 엄마 품처럼 언제나 편안하고 든든함을 준다. 마음의 낙원과 같은 곳이다. 그래서 이런 고향을 가진 사람은 범죄로부터 멀리 떨어져 살게 된다. 그리고 늘 위안과 평안을 얻으며 안정된 삶을 살게 된다.

나는 봄이 온다는 소식만 들어도 마음에서 진달래, 아지랑이, 버들강아지, 살구꽃, 복숭아꽃들이 정신없이 피어난다. 바람 소리, 빗소리만 들어도, 까만 밤하늘의 별들만 봐도 이야기들이 살아나고 감동이 된다. 내 마음에는 이런 고운 언어들이 가득 차 있어 내 삶은 어떤 말을 듣더라도 아름다운 추억으로 화려하게 도배되는 것을 느낀다.

   계절이 건네는 말

# IV

# 겨울


1. 어느 할머니의 인생철학

2. 고난(苦難)도 선택이다

3. 추억이 주는 힘

4. 산소에서 얻은 교훈

5. 늦은 사랑 고백

6. 교육도 세월을 따라

7. 살모사(殺母蛇), 살모자(殺母者)?

# 1.
# 어느 할머니의 인생철학

우리나라에서는 개인 정보 사용을 법으로 엄격히 규정하고 있다. 금융기관이나 토지를 관리하는 토지공사의 경우, 내부자 정보를 이용해 주식이나 부동산 투자를 할 수 없도록 하고 있다. 그뿐만 아니라 의료인들의 경우 '의무기록 작성·보관·관리 업무를 하면서 알게 된 다른 사람의 정보를 누설하거나 발표하지 못한다'라고 법으로 정해 두고 있다.

이야기를 시작하면서 여기 내용이 업무 중에 얻은 정보라서 '법에서 금하고 있는 내용에 해당하는 것이 아닌가?' 잠시 생각하게 되었다. 법에서 이렇게 정보 활용을 제한하고 있는 것은 그것으로 자기 이익이나, 타인의 권익을 침해해서는 안 된다는 큰 전제에서 만들어진 것이리라. 따라서 여기 내용은 업무 중에 얻은 정보이기는 하나, 법 취지에 그렇게 어긋나지 않는다고 생각한다.

참고로 필자는 교직에서 퇴직한 뒤 두 번째 직업으로 순천 웃장 근처에서 카페를 운영하고 있다. 카페에 있다 보면 본의 아니게 손님들의 대화를 듣게 되거나 대화에 참여하게 되는 경우가 있다. 이번 이야기도 그중 하나이다.

카페에 단골로 찾아오는 70대 할머니가 있다. 할머니는 승주에 사는데 장날이면 버스를 타고 순천으로 나와서 장을 둘러본 다음 우리 카페에 들러 주신다. 자주 찾아오다 보니, 낯이 익고 편해져서 사소한 생활 이야기까지 나눌 수 있게 되었다.

사람이 사회적인 동물이라 그런 걸까? 대화를 나누는 것은 언제나 의미 있고 즐거운 일이 된다. 어린아이나 혹은 70~80대 어르신과 나눈 대화는 나름대로 의미와 가치가 상당하다. 특별히 어르신들과 나누는 대화는 오랜 삶의 경륜이 묻어 있는 이야기들이라 한두 마디만 나눠 봐도 그 사람의 인생이나 살아왔던 이야기, 그리고 현재를 살아가고 있는 모습들이 그대로 담겨 있는 것을 볼 수 있다. 그래서 자주 만나거나 대화가 좀 길어져도 불편해지거나 지루해지지 않는다.

할머니는 장날이면 거의 빠짐없이 순천에 나오신다. 처음에는 '할머니가 무슨 할 일이 많아 매번 장에 오실까?' 생각했다. 하지만 사연을 듣고 보니 그럴 만했다. 이번 장에도 할머니는 어김없이 오셨다. 들어오면서 "커피 석 잔" 하신다. 그래서 내가 "무슨 일로 장날이면 이렇게 매번 나오세요. 장 볼거리가 그리 많나 봐요?"

"장 볼거리는 무슨, 그냥 사람들 만나서 안부 묻고, 지나가는 사람들 이야기나 들으려 해서 그래요. 내가 여기에 와서 커피를 사 가는

　　　　　　　　　　　　　　　　　　계절이 건네는 말

것도 저기 앉아서 장사하는 사람들을 격려하고 응원하고 싶어서 그래요. 그러기에는 커피가 제일 좋거든요. 저 사람들은 내가 젊었을 때부터 같이 장사했던 사람들이에요. 뙤약볕에서 장사하고 있을 때 누가 찬물 한잔이라도 권하면 그렇게 반갑고 좋을 수 없어요. 저 사람들은 손님을 놓칠까 봐, 화장실에도 함부로 못 가요. 그러니 내가 가서 곁에 있으면서 화장실이라도 다녀오게 하고, 커피를 권하면서 조금 쉬면서 하라고 하지요. 그러면서 세상 돌아가는 이야기를 나누면서 잠시 여유를 갖기도 한답니다. 그러면 반가워하고 좋아해요. 그래서 내가 올 때마다 몇 잔씩 사서 가지요. 지난번에는 여기 줬으니까, 오늘은 저기에 있는 저 아저씨에게 줄 겁니다"라고 하면서 석 잔을 사 가신다.

한참 시간이 지났을까? 할머니는 다시 카페로 들어오셨다. 친분이 있는 사람들과 이야기가 어느 정도 마무리된 모양이다. 카페에 다시 들어온 할머니는 "블루베리가 몸에 좋다니까 나는 이것을 마실 겁니다. 아저씨도 한잔해요" 하면서 내게도 권한다.

주스를 들면서 할머니는 묻지도 않았는데, "나도 한 30년 동안 이렇게 장에 나와서 장사를 했어요. 날마다 새벽같이 일어나 이 장 저 장을 돌아다니면서 장사하다가 해 질 무렵이면 짐을 싸곤 했지요. 저 사람들과 오랜 세월 같이 장사하다 보니 그냥 정이 들었어요. 그래서 참 좋아, 참 좋은 사람들이지요"라고 하신다. 그러다가 다시 "장사가 참 좋긴 좋아요. 돈 버는 재미가 있거든요. 그래서 시간 가는 줄 모르고, 늙어 가는 줄도 모르고 했어요. 그래서 나는 내가 이렇게 늙었는지도 몰랐어요. 아이들 다 가르치고 내가 살 만큼 벌었으니, 장사가 좋은 거 아녀요? 장사를 해서 돈을 좀 벌긴 벌었는데, 나중에는 술장사를 시작했어요. 장사 중에는 술장사가 제일 나은 것 같아요. 장돌뱅이보다 돈이 더 되더라고요. 그래서 돈을 조금 모았지요. 그런데 지금은 다 까먹었어요. 그놈의 새끼만 아니었어도 지금은 더 편하게 살 것인디……"라고 하면서 눈물을 글썽거렸다.

할머니는 한참 동안 자기 슬픔을 이기지 못하는가 싶더니, 다시 고달픈 삶의 이야기를 늘어놓았다. "내가 좀 살 만하게 되었다고 생각했어요. 그때 우리 큰아들이 사고를 당했어요. 지금까지 한 오 년 넘게 치료했어요. 당시에는 아들을 잃은 줄 알았는데, 지금은 겨우 몸을 움직일 수 있게 되어 간단한 기술이라도 배우겠다고 하는 거예요. 어설픈 몸으로 배우겠다고 하니 기분이 좋기도 하고 짠해 죽겠어요. 아들이 저 정도 움직이도록 만드느라 재산을 다 까먹다시피 했으니까, 돈으로 아들을 새로 산 거나 다름없어요. 그래도 저렇게 살아 있으니, 든든합니다. 얼마나 좋은지 몰라요. 돈이 아깝지 않아요. 그게 부모 마음인가 봐요" 한다. 한참 동안 쉬더니, "이제 나이가 들어, 힘도 없고, 이렇게 가난하게 되었지만 그래도 추하게 살고 싶지 않아요. 그래서 장날이면 같이 장사했던 사람들에게 차(茶)를 사 주고, 친구처럼 격려하며 살려고 해요. 나이가 좀 들었다고 폼 잡고, 비판하고, 트집이나 잡으면 좋아할 사람 누가 있겠어요? 나는 그렇게 살고 싶지 않아요. 가족을 위해서 열심히 살아온 내 인생이 값지고, 멋지고, 소중하니까, 내 삶이 앞으로도 소중해지려면 작은 것들을 베풀며

　　　　　　　　　　　　　　　　　　계절이 건네는 말

살아야 한다고 생각해요. 남에게 베풀면 그 사람들이 좋아하거든요. 그러면 내 삶도 의미 있게 돼요. 그래서 나는 없지만 가급적 베풀고, 도와주면서 살려고 해요. 앞으로 내가 거동하면 얼마나 하겠어요. 생각해 보면 나는 이제 남을 돕기보다는 남에게 신세 질 시간이 더 많이 남은 것 같아요. 그러니 내가 조금이라도 힘이 있을 때 베풀려고 합니다. 그러면 내가 도움을 받게 될 때 좀 덜 미안하지 않을까 싶어요. 아니, 나는 평생을 그렇게 살긴 했어요. 얼마 전, 순천에 나오려고 버스 정류장으로 가고 있었어요. 길가에서 초등학생 아이가 울고 있더라고. 그래서 '왜 그러니' 했더니, 무슨 물건을 사고 싶은데, 엄마가 사주지 않아서 그런다고 해요. 그래서 '그것이 얼만데?' 했더니 팔천 원이라는 겁니다. 그래서 내가 만 원을 주면서 '이것으로 사고, 엄마가 사주지 않은 것은 무슨 이유가 있어서 그런 걸 거야. 엄마한테 함부로 꼴 부리면 안 된다. 그리고 엄마한테 감사해야 한다'라고 했지요. 또 한번은 버스를 타고 있는데, 중학생 5명이 함께 버스에 오르더라고요. 보아하니, 한 아이가 버스비를 다 낸 겁니다. 그래서 처음에는 '다른 녀석들이 저 아이를 위협해서 한 아이에게 버스비를 다 부담하게 하는가 보다' 생각했어요. 그래서 내가 물었지. '야! 너는 어째서 버스비를 네가 다 내니?' 했더니, 그 아이가 '친구들이 버스비를 가져오지 못했대요' 하더라고요. 그래서 내가 그 아이에게 '너는 참 좋은 아이구나'라고 하면서 만 원을 줬어요. 그리고 나머지는 아이스크림 사 먹으라 했지요. 사소한 일들이지만 나는 이런 일들이 남에게 도움을 주는, 베푸는 일이라고 생각해요. 그래서 내 가방에는 아이들이 좋아하는 젤리를 몇 봉지씩 가지고 다녀요. 아이들을 보면 나눠 주려고 하지요. 젤리를 받으면 아이들이 좋아해요. 그러다 보니 아이들이 멀리서도 '할머니' 하고 인사하고 반갑게 대해 줘요. 나는 특별히 어린아이들에게 잘하려고 해요. 어른들을 도우려면 보다 많은 돈이 필요해요. 하지만 아이들에게는 적은 돈과 관심만으로도 큰 만족을 줄 수 있어요. 그리고 이런 일들이 아이들에게 희망을 주는 일이라고 생각해요. 그러면 우선 아이들이 어른들 만나는 것을 좋아하지 않겠어요. 아이들이 어른들을 만나서 꾸중이나 듣고, 훈계나 듣게 된다면 어떤 아이들이 어른들을 좋아하겠어요. 나는 아이들이 어른들을 만나면 좋은 일이 생기고, 즐거운 일이 생기도록 도와줘야 한다고 생각해요. 그러면 아이들이 어른들을 좋아하고 존경하지 않겠어요? 그리고 이 아이들이 성장하면 어릴 적 추억을 떠올리고 자기들도 실천하겠다는 생각이 들어요. 그러면 우리가 사는 세상이 즐겁고 행복해질 거로 생각해요. 나는 그런 세상을 꿈꾸고 있어요. 나이를 먹으면서 장사를 그만두려고 했어요. 하지만 한편으로는 그래도 젊은 날 벌어야지 하는 생각이 들어 계획했던 것보다 더 오래 장사를 하게 되었어요. 그래서 돈을 조금 모은 거지요. 모아 봤자 다 날렸지만, 그래도 열심히 살아온 내 삶에 후회는 없습니다" 하셨다.

최근 우리 사회는 고령화 사회에 접어들었다. 그래서 여러 곳에서 노인들을 위한 놀이나 교양강좌를 개설해 두고 교육하고 있다. 주제들로는 '끊임없이 운동하라', '자녀들을 믿지 말아라', '부부의 건강은 서로 챙겨라', '자기 생각을 젊은이들에게 주입하려 들지 말라', '자녀

 계절이 건네는 말

들에게 하라, 마라, 하지 말라', '나이가 들면 지갑은 열고, 입은 닫아라' 등 모두 좋은 지침들이라고 생각한다.

내가 만난 할머니는 보아하니, 어디에서 교양강좌를 들은 것도 아닌 것 같았다. 그런데 노인들이 해야 할 일들을 몸소 실천하고 계셨다. 나이가 들수록 내 것 챙기기에 바쁜 세상인데, 돈이 많아도 실천하지 못하는 노인들도 많은데, 할머니는 아이들에게 희망을 심고 있었다. 할머니가 살아가는 모습을 보니 지갑을 열고 닫는 것은 재물의 많고 적음에 있는 것이 아니라는 생각이 들었다.

할머니의 이야기를 듣고 나니 불현듯 내 삶이 떠올랐다. 나는 많은 세월을 교육자로 보냈다. 평생 살면서 나는 아이들에게 어떤 희망과 따뜻함을 주는 존재였을까? 교사로 살면서 어떤 철학을 가지고 어떤 삶을 실천해 왔던 걸까? '어른을 만나면 기분 좋은 일이 생겨야 한다. 그래야 자라는 아이들이 희망을 품고 따뜻함을 배운다'라는 말을 생각하니, '나는 그저 월급쟁이로, 아이들 머리에 지식의 양만 늘어 가기를, 아니 제자들이 좋은 대학에 진학하기만을 바라는 못된 사람은 아니었을까?'

교직에서 퇴직하기까지 나는 국가나 사회로부터 많은 사랑과 물질을 받았다. 그러면서도 지금까지도 순간순간 '국가가 나를 위해 무엇을 해 주는가?', '코로나 위로금은 얼마나 주는가?', '다른 지역에서는 얼마를 주는데, 왜 이것밖에 주지 않는 거지?', 주변을 두리번거리며 '누가 나에게 어떤 도움을 줄까?', '누가 나에게 서운한 일을 하는가?'

 계절이 건네는 말

등을 생각하는 경우가 많다.

할머니는 대학은 고사하고 고등학교도 졸업하지 못한 것 같다. 하지만 생각만큼은 어느 훌륭한 박사나, 어느 위대한 철학자보다 더 멋진 생각을 가지고 사는 것 같았다.

신약성서 마태복음에 보면 한 사람이 예수님께 찾아와 대화를 나누는 장면이 나온다. 한 사람이 예수님께 "선생님이여 내가 무엇을 하여야 영생을 얻겠습니까?"라고 묻는다. 그러자 예수께서는 "네 있는 것을 다 팔아 가난한 자들에게 주라. 그리하면 하늘에서 보화가 네게 있으리라. 그리고 와서 나를 따르라" 하셨다. 그러자 이 사람은 재물이 많은 고로 슬픈 기색을 띠고 근심하며 돌아갔다고 기록하고 있다. 예수에게 한 수 배우려고 했다가 전 재물을 다 팔라는 말에 근심하며 돌아갔다는 이야기다.

나는 오늘 예수에게서 들었던 그런 전적인 헌신을 듣지 않았음에도 불구하고 근심하게 된다. '할머니의 생각과 삶이 멋지게 보이는데, 나도 그런 삶을 실천할 수 있을까?' 염려되기 때문이다. 생각해 보면 매우 단순하고 명쾌한 삶인데, 실천하기에는 전혀 쉽지 않은 일인 것 같다. 이제 진지하게 고민해 봐야겠다. '어떻게 살아야 할 것인가?'

# 2.

# 고난(苦難)도 선택이다

삶은 언제 봐도 만만치 않은 것 같다. 그래서 삶을 고해(苦海), 즉 괴로움의 바다라고 했는지 모르겠다. 외적인 환경의 어려움으로부터 내면에 자리하고 있는 결핍, 열등감, 자격지심 등 여러 요인이 끝없이 괴로움을 생산해 내기 때문이다. 우리는 원하든, 원치 않든 평생 고해 속에서 허우적대다 사라질 존재인지도 모르겠다.

멀리서 보면, 어려움이나 괴로움 따위는 전혀 없어 보이는 사람도 있다. 또 환경으로 보아 부족한 것이 없어 무척 행복해 보이는 사람도 있다. 하지만 다가가 조용히 살펴보면 그 사람에게도 우리가 헤아릴 수 없는 여러 어려운 일들이 있고, 불편을 겪고 있는 것을 보게 된다. 오죽했으면 불가(佛家)에서는 괴로움이 몇 개나 되는지 헤아려 보기까지 했을까?

사람은 누구나 이런 고통에서 벗어나고 싶은 욕구가 있다. 고민과 염려가 없는 세상, 마음으로 즐거움을 느끼는 상태, 즉 행복한 삶을 꿈꾼다. 그래서 어느 순간 행복을 얻었다 싶어도 물을 움켜쥐었다가 손을 펴면 모두 빠져나가고 빈손만 보이는 것처럼 행복은 말끔히 사라지기도 한다. 그러면 또 행복을 얻기 위해 다시 헛수고 같은 두레박질을 부지런히 하느라 애를 쓰기도 한다. 고뇌를 벗어 버리려고 헛발질만 하는 것 같은 우리네 삶을 어떻게 하면 생동감 있고, 고난 없는 삶으로 만들 수 있을까?

조직 관리를 잘하기로 유명한 어느 기업인의 이야기를 들은 적이 있다. 그는 어렸을 적에 시골에서 미꾸라지를 길렀다고 한다. 논에 미꾸라지를 기를 때, 미꾸라지를 잡아먹는 메기도 함께 넣었다. 한번은 '메기가 미꾸라지를 다 잡아먹을 텐데, 왜 메기를 넣어서 양식하는 거지?'라는 의문을 가졌다. 그래서 한 논에는 미꾸라지와 메기를 함께 넣고, 다른 논에는 미꾸라지만 넣어 길렀다고 한다. 그러고 나서 일 년쯤 뒤, 두 논의 미꾸라지 상태를 비교했다고 한다. 미꾸라지만 넣은 논의 미꾸라지보다 메기와 함께 넣어 기른 미꾸라지들이 훨씬 더 토실토실해 상품성이 더 우수했다. '어떻게 이런 결과가 나왔을까?' 생각해 봤더니, 메기와 같이 자란 미꾸라지는 메기를 피해 다니느라 더 활발하게 움직이면서 더 강하게 자랄 수 있었다는 결론을 얻었다고 한다.

이와 비슷한 또 다른 이야기가 있다. 캐나다 동부에 있는 토론토 해양박물관을 개관할 때 일이다. 박물관에 채울 희귀 물고기들을 서부 밴쿠버로부터 실어 날라야 했다. 대륙을 횡단하는 운송 기차에는 여러 현대 과학을 동원한 첨단 기능을 갖춘 수족관을 마련했다고 한다. 그런데 옮기는 도중, 현대 과학이 무색할 정도로 고기들이 대부분 죽고 말았다. 그래서 여러 차례 시도하였지만 마찬가지였다.

방법을 고민하던 중, 한 늙은 어부가 이동 수족관에 문어를 넣어 보라는 제안을 했다. 그러자 생물학자들은 모두 코웃음을 쳤다. 그렇지 않아도 고기들이 죽어 가는 마당에 고기가 무서워하는 문어까지 넣으면 어쩌겠느냐는 것이었다. 하지만 다른 수가 없어서 박물관 측에서는 그렇게 시도해 보기로 했다. 그러자 고기들은 토론토까지 거짓말처럼 펄펄 살아 있었다고 한다. 참 이상한 일이다. 보통 생각으로는 좋은 환경을 만들어 옮기면 물고기들이 더 잘 살 수 있을 것 같은데 문어를 넣은 경우가 더 생생했으니 말이다.

바다에서 일어나는 태풍만 봐도 그렇다. 얼른 보면 매우 무섭고 좋지 않은 자연현상으로 보인다. 거센 풍랑을 일으켜 바다를 온통 혼란에 빠뜨리고 난리를 만들어 내니 말이다. 하지만 태풍이 없으면 바다에 정화 작용이 일어나지 않는다고 한다. 그래서 태풍이 없는 바다는 더 못 쓰게 된다고 한다. 그러니 태풍은 못된 현상처럼 보이지만 결과적으로 바다에 없어서는 안 될 소중한 존재라 하겠다.

비록 자연계에서 일어나는 일이지만 우리에게 많은 것을 가르쳐 주고 있다. 우리는 보통 우리에게 아무런 어려움이 없으면 편안하고 행복하게 잘 살 수 있을 것으로 생각한다. 그래서 고민이나 번민이 없는, 따뜻하고 좋은 환경만을 원한다. 하지만 현실에서는 꼭 그런 결과로 나타나지 않는다. 미꾸라지가 메기를 피해 달아나면서 건

  계절이 건네는 말

강하게 자라는 것처럼 우리는 어려움이나 고난을 요리조리 피해 달아나려 애를 쓰면서 허튼 생각을 하지 않게 되고, 건강한 삶을 살 수 있기 때문이다.

군대에 다녀온 남자들은 종종 '다시 경험하고 싶지는 않지만 군대 생활은 내 삶에 많은 도움을 주었다'라는 말을 한다. 고난이 불편하긴 하지만 꼭 그렇게 나쁜 방향으로만 작용하지 않는다는 말이다. 필자도 그런 경험을 한 적이 있다. 젊은 날 아버지가 일찍 돌아가심으로 여러 어려움을 겪게 되었다. 그중에서도 대학 때 허름한 슬레이트 지붕의 자취방에서 생활한 적이 있었는데, 겨울이면 방이 너무 추워 집에 있기가 곤란했다. 따뜻한 도서관을 찾기 위해 저절로 새벽같이 일어나곤 했다. 그리고 도서관 문을 닫는 시간이 되어서 집에 들어가곤 했다. 입김이 뿌옇게 이는 방 천장을 보면서 신세타령하기도 했다. 참으로 고달픈 삶이라고 생각했다. 그런데 나중에 생각해 보니, 이 시기에 내 학력이 가장 큰 진전을 이뤘던 것 같다. 그래서 졸업할 때, 어디에, 무슨 시험에 응하더라도 자신감이 있었던 것 같다. 힘겨운 시기를 지날 때는 괴롭다고 생각했는데 반대로 내게 자신감을 불어넣어 준 계기가 되었다.

당장 우리가 사용하고 있는 이로운 기기들만 보더라도 그 연유를 짐작할 수 있다. 모두 어려움이나 불편을 해소하고 싶은 마음에서 얻어진 결과물들이다. 자동차가 그렇고, 시계가 그렇고, 컴퓨터가 그런 것들이다. 그러고 보면 어려움이나 불편은 극복의 대상이지, 그 앞에서 괴로워하고 무기력하게 되거나 좌절해서는 안 될 대상이라 하겠

다. 우리가 만나는 힘듦과 괴로움, 온갖 번뇌들은 우리에게 어려움을 주는 것 같지만 우리 삶을 망가뜨리는 요인만으로 작용하지 않는다는 것이다.

기독교에는 예수님 다음으로 위대한 인물이 있다. 사도 바울이라는 사람이다. 바울은 기독교가 종교로서 기반을 다질 수 있도록 신학적 바탕과 뼈대를 구축한 사람이다. 그는 신비한 체험을 하기도 했고, 엄청난 능력으로 많은 병자를 고치고, 귀신을 쫓아내기도 했다. 하지만 그런 그에게도 견디기 힘든 괴로움이 있었다. 자기 괴로움을 해소해 달라고 하나님께 세 번 간절히 기도했다. 하지만 하나님은 그의 다른 기도는 다 들어 주셨지만, 이 기도는 들어주지 않았다. 그때 그가 깨달은 것은 '여러 계시를 받은 것이 지극히 크므로, 너무 자만하지 않게 하시려고, 내 육체에 가시 곧 사탄의 사자를 주셨으니, 이는 나를 쳐서 너무 자만하지 않게 하려 하심이라'였다. 바울은 고통과 괴로움을 주는 가시를 통해 오히려 겸손을 얻을 수 있었고, 기독교의 핵심 인물이 될 수 있었다. 그는 괴로움을 달고 살았지만, 그것으로 인해 그는 인류사에 큰 족적을 남길 수 있었다.

사람들은 누구나 크고 작은 가시를 달고 산다. 학교에서 아이들을 지도하다 보면 자기 공부방이 없어서 성적이 향상되지 않는다고 불평하는 아이들이 있다. 또 자기에게 알맞은 책상이나 전등이 없어서 공부를 제대로 할 수 없다고 불평하는 아이들도 있었다. 어떤 아이는 부모님과 멀리 떠나 있어서 외로워 우울하게 지낸다며 불평하기도 했다.

아이들만이 아니다. 어른들도 주변 여건 때문에 취미 생활을 못 하겠다며 불평하고, 돈이 없어 무엇 무엇은 못 하겠다고 하소연하기도 한다. 또 몸이 불편하다고 우울하고 삶의 목적이 없다며 무기력한 삶을 살기도 한다. "왜 나는 내가 하는 일마다 자꾸 꼬이기만 하지?"라고 하면서 불평하고 힘들어하는 이들도 있다. 하지만 이런 요소들이 우리를 힘들게 만들기도 하지만 조금만 떨어져 보면 누구나 겪고 있는 일이며 보는 관점에 따라 전혀 반대 결과를 낳을 수 있다는 점도 기억하면 좋겠다.

바다에서 윈드서핑을 즐기는 사람들을 보면 우리는 '저 사람들은 어쩌면 저렇게 위험한 짓을 하지?'라는 생각을 하기도 한다. 그런데 이들은 위험하고 불편한 바람과 파도를 이용해 정반대 즐거움으로 활용하고 있다. 이런 모습을 보면 우리의 생활 속에서 만나는 어려움도 생각하기에 따라 달라질 수 있다고 생각한다. 불편한 요소들을 잘 이용한다면 우리 삶에도 얼마든지 발전적이고 효과적으로 적용할 수 있기 때문이다.

기독교의 역사를 보면 온갖 고난과 핍박의 연속이었다. 그러면 보통 '기독교는 곧 사라지겠구나'라는 생각을 하게 된다. 온갖 핍박 속에서도 기독교는 사라지지 않고 오늘날까지 그 명맥을 유지하고 있고, 그 가치를 전하고 있다.

세상을 보면 도종환 님의 시(詩)처럼 흔들리지 않고 피는 꽃이 어디 있으랴. 비를 맞지 않고 자라거나, 서리를 맞지 않고 성장한 사물은 없어 보인다. 우리의 삶도 마찬가지라는 생각이다. 우리는 누구나

 계절이 건네는 말

예외 없이 어려움이나 고난을 만나게 된다. 중요한 것은 그것을 대하는 우리의 마음이나 태도다. 긍정적으로 생각하고 잘 극복해 내느냐, 아니면 어려움에 밀려 쓰러져 포기하고 좌절하느냐는 나에게 달려 있다.

1946년 하버드 대학에서는 학생들에게 자신이 겪은 어려움을 글로 쓰게 했다. 그런 다음, 학생들이 자기 고난을 어떤 관점에서 서술했는지 분석했다. 그 후에 5년 간격으로 그들의 건강 상태를 점검했다. 대학 시절 자신의 어려움을 부정적인 관점에서 서술한 학생들은 중년기부터 온갖 질병에 시달리고 있는 반면, 긍정적이고 낙천적인 관점에서 서술한 학생들은 노년기까지 활동적이고 건강한 생활을 하고 있는 것을 발견했다.

결국 우리 삶은 우리가 만나는 어려움을 어떤 관점에서 보고, 어떻게 대하느냐에 따라 전혀 달라지는 것을 볼 수 있다. 미국 소설가 마크 트웨인은 '유머의 원천은 기쁨이 아니라 슬픔이다. 천국에는 유머가 존재하지 않는다'라고 했다. 슬픔 덕분에 우리는 기쁨을 더 강하게 느낄 수 있다는 말이다. 고난 덕에 우리는 더 짜릿한, 황홀한 기쁨을 얻을 수 있다. 고난이 다가온다고 해서 좌절하고 낙담해서는 안 될 일이다. 고난을 대하는 나의 태도에 따라 우리 인생은 전혀 다르게 전개될 수 있으니 말이다. 그 선택은 바깥에서 주어지는 것이 아니라 내가 선택하는 것이다. 삶이 어렵고 힘들게 느껴지거든 나는 어떤 선택을 할 것인가? 곰곰이 생각해 볼 일이다.

　　　　　　　　　　　　　　계절이 건네는 말

# 3.

# 추억이 주는 힘

선생님을 만난 것은 지금으로부터 약 40여 년 전이다. 내가 중학교 1학년 때니까, 그야말로 철부지 시절 아무것도 모르는 나이였다. 초등학교에서 뒹굴며 놀기만 하다가 어른들이 가야 하는 곳이라 해서 얼떨결에 진학한 중학교였다. 입학하고 보니, 중학교는 초등학교와 완전히 달랐다. 담임 선생님이 별도로 있고, 또 교과마다 선생님이 달랐다. 그렇게 낯선 상황에 어설프게 적응하고 있을 때, 잊을 수 없는 추억을 만날 수 있었다.

선생님은 대학을 졸업하고 처음 부임지로 우리 학교에 오셨다. 그러니 당시 선생님 나이는 겨우 스물서너 살 정도 되었을 것 같다. 이제 막 발령받은 분이라 그런지 선생님은 예쁘고, 못된 표현일지 모르지만 싱싱하고 풋풋하고, 열정이 넘쳤다.

우리는 시골에서 함부로 자라서 그런지 한마디로 천방지축, 아무것도 모르는 아이들이었다. 그런데 선생님은 국어가 무엇이며, 문법이 무엇인지, 하나하나 정성스럽게 가르쳐 주셨다. 우리가 이해하지 못하면 다시, 반복해서 야단하지 않고 친절하게 가르쳐 주셨다. 나는 중학생이 되었어도 글이나 문장이 무엇인지, 더구나 '시(詩)'라는 것이 무엇인지 몰랐다. 그저 책에 있으니까, 배워야 한다니까 얼떨결에 배우고, 읽었던 것 같다. 그리고 시험을 치러야 한다니까 시험공부를 했을 뿐이다. 공부가 무엇인지 몰랐던 시절, 선생님을 만나면서 문장과 글에 대한 의미와 가치를 조금씩 알아가게 되었다.

국어 시간에 기억에 남는 장르는 시(詩)였는데, 선생님은 시에 대한 기초적이면서도 본질적인 이야기들을 해 주셨다. "시(詩)는 그냥 우리가 사용하는 말을 그대로 적는 것이 아니라 시어(詩語)로 써야 한단다. 시어라고 하면 작가의 눈에 들어온 사물을 느낀 대로 표현한 글인데, 겉으로 보기에는 우리 일상의 말이나 언어와 비슷해 보이지만 본질적으로 다른 것이란다. 그러니 그냥 말을 나열한다고 해서 시(詩)가 되는 것이 아니란다. 예를 들어 '공책(노트)'이라는 말도 그냥 '공책'이라고 하면 명사가 되지만 '지식의 창고', '시험 보따리', '마음의 그릇', '내 마음의 보물'이라고 하면 좋은 시어(詩語)가 된단다"라고 하셨다. 그러면서 "시는 보통의 사물을 남과 다른 관점에서 보고, 거기에서 느끼는 것을 글로 표현하는 것이란다. 그러니 남들과 좀 색다르게 표현하면 좋은 시가 된단다"라고 하셨다.

우리는 종종 선생님 댁에 놀러 가기도 했다. 선생님은 대학생 때부터 신문에 발표했던 시(詩)들을 모아 스크랩을 해 둔 앨범을 보여 주

　　　　　　　　　　　　　　계절이 건네는 말

셨는데, 시로 가득 채워져 있었다. 선생님은 일찍부터 시를 좋아하고 잘 쓰다 보니, 젊은 나이에 그렇게 자신 있게 시를 우리에게 가르쳐 주셨던 모양이다. 그때 나는 '선생님은 어떻게, 이렇게 시를 잘 쓸 수 있을까? 나도 아름다운 시를 꼭 써 보고 싶다'라는 생각을 했다.

시를 공부할 때 선생님은 시의 가치를 높여 주는 것 가운데 하나는 '낭송'이라고 하셨다. 당시에는 녹음 시설이 없어서 낭송을 들을 수 없었는데 선생님은 광주에 있는 방송국을 찾아가 시 낭송을 제작해 오셔서 그 시를 우리에게 들려주기도 하셨다. 이런 선생님의 노력 덕분에 나는 어느덧 시를 좋아하게 되고, 시를 지으려고 노력하는 사람이 되었다.

선생님은 시(詩)뿐만 아니라 많은 추억들을 만들어 주셨다. 당시 시골에서는 탁구를 하는 일이 쉽지 않았다. 우선 탁구대가 없었을 뿐만 아니라 잘하는 사람이 없었기 때문이다. 그런데 선생님은 주말에 우리를 불러 탁구를 가르쳐 주시고, 책을 읽는 법도 가르쳐 주셨다. 내가 어렵게 여겼던 수학도 지도해 주신 기억이 있다. 지금 내가 탁구를 낯설어하지 않는 것이나 책을 고르고, 책 읽는 즐거움을 알게 된 것은 선생님으로부터 받은 영향이 크다.

한번은 선생님께서 일직(학교 쉬는 날 학교를 지키는 일) 하던 날이었다. 나와 친구들은 선생님이 학교에 계신다는 말을 듣고 학교에 놀러 갔다. 오후가 되었을 때, 우리는 행정실에 비치되어 있던 분말 소화기에 관심을 가졌다. '불이 나면 이걸로 불을 끌 수 있다는데 정말 그럴까?'라는 호기심이 생겼다. 친구는 "소화액이 나온다" 하고 나는 "안 나온다” 했다. 나는 지금까지 소화기에서 분말이 나오는 것을 한 번도 본 적이 없었기 때문에 절대 나올 리 없다고 했다. 그래서 “절대 안 나온다”라고 우겼다. 그러다가 친구가 자기 말을 증명이라도 하고 싶었던지 소화기를 거꾸로 들었다(당시 소화기는 거꾸로 뒤집으면 분사되는 소화기였다). 그때 내가 경험한 바로 말하자면 소화기에서는 분명히, 정말로 엄청난 양의 소화 분말액이 하얗게 나온다. 그것도 조금씩 조금씩 나오는 것이 아니라 아주 많이, 하얀 포말이 세차게, 계속 나온다. 나는 그때 소화기의 정체를 확실히 알게 되었다.

결국 사건이 벌어지고 말았다. 하얀 소화 분말액이 겨울철 함박눈이 세상을 하얗게 뒤덮은 것처럼 행정실을 온통 하얗게 뒤덮었다. 세상에 난리도 이런 난리가 없었다. 하얀 분말이 왜 이렇게 많이 나오는지 그 넓은 행정실을 가득 덮고도 그치지 않고 계속 나왔다. 더구나 그 소화기는 오래돼 낡아서 분말이 나오기 시작하자 몸통과 연결된 호스 중간이 터져 한 곳으로만 나오는 것이 아니라 사방으로 마구 쏟아져 나왔다. 도저히 어떻게도 감당할 수 없었다. 친구와 내 얼굴은 물론 몸뿐만 아니라, 행정실 캐비닛, 책상, 서류에도 폭설이 내린 것처럼 하얀 분말로 뒤덮였다. 짧았지만 긴 시간, 우리는 어떻게 하지 못하고 분사가 모두 끝나고 나서야 겨우 눈만 껌벅이는 ET처럼 허탈한 모습으로 서 있어야 했다. 분말을 뒤집어쓴 중학교 1학년 아이들의 모습, 그 꼴이 지금 생각해도 정말 우스운 광경이었다.

얼마 후 정신을 차리고 나서야 우리는 비로소 엄청난 사건이 벌어

　　　　　　　　　　　　　　　　　계절이 건네는 말

졌다는 사실을 알게 되었다. 난리도 난리거니와 이제 선생님께 들을 꾸중을 생각하니 앞이 깜깜해졌다. 행정실에서 난리가 난 것을 아시고 교무실에 계셨던 선생님이 오셨다. 사정을 말씀드리니까 선생님은 꾸중 대신에 "선생님도 사용해 본 적이 없어서 몰랐는데, 너희들이 실습했구나"라고 하시면서 도리어 위로를 해 주셨다. 그러면서 분말을 치우고 정리하면 괜찮다고 하시면서 같이 청소하자고 하셨다. 눈물이 날 것 같았다.

한참 청소하고 있는데, 사택에 살고 계시던 교장 선생님이 지나가시다가 무슨 일이냐고 물으셨다. 우리는 또 한 번 꾸중 들을 것이 염려돼 독수리에게 쫓기는 참새처럼 가슴이 벌렁거렸다. 교장 선생님이 오시자, 선생님은 "제가 아이들에게 소화기 사용법을 가르쳐 주다가 실수로 이렇게 됐습니다"라고 둘러댔다. 나도 교사로 있지만 아이들의 실수를 교사인 내 실수로 끌어안는 일은 쉬운 일이 아니다. 그런데 젊고 어린 선생님은 제자들 앞에서 그런 태도를 보이셨다. 그때 선생님이 정말 멋지고 훌륭한 분이라는 생각을 하게 되었다. 그날 우리는 닦아도 닦아도 지워지지 않는 하얀 소화 분말을 닦아내느라 저녁 늦게까지 땀을 쥐어짜는 수고를 해야 했다. 물걸레로 닦으면 말끔해지는가 싶더니, 물이 마르고 나면 다시 하얗게 되었다. 그래서 닦고 또 닦아 한 열 번 가까이 닦아냈던 것 같다. 그날 이후 우리는 마음고생 덕에 죽는 줄 알았다. 선생님과 만남의 추억은 이런 일들 외에 여기에 다 적지 못할 정도로 많았다.

선생님은 짧은 기간 우리 학교에 계셨지만 나에게 많은 추억을 만

　　　　　　　　　　　　　　　　　　　　계절이 건네는 말

들어 주시고, 해가 바뀌면서 다른 학교로 전근 가셨다. 그때 나는 눈물이 날 것 같았다. 그래서 말이 되지 않는 핑계를 대고 선생님 이임 인사하는 운동장에 나가지 않았다. 지금 생각해 보니 선생님을 참 많이 사랑하고 좋아했던 것 같다.

선생님과 함께했던 추억은 살아가면서 고향과 같이 포근함을 준다. 게다가 교사를 하면서 필요한 기술들을 점검하는 데 도움을 주었다. 사람과의 교유는 아름다운 추억을 만들어 줘 언제나 의미가 된다. 뿐만 아니라 현재를 살아가는 우리에게 늘 미소와 에너지가 돼 준다. 또한 미래를 살아갈 힘의 원천이 돼 주기도 한다. 어린 시절, 선생님이 만들어 주었던 시간은 내 삶의 큰 힘과 긍정이 되고 있다.

내가 교직에서 권태를 느낄 때면 어렸을 적에 만났던 선생님을 생각해 본다. 그리고 그 처신과 가르침들을 되새겨 본다. 그러면서 교사로서 더욱더 좋은 선생이 되고자 다짐하게 된다. 내게 그런 추억을 주신 선생님께 감사의 인사를 전하고 싶다. 추억은 묵을수록 이야기가 늘어나고 푹 익어 에너지가 된다는 사실에 흐뭇한 미소를 짓는다.

- 2013년 5월 어느 날

# 4.

# 산소에서 얻은 교훈

얼마 전, 선친의 산소가 있는 고흥 포두에 갔다. 매년 벌초 때가 되면 연례행사로 한 번씩 찾던 곳인데, 벌초 때가 아님에도 시간을 내었다. 순천에서 산소까지는 승용차로 보통 한 시간 넘게 가야 한다. 그래서 산소를 생각하면 거리를 핑계 삼아 돌보는 일을 게을리했다. 또 다른 변명이라고 하면 산소가 큰길로부터 멀리 떨어져 있을 뿐만 아니라 올라가는 길이 좁고 가팔라 다니기가 불편하다. 그래서 일 년에 한 번 찾는 것도 부담으로 여기고 있다. 그러던 내가 최근 선친 산소를 찾고 싶은 마음이 생겼다. 무슨 일일까? 이제 철이라도 들어 가는 걸까?

산소에 가 보면 무덤은 언제나 이름 모를 풀들로 무성하게 덮여 있다. 이런 모습은 아버지가 무심한 아들을 꾸중하고 있는 것으로 보여 죄스러운 마음이 든다. '어떻게 하면 좋을까?' 고심하다가 '나무를 심어 그늘을 만들면 될 것 같다'라는 생각을 했다. 그래서 식목일이면 유실수 몇 그루씩 가져다 심었다. 이런 수고에도 나무는 잡초에 파묻혀 죽기를 반복했다.

오래전 일이다. 상당한 비용을 들여 묘지를 잔디로 곱게 단장했다. 어렵게 꾸몄는데 몇 년을 가지 못하고 모두 사라지고 말았다. 그뿐만 아니다. 몇 해 전에는 황금편백과 동백나무를 구입해 묘 중심으로 양쪽에 심었다. 이들 역시 풀에 둘러싸이고, 칡넝쿨에 감겨 몇 해를 견디지 못하고 대부분 죽고 말았다. 살아남은 것은 겨우 한두 그루 정도다. 감나무, 앵두나무, 배나무, 밤나무도 마찬가지였다.

재작년 식목일에 일이다. 산소 주변에 유자나무 몇 그루를 심었다. 그런데 지난해 벌초할 때, 잡초에 가려져 있는 유자나무를 보지 못하고 예초기로 밑동을 반쯤 자르고 말았다. 미안한 마음이 들어 주변에 잡초를 깔끔히 정리한 다음, 다시 살아나기를 바라면서 비닐로 조심스레 묶어 주었다. 그리고 주변에 자라고 있는 찔레나무는 완전히 죽어 없어지라고 아예 밑동에서 싹둑 잘라냈다. 그리고 일 년이 지났다. 찔레나무는 새싹이 다시 올라와 지난해 모습과 비슷해졌는데 유자나무는 거의 말라 죽어 가고 있었다. 잘 길러 보려는 나무는 잘 자라지 않고, 원치 않은 잡초들만 점점 더 왕성해지고 있다. 무슨 일일까? 잡초는 돌보는 이 없어도 날이 갈수록 세력을 키우고 있다. 산소 주변에 있는 밭들도 마찬가지다. 주인의 손길이 조금만 더디면 금세 잡초들로 무성해져 밭인지 산인지 구분이 안 된다.

이런 모습을 보고 있자니, 우리 사회나 마음도 이와 비슷하다는 생각이 들었다. 학교나 사회에서 좋은 사람들을 길러 내려고 무진 애를 쓰고 있다. 좋은 사람을 만들어 보려고, 수많은 교육이론을 가져오고, 수많은 재정을 쏟아붓고 있다. 하지만 못된 범죄는 날마다 늘어나고, 잡초같이 어지러운 세력은 점점 더 기승을 부리고 있다. 거짓말로 국민을 속이는 정치인들은 자꾸만 더 늘어가고 있다. 잘못하고도 아예 잘못이 없는 것처럼 뻔뻔한 얼굴을 자랑스럽게 들고 다닌 사람들도 있다. 이제는 옳고 그름도 없어지고, 내 편과 네 편만 있는 것 같다.

　　　　　　　　　　　　　　계절이 건네는 말

이런 모습을 보고 있자니 그 옛날 성악설(性惡說)을 주장했던 순자 (荀子)의 주장에 더 관심이 간다. 순자는 사람들의 성품이 본래 악(惡) 하다고 봤다. 그래서 세상이 악으로 가득하니 이를 관리하거나 제어 할 만한 어떤 도구가 필요하다고 생각했다. 가만히 놔두면 곡식이나 좋은 나무가 사라지고 잡초들만 무성하게 되는 것처럼, 세상에 좋은 것들이 자랄 수 없으니 이들을 보호할 장치 같은 것이 필요하다고 생 각했다. 그래서 생겨난 것들이 규칙, 즉 법(法)이었다.

반면에 맹자(孟子)는 사람을 긍정적으로 보려고 노력했다. 그래서 그는 사람의 본성은 선(善)하다고 봤다. 그는 악이 존재하는 것은 우 리 안에 있는 선들이 드러나지 않고 가려 있기 때문이라고 했다. 그 래서 교육을 통해 감춰진 선들이 잘 발현될 수 있도록 도와주면 세 상은 선함으로 가득할 것으로 봤다.

그런데 내가 산소에서 잡초가 자라는 생태를 보면서 생각해 보니, 세상은 맹자(孟子)보다는 순자(荀子)에 더 가깝다는 생각이 든다. 수 많은 교육을 하고, 수많은 돈을 들여도 사회는 여전히 어두운 구석 이 많기 때문이다. 교도소는 늘어 가고, 변호사들도 점점 더 늘어만 간다.

사회만 그런 것이 아니다. 개인의 마음도 이와 비슷한 양상을 보인 다. 순간순간 갈고닦지 않으면, 선한 마음은 못된 환경과 생활의 잡 초들로 인해 쉽게 상하고 찢김을 입는다. 바른 생각을 가지려고 다짐 하고 노력해도 금방 좋지 못한 것들로 가득 채워지고 마는 것을 보게 된다.

맹자의 말처럼 우리 안에 어떤 선한 것들이 존재하기라도 하는 걸까? 의심만 인다. 우리 안에 선한 마음이 어느 한구석에 한 각이라도 남아 있다면 그것이라도 붙잡고 선하다고 주장하고 싶다. 하지만 맹자의 견해에 점점 의심이 간다. 설령 맹자의 말을 다 수용하더라도 그 선한 것들은 매우 미미하거나 볼품이 없는 것 같다는 생각이 든다. 유실수가 잡초 속에서 쉽게 말라 죽는 것처럼 내 안에 좁쌀만 한 선한 것들이 있더라도 어설픈 환경을 만나면 당장 힘을 쓰지 못하고 마니 말이다.

『논어(論語)』에는 '학문하는 일은 물을 거슬러 가는 배와 같아서 나아가지 않으면 물러선 것이다(學問 如逆水行舟 不進則退)'라는 말이 있다. 가치 있는 삶도 학문과 같은가 보다. 사람이 좋은 모습을 유지하려면 부단히 노력해야 한다. 노력하지 않으면 물러선 것과 같기 때문이다.

선친의 산소 모습을 보면서 내 안에 존재하는 유용한 것들의 바른 성장을 위해 못된 잡초들을 뽑아내야 하겠다. 내 삶을 옭아매는 드렁칡과 같은 것들을 걷어내는 수고를 게을리하지 않아야 하겠다. 그리고 더 열심히, 더 부지런히 선한 것들을 기르고 보살펴야 하겠다. 그리고 거름도 주어야 하겠다. 가만히 놔두면 나의 선함은 악함과 못된 것들에 둘러싸여 맥을 추지 못하게 되고 말 것이다. 거친 산소는 초라한 선함으로 살아가는 내 삶에 또 하나의 과제를 주었다.



계절이 건네는 말

# 5.

## 늦은 사랑 고백

낚시하는 사람들이 하는 말 가운데 '놓친 고기가 크다'라는 말이 있다. 놓친 고기가 실제로 더 클 수도 있겠지만 얻지 못한 것에 대한 아쉬운 마음이 크게 작용해서 생겨난 말일 것이다. 나는 아버지를 생각하면 이 말이 종종 떠오른다. 아버지를 조금 일찍 여의어서 그 상실감이 상당하기 때문이다. 게다가 아버지로부터 받은 사랑에 조금이라도 보답하지 못한 미안한 마음이 부담으로 남아 있기 때문이다.

자식 사랑은 어느 부모, 누구라도 위대하겠지만 선친의 사랑도 누구에게도 뒤지지 않을 만큼 큰 사랑이었다. 그런 사랑을 받은 나는 아버지에게 주로 불만만 드러냈을 뿐, 고맙다거나 사랑한다는 말을 한 번도 해 본 적이 없는 것 같다. 굳이 변명하자면 내가 아버지의 존재를, 아버지의 사랑을 의식하기도 전에 아버지가 먼저 세상을 뜨셨기 때문이다. 그럴 줄 알았더라면 조금 더 일찍 깨닫고, 사랑한다는 말을 자주 하고, 고맙다는 말 역시 많이 할 것을…… 후회가 된다.

나는 고등학교에 진학하면서 부모님 품을 떠나 생활했다. 1학년 때에는 주말에 한 번, 2학년 때는 한 달에 한 번 정도 집에 가고, 3학년 때에는 아예 가지 않았던 것 같다. 집에서 쌀 포대와 김치통을 짊어지고 나설 때면 늘 용돈이 모자란다고, 시골에 살아서 이런 자취 짐들을 주섬주섬 들고 다녀야 한다고, 또 긴 시간 차를 타고 다녀야 해서 불편하다며 불만들을 털어놓았다. 그러면 아버지는 "늘 미안하구나"라고 하셨다. 그래도 나는 수용하지 못하고 속으로 '아버지가 시골에만 살지 않았더라도……' 했다.

내가 불만을 드러내면 아버지는 당신이 겪었던 젊은 시절 이야기를 해 주셨다. "그래도 너는 들고 갈 쌀이 있고, 김치라도 있구나. 아버지는 쌀도, 김치도 없어, 왜간장에 보리밥 한 덩어리 넣어 말아 먹어도 만족했단다. 때로는 며칠씩 굶다 보면 하늘이 빙글빙글 돌아 공부하기가 얼마나 힘들었는지 모른단다. 그래도 감사하면서 살았단다"라고 하셨다. 그러면 나는 속으로 '그건 아버지 때 일이고, 내가 김치통을 들고 다녀야 하는 일이 얼마나 힘들고 불편한 일인데' 하면서 내 처지를 몰라준 아버지에게 화살을 돌렸다.

아버지는 자녀들 교육하느라 집에서 입는 옷이 따로 없었다. 외출복이 허름해지면 버리지 않고 두었다가 기워서 입었는데, 그것도 여러 번 꿰매서 닳아서 입을 수 없게 되면 버리곤 하셨다. 아버지는 "일주일에 달걀 하나만 먹으면 소원이 없겠다"라는 소박한 소망을 말씀

 계절이 건네는 말

하신 적이 있다. 그런데 아버지는 그 소박한 소원을 이뤄보지 못하고 돌아가시고 말았다. 시골에서는 달걀이라도 하나 생기면 팔아서 자녀들 학비에 보태야 했기 때문이다.

아버지는 음악을 좋아하셨다. 특별히 배우지 않았는데도 피아노로 찬송가 반주를 하고, 꽹과리나 판소리도 좋아하고 잘하셨다. TV에서 국악 방송을 할 때면 우리는 늘 재미없다고 다른 채널을 보자고 야단인데, 아버지는 이것이 최고 좋은 음악이라며 우리와 채널 다툼을 벌이기도 했다. 그때 나는 속으로 '저렇게 진부한 국악이 뭐가 좋다고 저리하실까?'라는 생각을 했다. 그런데 내가 이제 성장해서 들어 보니, 국악은 참 매력적인 음악이라는 사실을 알게 되었다. 그래서 지금은 나도 국악을 흥얼거리고, 어디 노래할 자리가 있으면 '사철가'를 부르곤 한다. 어린 시절 아버지가 판소리나 꽹과리, 장고나 북 치는 것을 가르쳐 주겠다고 했을 때, 나는 그런 것이 무슨 음악이냐며 외면했다. 그것이 잘못되었다는 것을 알게 된 것은 그리 오래가지 않았다. 대학에 갔더니, 여러 사람이 밤을 새워 가며 배우고, 부르는 것을 볼 수 있었다. 시간이 갈수록 그런 음악들이 내게 매력적으로 다가오기 시작했다. 아버지가 배우라고 할 때, 거부하지 말고, 배워 둘 것을……. 아버지가 안 게시니 더욱 아버지의 사랑과 재주가 그리워진다.

아버지를 생각하면 나는 금아 피천득 님의 「모정」이라는 수필이 떠오른다. '내게 좋은 점이 있다면 엄마한테서 받은 것이요, 내가 많은 결점을 지닌 것이 있다면 엄마를 일찍이 잃어버려 그의 사랑 속에서 자라나지 못했기 때문이다.' 피천득은 어머니에 대한 좋은 감정을 듬뿍 지니고 있었던 것 같다. 그래서 그는 늘 어머니를 그리워했다. 금아 선생님이 그랬던 것처럼 나는 아버지에 대한 그리움이 늘 생겨난다.

내가 노래할 때, 아버지는 "음을 듣고, 들린 대로 따라 하면 될 것을, 너는 왜 그렇게 음정이나 박자를 못 맞추느냐? 그 쉬운 것을 어렵게 하는구나"라고 하시며 아쉬워하셨다. 나는 들리는 대로 부른다고 하는데도 아버지 듣기에는 시원찮았나 보다. 그래서 아버지 앞에서 노래하는 것을 부담으로 느끼고, 지적하신 아버지를 밉게 여겼다. 하지만 이제 세월이 쌓이다 보니, 노래가 좋아지고 아버지가 생각난다.

내가 대학 때부터 음악 전공자들 사이에 끼어 합창단 활동을 할 수 있었던 것은 모두 아버지에게서 받은 재능 때문이다. 내가 남 앞에 서서 기죽지 않고 말하고 강의할 수 있는 것도 모두 아버지의 늠름하고 당당한 모습을 보며 자랐기 때문이다.

내가 신학대학교에 간다고 했을 때, 아버지는 "신학교는 아무나 간다니? 하나님을 위해 나의 사리사욕을 버리고, 지금 당장이라도 순교할 각오가 돼 있지 않으면 가서는 안 된다. 그런 다짐이 없는 사람들이 신학교에 가니까 한국 교회에 문제가 많다고 생각한단다. 출발할 때부터 단단히 각오하고 나서야지, 시작할 때는 그런 마음이 없다가, 그저 그냥 그렇게 살다가 어떻게 순교할 자리가 있으면 마지못해서 해야지 하는 생각을 한다면 훌륭한 성직자가 될 수 없단다. 그래서 목사는 아무나 하는 것이 아니란다. 요즘에는 목사를 그냥 직업

     계절이 건네는 말

으로 생각하니까, 월급을 적게 준다고 불평하는 목사들이 많고, 크고 넓은 집에 사는 것을 좋아하고, 예수님이 가신 십자가의 길은 교인들이나 가라 하고, 자기는 꽃길만 가려고 한단다"라고 하셨다. 그때 아버지 말씀을 듣고 생각해 보니 나는 예수님의 제자들처럼 그렇게 순교할 자신이 없었다. 그래서 신학대학 합격증을 버리고 교사의 길을 택했다. 지금 한국 교회를 생각하면 아버지의 말씀이 옳았다고 생각한다.

아내가 가끔 화나면 "부모님이 우리에게 해 준 게 뭐가 있어? 다 내가 시집와서 일군 살림인데"라며 원망과 불평, 혹은 자기가 일군 살림을 자랑삼아 말하곤 한다. 12평 아파트 월세에서 결혼 생활을 시작해서 지금은 33평 아파트에서 살고 있으니, 아내 말이 맞는 말이다. 그럴 때마다 속이 상해서 다툰 적이 있지만 내가 더 성장한 후로는 아내를 탓하거나 아무것도 물려주지 못한 아버지를 원망하거나 미워하지 않게 되었다. 나는 아버지께서 돌아가시기 전에 병상에서 "나는 물려줄 만한 재산이 하나도 없구나. 하나 있다면 '하나님을 향한 믿음'뿐이구나. 아버지를 원망해도 어쩔 수 없구나. 하나님을 향한 믿음 하나만 갖고 있으면 인생은 실패하지는 않을 것이다"라고 하셨다. 그리고 아버지는 당신이 그렇게도 사모하는 하늘나라로 가셨다.

그런 유언이 힘이 되었을까? 아버지께서 돌아가신 뒤 우리 자녀들은 셋방에서 전기료 1,500원이 없어 걱정하는 생활을 해야 했다. 남의 학원 칠판을 닦아 주는 일을 하면서 학교에 다녀야 했다. 가난하고 어려웠지만 그래도 믿음이 있어 만족하고 행복했다. 믿음은 젊은

날 어렵고 힘든 길을 걷더라도 감사하는 마음을 갖게 해 주었다. 오늘도 내가 근사하게 살고 있고, 감사하는 마음을 가질 수 있는 것은 모두 아버지가 물려주신 믿음의 유산 덕분이다. 그러고 생각해 보니 나도 피천득의 말처럼 내게 뭐 잘한 것이 있다면 모두 아버지에게서 물려받은 것이요, 결점이 있다면 모두 아버지를 일찍 여의었기 때문이라 할 수 있다.

아버지는 "너희들은 굶주리더라도 공부를 많이 해야 한다"라고 강조해 주셨다. 그때 그 말씀처럼 나는 많은 재산은 모으지 못했지만, 많이 배우려고 열심히 노력했다. 일류 학교는 아니더라도 국문학, 한문학, 신학, 그리고 진로진학상담학 등 관심을 가졌던 여러 학과 공부를 했다.

살아가면서 힘든 일을 만나면 아버지를 그리게 된다. 아버지가 오래 살아 계셨더라면 "당신은 부모로부터 무슨 재산을 받았는데?"라는 아내의 비난은 면할 수 있었을 것 같은데, 아버지가 안 계시니 이런 말 앞에 더 없이 초라해지고, 아내에게 서운함을 느낀다. 아버지가 계셨더라면 내가 나중에 배운 어설픈 '사철가'를 불러 드리고, 어엿하고 당당하게 성장한 모습을 보여 드릴 수 있을 텐데, 그러지 못해 아쉽기만 하다. 하지만 영국 작가 새뮤얼 버틀리의 말처럼 '잊히지 않은 자는 죽은 것이 아니다.' 아버지는 내게 돌아가신 분이 아니다.

나의 아버지가 내게 좋은 아버지였던 것처럼 나도 좋은 아버지가 되고 싶다. 마음만 간절할 뿐 늘 부족함을 느낀다. 공부는 아버지보다 더 많이 한 것 같은데 아는 것은 더 없는 것 같고, 지혜는 더 모

　　　　　　　　계절이 건네는 말

자라고, 내놓을 만한 것이라고는 도무지 보이지 않는다. 부끄러울 뿐이다.

사람이라면 누구라도 부모에 대한 애틋한 정이 없는 사람이 있으랴! 그래서 모두가 다 경험하는 일을 시시콜콜하게 늘어놓는다고 비난할는지 모르겠다. 하지만 이렇게라도 마음에 담긴, 서운하고 미안한 이야기들을 풀어내지 않으면 불효자의 죄스러움을 영영 감출 길이 없을 것 같다. 그래서 부끄러운 이야기를 조촐하게 적으며 눈가를 훔친다. 아버지가 많이 보고 싶다. 전할 길이 없지만 그래도 허공에 대고 "사랑합니다"라는 말이라도 질러야 하겠다.

- 2001년 3월 어느 날

# 6.

## 교육도 세월을 따라

필자가 교직 생활을 시작한 지도 벌써 30년이 넘었다. 세월의 길이가 원래 짧아서 그런지, 아니면 어쩌다 우물쭈물 정신을 낭비하며 보니 그랬는지 모르겠지만 어느 순간 한 세대가 훌쩍 지나고 말았다. 10년이면 강산도 변한다는데 그러고 보니 강산이 세 번이나 변한 셈이다.

교육은 보수성이 세월이 흘러도 강해 쉽게 달라지지 않을 줄 알았다. 그런데 지금 교육 현장도 시간의 흐름에 따라 상당히 많이 달라졌다. 우선 교육을 바라보는 관점이 달라졌다. 기존에는 학교에서 학생들에게 무엇인가를 가르쳐서 긍정적인 변화나 성장을 도모했다. 하지만 요즘에는 상장이나 변화보다는 각 개인이 갖고 있는 강점들이 잘 발현될 수 있도록 돕는 데 무게를 두고 있다.

그러다 보니 학교에서는 학생의 생활이나 태도 변화를 위한 교육, 즉 일찍 일어나 등교하거나 부지런히 노력하는 등 근면성을 기르는 교육이라든지, 시간 약속을 잘 지키는 일, 인사를 잘하는 일, 정한 기간에 무엇을 하도록 하는 성실성이라든지 남에게 피해를 주어서는 안 된다는 등의 성장이나 발전을 위한 교육은 뒤로 밀려나고 있다. 게다가 개인의 인권이 부각되면서 학생들이 어떤 바른 행동을 하도록 강하게 지도하거나, 학생들이 하고자 하는 것을 못 하도록 막는 지도는 상당히 어렵게 되었다.

시대가 가져오는 변화의 강도가 심해서 그런 걸까? 필자를 비롯하여 경력이 있는 교사들은 교직 수행에 상당한 버거움을 가지고 있다. 아직도 교육의 관점을 학생의 행동 변화, 혹은 지식의 충전, 발전에 두고 있어서 그런지 모르겠다.

요즘 수업 시간에는 장난하거나 친구의 공부를 방해하는 아이들에게 함부로 꾸중하거나 제지하는 일이 쉽지 않다. 교사가 제지하더라도 아이들이 예전처럼 교사 말을 듣지 않기도 하거니와 아이들이 교육 풍토를 잘 알고 있어서 맘대로 하려는 경향이 심해서 그렇다. 자칫 잘못하다가는 지도하는 교사만 무안해지기 쉽고, 못된 사람이 되기 십상이다. 아이들을 지도해 보지 않았으면서도 교육 전문가라고 하는 사람들은 무슨 일이 있어서 꾸지람을 하거나 가벼운 벌을 주거나, 반성문을 쓰게 하는 일조차 학생의 인권을 침해하는 일이라며 못하게 한다. 교사들에게 대드는 일조차 아이들이 개성을 표현하는 일이라며 교사들이 수용할 것을 요구한다. 아이들이 알아서 변화될 것이니, 교사들이 나서서 종용하지 말고 기다리라고 권면한다. 그러니 예전의 교육관(敎育觀)으로는 감당하기 어려운 현실이 되었다.

그러니 요즘 학교는 함부로 날뛰고, 남을 무시하고, 남 괴롭히는 아이들의 천국이 된 듯하다. 아이들이 나만 최고라고 생각하니, 친구들이 안 보이고, 교사나 어른도 없다. 그래도 일말의 교사 사명을 떠올려 아이들에게 공부를 권유해 보지만 별 소득이 없는 경우가 많다. 자율학습도 원하는 사람 몇 명만 한다. 아이들의 식사권과 수면권을 보장해 주어야 하므로 서둘러 먹기를 재촉하거나 자고 있는 아이를 깨워서도 안 된다. 그런 말을 해 봤자 아이들이 뭉개면 말하는 교사만 초라하게 되고 만다.

정부에서는 아이들의 수면권과 조식권을 보장해 주기 위해 등교 시간을 8시 30분으로 늦췄다. 그러면 아이들이 잠을 충분히 자고 일어나서, 등교 시간을 잘 지킬 것으로 알았다. 게다가 수업 시간에 맑은 정신으로 수업에 참여할 줄 알았다. 그런데 실상은 8시 30분까지 등교하도록 안내하고 손에 쥐어 줘도 지각하는 아이들이 예전보다 더 많다. 식사를 하고 오는 아이들도 예전과 별반 차이가 없다.

뿐만 아니다. 아이들은 사소한 것조차 불편하다고 투정을 부린다. 자기가 잘못해 놓고 남을 탓하고 원망한다. 예쁘게 만들어진 교복이 불편하다며 잠옷 같은 옷이나 체육복을 입고 등교하는 아이들이 많다. 신발을 신는 것도 불편하다며 실내용 슬리퍼나 욕실에서 사용하는 슬리퍼를 끌고 등교한다. 부모 말이나 선생님 말도 잘 듣지 않는다. 이런 모습을 제지할 수도, 야단할 수도 없다. 인권을 존중하면서 그 사람의 행동을 존중해야 하니 지도가 쉽지 않다. 교육 가치관이

흔들린다. 이런 아이들을 어떻게 지도해야 할까? 역설적이게도 어쩌면 교사들의 역할이 줄어들어 편한 세상이 되었는지 모르겠다.

교사들의 지도로 학생이 조금이라도 달라지면 서로 기쁘고 보람이 될 일이다. 그런데 참고 기다려 봐도 아이들은 선생님의 관용을 이용하려고 할 뿐, 개선하려는 노력을 기울이지 않는다. 요즘 교사들이 힘들다고 하면 행정 관료들은 교사가 아이들을 이해하지 못해서 그런다며 핀잔을 주기도 한다. 아이들을 열심히 지도해 보려다가 인권을 무시하는 교사라며 처벌받는 교사도 늘어가고 있다. 그래서 요즘 재치 있는 교사들은 적당히 엉거주춤하고 있다. 어떻게 지도하는 것이 좋을까? 이런 현실에 적응하는 일이 부담스럽게 느껴진다. 교직에서 회의를 느끼게 된다.

학교 현장의 변화를 기획한 정책 입안자들은 교육 현장의 모습을 살피기나 했는지 의심이 간다. 정책을 입안하는 사람들이 학교 현장에서 교육을 직접 해 보지 않았으니, 밖에서 지켜보고 있다가 정책을 서둘러 짜맞췄다는 느낌을 지울 수 없다. 어떻게 보면 교사들의 변화나 인내를 바라며 관리자들이 인기몰이를 했든지, 아니면 인간의 특성을 잘 몰라서 그랬든지, 아니면 교육의 가치를 몰라서 그랬든지, 아니면 그럴싸한 이론으로 사람을 호도하려고 했던 것 중 하나가 아닌지 생각하게 된다. 요즘 학교 현장을 보면 학교 교육이 무너져 가고 있다는 느낌이 든다.

그 증거로는 아이들의 게으름을 들 수 있다. 요즘 여학생들 중에는 마스크를 하고 등교하는 아이들이 많다. 미세먼지가 있는 날이 있고,

감기나 질병이 있는 경우 마스크를 할 필요가 있다. 하지만 마스크를 사용해야 할 특별한 이유가 없는데도 마스크를 하고 등교한다. 사연을 들어 보면 내놓고 말하기조차 부끄러운 이야기이다. 이런 내용이 활자화되어 나가면 창피할 일이다. "마스크를 왜 하냐?"라고 물으면 많은 아이들이 "화장을 하지 않아서요"라고 대답한다. 늦게 일어나 화장을 하지 못해 맨얼굴이라 창피해서 마스크를 쓴다고 한다. 그래도 이런 핑계는 애교로 좀 봐줄 만하다. 이렇게 말하는 아이들 중에는 상당수가 세수(洗手)를 하지 않아서 마스크를 착용한다는 것이다. 말로는 화장하지 않아서라고 하지만 실은 세수를 하지 않아서 그런다고 한다. 이런 일이 마치 유행처럼 번져 한 학급에 서넛은 된다.

요즘에는 마스크 용도가 참 다양하다는 생각을 했다. 선생님들은 마스크를 쓴 학생들에게 얼굴 구분이 어렵다며 필요한 상황이 아니라면 마스크를 벗으라고 한다. 그래도 아이들은 잘 벗지 않는다. 아이들이 왜 이렇게 고집을 피울까 고민했는데, 이제 그 이유를 알게 되었다. 세수를 하지 않아서 그 부끄러움을 가리기 위해 마스크를 착용한다. 이런 아이들에게 마스크를 벗으라고 할 수도 없는 노릇이다. 교사는 아이들의 부끄러움을 들추어내서는 안 되기 때문이다. 세수를 하지 않은 얼굴을 부끄러워할 줄이라도 아니 다행이라 해야 할 것이다.

고등학교 1~3학년 학생들은 나이로 말하면 제법 성숙한 사람들이다. 이런 사실을 수용하고 이해하려고 아무리 노력해도 이해는커녕 당장 부아가 치밀어오른다. 다 큰 아이들이 세수를 하지 않고 등교하

　　　　　　　　　　　　　　　　　　　　　　　계절이 건네는 말

다니, 감정에 오물을 뒤집어쓴 것처럼 기분이 나빠진다. 개성을 존중하고, 인격을 생각해 준 사회와 어른들이 만들어 낸 학교의 새로운 풍경이다.

필자도 한때는 세면(洗面)을 하지 않았던 적이 있었다. 필자가 어렸을 때만 해도 우리 마을에는 수도 시설이 없었다. 물을 사용하려면 동네 공동 우물로 가야 했다. 우리 집은 공동 우물로부터 약 100미터 정도 떨어져 있어서 아침이면 두레박을 들고 우물에 가서 물을 퍼 올려 세수하고, 양동이에 담아 와야 했다.

아침이면 엄마가 물을 긷기 위해 집을 나서면 나는 엄마를 따라 세수하러 우물로 가야 했다. 일어나는 것 자체가 힘든 일이었는데 엄마를 따라가 세수를 해야 했으니 그 불편이 보통 아니었다. 그것도 따뜻한 날이면 할 만했는데, 추운 겨울이나 비가 오는 날이면 따라나서기가 정말로 싫었다. 그래서 가지 않겠다고 꼴을 부린 적도 있었다. 우물에서 차가운 물로 세수하려면 손이 시려 얼굴만 얼른 대충 씻으려 했다. 그러면 우리 엄마는 "목까지" 하셨다. 참 괴로운 일이었다.

하지만 엄마 잔소리가 싫어도, 세수는 내가 해야 할 일이라 여기고 세면을 하지 않았던 날은 거의 없었던 것 같다. 지금도 내 어린 시절처럼 공동 우물에 가서 찬물로 세수를 한다면 학생들이 세수를 하지 않아도 충분히 이해할 수 있겠다. 그런데 요즘은 언제든지 따듯한 물이 나오는 세상이다. 얼마나 좋고 편한 세상인지 모른다. 그런데 아이들이 세수를 하지 않고 학교에 다니다니, 세상이 좋은 건지, 어른들이 좋은 건지, 어른들이 아이들을 못되게 만들었는지 모르겠다.

아무튼 나는 이런 일들을 보면서 한숨짓기도 하지만 한편으로는 감사하게 된다. 우리는 집 안에서 따뜻한 물로 세면을 할 수 있으니 말이다. 세면대에 따뜻한 물이 채워질 때면 무감각했던 행복감이 모락모락 피어난다. 이 일로 어린 시절 투정을 부렸던 나의 모습을 떠올리게 되고, 우리 생활이 너무 편하고 행복해졌다는 사실에 감사하게 되기 때문이다.

세상이 달라지고 교육의 방향이 그렇다면 수용해야 할 일이다. 굴원은 어부사(漁父辭)에서 어부 입을 통해 성인(聖人)은 '여세추이(與世推移)'라고 했다. 세상의 변화에 잘 적응하는 사람이 성인이라는 말이다. 이 시점에 내게 어울리는 말인 것 같다. 세수를 하지 않은 아이들이 늘어나는 현상을 보면서 회의(懷疑) 대신 추억을 그려야 하겠다. 씁쓸한 생각은 그냥 뒤춤에 감추고, 세면대에 따뜻한 물이 채워지는 모습을 보며 행복을 느끼는 것으로 만족해야 하겠다.

– 2018. 11. 16.

# 7.

# 살모사(殺母蛇), 살모자(殺母者)?

　　우리나라에 살고 있는 뱀 중에는 맹독을 가진 살모사
(殺母蛇)가 있다. 종류로는 살모사, 쇠살모사, 까치살모사 등이 있는
데, 까치살모사는 머리에 일곱 개 점이 있다고 해서 칠점사라 부르기
도 한다. 까치살모사는 몸 무늬가 흰색과 검정색이 교차로 배열되어
있는 모양이 마치 까치 모습과 흡사하다 하여 까치독사라고 불리기
도 한다. 8월 중순이면 십여 마리의 새끼를 낳는데, 난태생으로 다른
뱀들과 달리 배 속에서 알을 부화해서 새끼로 낳는다.

　필자는 그동안 살모사라는 말은 많이 들었지만 살모사의 모양이
나 생태를 잘 알지 못했다. 하지만 독이 강하고, 새끼가 어미를 죽이
고 태어나는 동물이라는 어설픈 정보만 갖고 있었다. 그러다가 최근
살모사와 관련된 다큐 영상을 보게 되었다. 살모사 생태를 전혀 몰랐
던 터라 '새끼들이 어미를 어떻게 죽이지?'라는 호기심을 갖고 봤다.

그런데 영상을 보니, 그동안 알고 있던 살모사 생태 정보와는 사뭇 달랐다. 처음 정보와 비슷하지도 않고, 오히려 완전히 뒤집어 놓았다. 살모사 새끼들은 어미를 죽이지 않았다. 태어난 새끼들은 어미 곁에 조금 있다가 몸의 분비물이 마르고 움직일 수 있는 힘이 생기면 부모 곁을 유유히 떠났다.

이럴 수가! 그동안의 정보가 이렇게 허무하게 무너지다니, 사막에서 어렵게 만난 오아시스에 다가가 보니, 물이 없어 실망한 것처럼 너무 허망했다. 살모사는 우리가 알고 있는 것처럼 그렇게 어미를 죽이고 태어난 뱀이 아니었다. 어미가 새끼를 낳을 때 기진맥진해져 늘어져 있는 모습을 했는데, 사람들이 이 모습을 보고 새끼가 어미를 죽인 것으로 봤던 모양이다. 아무튼 사전에 갖고 있던 정보와 달라도 너무 달라 허전했다. 해설자의 설명처럼 '새끼 때부터 어미를 죽일 수 있을 만큼 무서운 독을 가지고 있어서 그런 말이 나오지 않았는가?'라는 말에 어쩔 수 없이 동의할 수밖에 없었다.

필자는 다큐멘터리 영상을 보고 나서 '살모사는 왜 이런 이름을 갖게 되었을까? 새끼들이 어미를 죽이지도 않은데 사람들은 왜 이런 이름을 붙여 주었을까?'라는 궁금증이 일었다. 옛날이라 뱀의 생태를 잘 관찰하지 못해 착각한 생각들이 만들어 낸 결과가 아닐까? 아니면 우리가 알지 못하는 또 다른 어떤 의미가 담겨 있을까? 생각해 봤다. 하지만 그럴 만한 이유를 얼른 찾을 수 없었다. 그러다가 '독을 가진 뱀을 통해 사람들에게 경각심을 불러일으켜 주고 싶은 마음에서 지어낸 이름이 아닐까?'라는 생각을 해 보았다. 내가 교육을 했던 사

                                          계절이 건네는 말

람이라 이런 생각까지 미치게 되었는지 모르겠다.

사람들은 어떻게 보면 참 약은 동물인 것 같다. 가만히 놔두면 동료나 부모도 함부로 대하고 업신여기기도 한다. 부모를 괴롭히는 일은 예삿일이고, 심지어 죽이는 일까지 한다. 그래서 맹자(孟子)는 사람에게 교육이 필요하다고 했다. 사람들은 맹자의 제안에 동의하여 사람들을 가르치는 제도나 방법을 생각하게 되었다. 어떻게 해서든지 무지막지한 사람들에게 효(孝)를 가르치고 싶었던 것이다. 불효를 막고 효를 실천할 수 있는 방법으로써 살모사를 들고나왔다는 생각이 들었다. 불효는 엄마를 물어 죽일 만큼 강한 독을 가진 못된 짐승들이나 저지르는 일임을 알려 주고 싶었던 것 같다. 그래서 맹독을 가진 뱀의 이름을 살모사(殺母蛇)라고 짓고, 사람들이 은연중에 이 뱀을 비난하면서 '그래서는 안 되지'라는 생각을 가지면서 효를 실천하도록 유도했던 것이 아닌가 생각했다.

필자도 살모사 다큐멘터리를 보기 전에는 살모사가 진짜 어미를 죽이는 못된 동물인 줄로 알았다. 살모사의 생태 진위 여부를 떠나, 당장 '설마 그런 못된 짐승이 있을까? 그래서는 안 되지'라는 생각을 했다. 더 나아가 '사람이라면 더욱 그래서는 안 되지'라는 생각을 하기도 했다. 이렇게 보통 사람에게 자연스럽게 전이(轉移)가 일어난 것을 보면 살모사라는 이름을 동원한 교육은 상당한 효과가 있었다고 할 만하다.

그렇다. 살모사를 비난의 대상으로 삼았던 것처럼, 사람이라면 자기를 낳아준 어미를 힘들게 하거나 심지어 살모사처럼 죽여서는 안 된다. 최소한 부모에게만은 효를 실천해야 한다. 이것이 생명 있는 존재들이 가져야 할 최소한의 도리이다. 보통 사람에게 이런 심상을 가져다 주는 것만으로 살모사가 주는 교훈은 충분하다고 생각한다.

사고를 조금 넓게 확장해 봤더니, 살모사만이 못된 짐승이 아니었다. 바로 우리 사람들이 살모자(殺母者)? 아니 바로 내가 살모자(殺母者)라는 생각이 들었다. 당장 내 모습만 봐도 금세 수긍이 간다. 우리 아이들이 자라는 모습을 보면 그 심증은 더 분명해진다. 내가 태어나 자라는 모습은 객관적으로 보지 못했으니 설명할 수 없지만 우리 아이들이 태어나서 자라는 모습을 보면 나도 우리 엄마에게 그랬을 것이라는 심증이 충분히 간다.

우리 아이가 태어날 때 상황을 보니, 출산 자체가 보통 일이 아니었다. 12시간 진통을 하다가 유도분만 주사를 맞고 나서도 몇 시간 더 진통을 만들고 나서야 세상에 나왔다. 출산 때 아내 모습을 보니, 고통도 이런 고통이 없었다. 어찌나 힘들어하는지 불쌍해서 도저히 볼 수 없었다. 출산하는 동안 기다리면서 '새끼가 어미를 죽이는구나'라는 생각을 했다. 아내는 출산하고 나서도 몸이 퉁퉁 부어 있었다. 열흘 이상이 지나도 예전 같지 않았다. 석 달 이상 지나고 나서야 비로소 몸이 평소와 비슷해졌다. 하지만 배는 여전히 볼록 나와 있어, 엄마 됨을 증명하고 있었다.

출산 후에 아내는 "다시는 아이를 갖지 않겠다"라고 하면서 "아이고, 십 년은 감수했네" 했다. 그만큼 힘들었던 모양이다. 어떤 사람은 출산하면서 실제로 죽기도 한다. 이런 일은 자녀가 어미를 죽이는 거

　　　　　　　　　　　　　　　　　계절이 건네는 말

나 별반 다름없다고 할 것이다. 사람들은 만물의 영장이라며 매우 고고한 척한다. 하지만 사람은 실제로 태어날 때부터 이렇게 어미를 죽이는 것과 같은 고통을 주면서 삶을 시작한다. 그러니까 사람은 모두 살모자(殺母者)라는 생각이 들었다.

우리 아이들의 성장 과정을 보니, 그런 심증은 더 분명해졌다. 자라 가는 순간들이 대부분 부모를 죽이는 일들의 연속이다. 학교에 가면 공부를 좀 잘할 줄 알았다. 그런데 그런 부모의 기대를 아주 철저히 뭉갰다. 기대가 크면 클수록 엄마의 숨을 조이는 형세였다. 학습지를 몇 장 풀라고 하면 겨우 한두 장 푼다. 엄마의 숨이 더 세게 조여진다. 공부를 지도하는 선생님이 "집에서 아이가 성의를 더 보이도록 타일러 주세요"라고 하면 또 속이 문드러진다. 식사 시간이 되어 아이가 좋아할 만한 반찬을 땀을 삐질삐질 흘러가면서 준비해 준다. 그래도 먹을 것이 없다며 투정을 부린다. 밥그릇에 숟가락을 꽂았다 뺐다를 반복하면서 꼴을 부리다가 식탁에서 밥그릇이 아래로 떨어져 밥을 바닥에 쏟고, 그릇이 깨지기도 한다. 그러면 아들은 엄마가 밥그릇을 잘못 놔서 떨어뜨렸다며 꼴을 낸다. 그러면 엄마는 아들이 속상해 할까 봐 아무런 대꾸를 하지 않고 쏟아진 밥을 거두고 다시 새 밥을 떠서 먹으라고 한다. 엄마의 숨구멍은 더욱 좁아지고 있다.

학교에 체육복을 가져가야 하는데, 문간에 챙겨 둔 체육복 가방을 아들이 가져가지 않았으면서 엄마가 꼼꼼히 챙겨 주지 않아 체육복 없는 체육수업을 했다며 화살을 엄마한테 돌린다. 엄마는 속이 타들어 가지만 그래도 속으로 끌어안는다. 아들은 엄마와 약속을 수시로 어기면서도 어쩌다가 엄마가 한 번 어기면 엄마 탓이라며 난리를 피운다. 먹을 것이 없다며, 게임 시간이 부족하다며, 숙제가 많다며 엄마한테 온갖 투정을 다 부린다. 어떤 때는 아주 못된 말을 하기도 한다. '감당하지도 못할 자녀를 뭐 하러 낳았느냐?' 하며 입을 삐죽삐죽거린다. 살모사가 따로 없다. 필자도 어렸을 적에 그랬으리라. 더했으면 더했지, 못하지는 않았으리라.

중학생이 되더니, 엄마 아빠는 구식이라 말이 안 통한다고 강하게 반항한다. 어미 가슴이 다 타들어 가도록 숨구멍을 꽉 조인다. 밖에서 친구들과 속상한 일이 있었는지, 친구들에게는 꼼짝 못 하면서 집에 들어와서 엄마한테는 온갖 투정, 짜증, 반항을 늘어놓는다. 이제 어미를 몽둥이로 두들겨 패는 격이다. 그래도 '아이가 성장하면 부모 속을 알아 주겠지' 하며 위안을 삼는다. 이렇게 기다린 세월이 삼십 년이 된다. 살모사는 태어나서 몇 분 후에 몸이 마르면 어미 곁을 쉬 떠났다. 하지만 사람은 보통 반평생을 부모와 함께 산다. 그러면서 부모를 야금야금 죽여 나간다.

세상에서 들리는 자녀들의 행동은 더 가관이다. 부모가 집을 마련해 주지 않아서 결혼을 못 하겠다 하고, 부모가 좋은 차를 사 주지 않아 기가 죽는다고 한다. 물려준 재산도 없으면서 효도하라고 한다며 투정을 부린다. 부모를 폭행하고, 폭력을 행사해 아예 정말 죽이기까지 한다. 분명히 자녀들은 살모자(殺母者)들임에 틀림없다.

이런 일들을 보면서 부모로서 안타깝게 여기고 크게 탄식하기도 한다. 더 화가 나고 기분이 상한 것은 이런 아이들의 모습이 바로 나라는 사실을 발견한 것이다. 소름이 돋는다. 살모사가 어미를 죽이는 동물이라고 비난하고, 요즘 아이들이 부모 목을 조이는 못된 아이들이라고 힐난했는데, 그 사람이 바로 나라는 사실이다. 부끄럽고 부끄럽다. 이런 못쓸 불효자가 따로 없다. 고결한 태도로, 어떤 고상한 마음으로 고해성사를 하더라도 해결될 일이 아닐 성싶다. 서툰 글이나마 이렇게 고백하고, 풀어내고, 부끄럽지만 '내가 살모자(殺母者)다'라고 선언해야 하겠다. 그렇지 않으면 평생 죄인 된 몸으로 괴로움에 허덕일 것 같다. 부모님 앞에서 반성하고 뉘우치면서 속죄하는 마음으로 글을 마무리한다.

# V

# 환절기


1. 나는 행복한 사람일까?

2. 운동과 행복

3. 취미와 비교, 그리고 행복

4. 소유보다는 경험을

5. 이미지 트레이닝

6. 안분지족과 은혜

# 1.

# 나는 행복한 사람일까?

　　2024년 3월 20일 발표된 유엔 세계행복보고서에 따르면 우리나라 사람들의 행복지수는 6.058점으로 조사 대상 143개국 가운데 52위를 차지했다. 우리 경제 수준이 세계 12~13위인 점을 감안하면 아무래도 좋은 결과라고 할 수 없다. 모두 행복하기를 꿈꾸지만 행복지수로 보면 아직 멀었다는 생각이다.

　행복이라고 하면 사람들은 대개 자기가 바라는 것을 얻으면 행복할 줄로 안다. 어린아이들은 사탕만 얻어도 행복하다 하고, 청소년들은 대학에 들어가기만 하면 행복하겠다고 생각한다. 대학을 마치면 직장에 나가기만 하면, 또 직장을 얻은 사람은 결혼하기만 하면, 행복이 저절로 굴러들어 올 줄로 안다. 혹자는 시장(市長)이 되고 국회의원이 되면 거기에 행복이 있는 것으로 알기도 한다. 그래서 그런 직을 얻기 위해 살벌한 투쟁을 벌이기도 한다.

우리의 바람이 이렇게 강함에도 불구하고, 행복지수가 낮은 것을 보면 행복을 위한 우리의 노력에 문제가 있는 것은 아닌가 생각하게 된다. 행복이 아닌 다른 어떤 것을 위해 힘을 쏟고 있는 것은 아닌지 모르겠다. 아니면 행복을 도달하기 어려운 저 멀리에 있는 어떤 것쯤으로 알고 막연하게 잡으려고 좇아가거나, 아니면 무지개 같은 것쯤으로 알고 무작정 따라가고 있는 것은 아닌지도 모르겠다. 진정으로 행복한 삶을 원한다면 여기에서 우리의 행복을 점검해 볼 필요가 있다고 생각한다.

그러기 위해서는 먼저 전문가들이 제시하고 있는 행복에 이르는 방법을 참조하면 좋겠다는 생각이다. 행복을 연구하는 사람들은 행복 역시 다른 일과 마찬가지로 저절로 다가오는 것이 아니라 우리의 노력을 요구한다고 말한다. 일반적으로 알고 있는, '씨를 뿌린 대로 거둔다'는 원리가 행복에도 그대로 적용된다는 말이다.

현재는 과거에 뿌려 둔 씨앗들의 열매다. 어제가 없는 오늘이 있을 수 없고, 과거가 없는 현재는 존재할 수 없다. 지금 우리가 행복을 느끼지 못한다면 과거에 우리가 추구했던 방법이 잘못되었거나 어긋났다는 것을 알 수 있다. 그러니 행복을 원한다면, 다가올 행복을 위한 오늘의 내 태도를 점검해 보는 것이 좋을 것이다. 오늘 내 삶의 태도는 내일의 내 행복 수준을 결정해 주기 때문이다. 그러니, 내 삶의 태도를 점검해 보고 행복으로 가기 위한 노력을 실천해 보는 것이 좋겠다는 생각이다. 이제 그 단순하면서도 소중한 이야기를 나눠 보려고 한다. 필자 역시 행복하고 싶은 마음이 간절하기 때문에 여기에 정리

 계절이 건네는 말

하는 것으로 행복을 얻기 위한 노력의 하나로 삼고자 한다.

　연구자들에 따르면 '목표를 두고 살아가는 사람'이 행복을 느낄 가능성이 높다고 한다. 목표가 있으면 목표를 향해 가느라고 집중하게 되는데, 그러면서 불필요한 생각으로부터 자유롭게 된다는 것이다. 우리가 경험을 통해 알고 있는 것처럼 어떤 일에 몰두하면 시간의 흐름조차 잊고, 심지어 밥 먹는 일까지 잊기도 한다.

　따라서 삶의 목표를 가지고 사는 사람은 행복으로 가는 지름길을 걷고 있다고 할 수 있다. 행복을 위한 목표라고 하면 대단히 큰 것으로 생각하기 쉬운데, 목표는 크고 작은 것에 상관이 없다. 작은 목표라도 가슴에 품고 사는 사람은 이미 행복에 접어든 것이나 다름없다. 단기(短期)적으로 1~2년의 목표와, 장기적으로 5~10년의 목표를 정하면 된다. 예를 들면 어떤 것을 배울 것인가, 무슨 책을 읽을 것인가, 몇 년 후에는 돈을 얼마나 모으고, 어떤 크기의 집을 마련하고, 자기계발은 언제까지, 얼마나, 어떻게 할 것인가 등 미래에 대한 계획을 세우는 것이다.

　다만 유의할 것이 있다면 목표의 크기와 양이 자기 역량에 맞으면 좋겠다. 목표가 너무 크다 보면 경우에 따라서는 제 능력의 몇 배 넘는 목표를 실현할 수 있다는 장점도 있지만 지나치면 부담을 주어 행복을 방해할 수 있기 때문이다. 목표에서 어려움을 느끼면 행복감보다는 스트레스를 받고 좌절이나 허탈감을 경험하게 된다. 따라서 행복하려면 자기 역량을 헤아려 자기에게 맞는 목표를 정하고 그 목표

실현을 위해 몰입하고, 어떤 경우에는 그냥 뚜벅뚜벅 나아가면 행복 감을 느끼게 된다.

보통 우리는 시간적으로 여유가 있으면 행복해질 것으로 안다. 하지만 실제는 그렇지 않고 도리어 잡념이 많아져 주변을 두리번거리게 돼 불편이 만들어지기도 한다. 따라서 여유보다는 목표를 가지고 집중하는 삶이 더 효과적이다. 좋은 결과를 얻을 수 있을 뿐만 아니라 그 과정에서 긍정적인 기대와 생각의 지배를 받기 때문이다. 그러면 우리도 모르는 사이에 삶의 만족도가 올라가면서 행복감을 느낄 수 있다.

목표라고 하면 보통 버킷리스트[2]를 떠올리기도 한다. 이런 방법으로 실천하는 것도 목표를 가지는 좋은 방법 중 하나라 할 수 있다. 생활 주변에서 쉽게 만날 수 있는 아주 작은 것에서부터, 크고 원대한 것까지 다양하게 만들어 적용할 수 있다.

미국의 탐험가 존 고다드(John Goddard)는 1940년 15살이 되던 해에 노란색 종이에 '나의 인생 목표'라고 쓰고 그 아래 등산할 산, 탐험할 장소, 해 보고 싶은 일, 배우고 싶은 일, 읽어야 할 책, 사진으로 남기고 싶은 장소, 수중탐험 장소 등으로 나눠 모두 127개 리스트를 적었다고 한다. 그리고 그 일들을 실천했는데, 1972년 미국 『라이프』 지에서 '꿈을 성취한 미국인'이라는 제목으로 소개되었을 때, 그는 이미 104개의 꿈을 이뤘다고 한다.

---

2    죽기 전에 꼭 해 보고 싶은 일과 보고 싶은 것들을 적은 목록

 계절이 건네는 말

또 David J. Schwartz라는 사람은 1966년 28세에 무일푼의 청년이었다고 한다. 그는 『The Magic of thinking big』에서 자기 인생의 목표 107가지를 기록했다고 한다. 그 뒤로 38년이 지난 2004년에 자기 목표를 점검해 본 결과 대부분 이뤘다고 한다.

목표를 가지고 있으면 누구나 그 목표를 향해 달려갈 수 있다. 그리고 그것들을 이루어 낼 수 있다. 목표 성취는 유명한 사람들만의 전유물이 아니다. 목표를 세우고 실천하는 사람이라면 누구든지 이뤄지는 것을 경험하게 된다. 그러면 목표가 이뤄지는 기쁨을 맛볼 수 있을 뿐만 아니라 그 과정에서 저절로 행복감을 느끼게 된다.

필자도 행복을 위한 노력으로 문학 동인지에 나의 버킷리스트를 공개하고, 이를 열심히 실천해 가고 있다. 글을 쓰는 것도 버킷리스트 가운데 하나인데, 필자의 글재주가 워낙 빈약해 서툰 글솜씨를 늘 한탄하면서도 글을 쓰게 된다. 어떤 때는 내게 과분한 일이라고 생각하면서도 꾸준히 실천하고 있다. 글을 쓰고 있는 동안은 몰입하게 되어 시간 가는 줄을 모르고 쓰기도 한다. 그리고 책으로 나오게 될 것을 생각하면 기대와 흥분이 일어난다. 그러면서 만족감과 행복을 느낀다.

목표를 두고 살다 보면 내가 봐도 신기할 정도로 많은 일들이 이뤄지는 것을 보게 된다. 게다가 그 성취감은 어디에 비할 수 없을 정도로 큰 만족감을 준다. 이는 앞으로 다가오는 시간과 삶에 큰 에너지로 작용한다. 이런 일련의 과정은 내 삶을 풍요롭게 할 뿐만 아니라 삶의 의미가 되기도 한다. 그래서 '꿈은 이루어진다'라는 말이 추상이 아니라 구체적이고 실제적인 일임을 느끼게 된다.

행복은 목표를 가지고 꾸준히 노력하고 실천하는 과정에서 얻어지는 선물이다. 따라서 목표를 가지고 살아가는 사람은 행복으로 들어가는 첫 번째 열차에 올라탔다고 하겠다. '나는 행복한 사람인가?'를 알아보려면 간단하다. 지금 내게 목표가 있느냐 없느냐를 생각해 보면 된다. 목표를 가지고 있다면 나는 누가 뭐라 해도 행복한 사람임에 틀림없다.

# 2.

# 운동과 행복

　　행복이라는 말을 떠올리면 보통 '원하는 것을 마음대로 얻을 수 있는 상태'라고 생각하기도 한다. 얼른 보면 상당히 일리가 있는 말처럼 보인다. 하지만 세상을 먼저 살아 본 사람들은 이런 상태가 생각하는 것처럼 그렇게 행복을 가져다 주지 않는다고 한다.

　　그리스 신화에 나오는 미다스 왕의 이야기가 대표적이다. 미다스는 원하는 것을 다 얻을 수 있는 부자가 되면 행복할 것으로 알았다. 그래서 무엇이든 원하는 대로 소원을 다 들어준다는 신에게 나가 "내 손이 닿는 것이라면 모든 것이 황금으로 변하게 해 주십시오"라고 빌었다. 신은 그의 원대로 그렇게 해 주었다. 그러자 그가 손을 대는 물건마다 모두 황금으로 변했다. 음식과 포도주가 황금으로 변했고, 심지어 자기 딸도 황금으로 변했다. 그러다 보니 미다스는 배가 고파도 먹을 수 없고, 사랑을 나누고 싶어도 할 수 없었다. 그래서 미다스는 잘못을 뉘우치고, "내가 원하는 것은 황금이 아니라 나의 딸을 돌려주십시오", "황금이 아니라 물 한 모금을 주십시오"라고 하소연하게 되었다. 미다스는 황금만 소유하면 무슨 일이든 가능해져 행복할 줄 알았는데 반대로 가장 불행한 사람이 되고 말았다.

이 이야기는 무엇이든 다 얻으면 행복할 것 같은데, 실제는 그렇지 않다는 것을 일러 주고 있다. 만일 우리에게 행복이 저절로 주어진다면 미다스의 외침처럼 그것은 저주에 가까운 일이 될는지 모르겠다. 이 능력을 함부로 사용하면서 자만하고, 거만하고, 남에게 해를 끼치고, 모두를 자기만을 위해 사용하게 되는 불행한 세상이 되고 말 것이다. 그래서 신은 행복을 그냥 주지 않고, 부단히 노력하는 가운데 겸손하게 사는 과정에서 얻을 수 있는 것으로 만들어 놨는지 모르겠다. 그리고 보면 행복은 우리의 기대와 노력을 먹고 자라는 생물과 같은 존재인 것 같다. 그렇다면 우리는 어떤 노력을 기울이면 행복을 얻을 수 있을까?

행복은 운동을 열심히 하는 가운데 얻어진다고 한다. 연구자들은 사람들에게 일반적인 가벼운 운동을 하게 한 다음, 느낌과 만족도를 조사해 봤다. 그랬더니, 즐거움이나 쾌감이 상당히 높게 나타났다. 그 다음에는 조금 더 강화해서 땀을 흘리는 운동을 하게 한 다음, 느끼는 기분과 만족도를 조사했다. 그랬더니 가벼운 운동을 할 때보다 더 높은 만족도를 보였다고 한다. 그러니까 운동을 할 때에는 단순히 움직이는 것보다는 땀을 흘리는 운동이 더 도움이 된다고 하겠다.

이런 결과는 우리들이 경험을 통해서 이미 잘 알고 있는 것처럼,

 계절이 건네는 말

땀을 흘리고 나면 온몸에 혈액순환이 원활해지면서 기분도 상쾌해진다. 더구나 운동 후에 깨끗이 씻고 나면 얼마나 상쾌한지 모른다. 이런 기분은 곧 행복감을 느끼는 상태라 하겠다.

이는 하버드 대학교에서 실시한 연구 결과에서도 증명해 주고 있다. 하버드 대학에서는 '행복의 비밀'이라는 주제로 75년 동안 사람들의 삶을 종단 연구했다. 여기에 따르면 사람들의 80세 이후 신체 노화에는 유전적인 영향보다 50세 이전에 형성된 생활 습관들이 더 많은 영향을 미쳤다고 보고하고 있다.

이 실험에 참여했던 사람들의 평균 수명을 보면, 20~45세에 운동을 많이 한 사람들은 평균 85세를 산 반면, 그렇지 않은 그룹의 사람은 평균 80세에 머물렀다. 젊은 시절부터 습관적으로 해온 운동은 삶의 질적인 면에서뿐만 아니라 수명에도 상당한 영향을 주었다는 것이다.

운동을 하면 '행복 호르몬'이라고 불리는 엔도르핀이 분비되는데, 이는 통증을 완화시켜 주고 기분을 좋게 만드는 작용을 한다고 한다. 또한 스트레스 호르몬인 코르티솔의 수치가 감소되어 스트레스와 불안이 줄어든다고 한다. 그러면 자연스럽게 기분이 좋아지고, 삶의 만족도가 높아져 결과적으로 행복감을 느끼게 된다. 따라서 젊은 시절부터 땀을 흘리는 운동을 꾸준히 하는 것은 행복한 삶을 위한 좋은 노력 가운데 하나라 하겠다.

　사람들에게 운동을 권하면 대부분 시간이 없다는 핑계를 대곤 한
다. 또 어떤 사람은 본질적으로 자기는 몸을 움직이는 것을 싫어하
는 사람이라고 천성을 탓하기도 한다. 어떤 분들은 함께할 동료가 없
어 곤란하다고 말하기도 한다. 모두 그럴듯한 변명들을 늘어놓지만
다 핑계에 불과하다. 시간을 핑계 대거나 환경을 탓하기 전에 운동은
우리 행복과 직결된다는 점을 기억할 필요가 있다. 행복을 위해 작
은 노력이라도 기울이지 않으면서 행복을 기대하는 것은 참으로 무모

　　　　　　　　　　　　　　　　　　　계절이 건네는 말

한 일이라 하겠다. 나무에 올라가 생선을 찾는 격이나 다름없다. 일
찍이 이런 우리의 속성을 경계한 시가 있다. 학창 시절 국어 교과서
에 실려 있어서 익숙하게 알고 있는 양사언(1517~1584)의 「태산이 높
다 하되」이다.

태산이 높다 하되 하늘 아래 뫼이로다
오르고 또 오르면 못 오를 리 없건만은
사람이 제 아니 오르고 뫼만 높다 하더라

이 시는 무슨 일을 하든지 꾸준한 노력이 필요함을 일러 주는 훈
계이다. 이는 우리의 행복을 위한 노력에도 그대로 적용할 수 있다.
'제 아니 노력하고 불행하다 하노라'와 같은 말이다. 우리 주변에는 행
복을 위한 최소한의 노력이나 신경을 쓰지 않으면서 삶을 탓하고 좌
절하고, 포기하고, 우울하게 지내는 사람들이 있다. 모두 제 아니 오
르고 멀리서 보고 뫼만 높다고 한숨짓고, 핑계 대는 경우라 하겠다.
이제 더 이상 행복을 위한 노력을 미뤄 두지 말고, 내가 할 수 있는
운동을 찾아 나서고, 스스로 운동할 수 있는 환경을 만들고, 실천하
는 것이 좋다.

요즘 우리가 사는 세상은 좋아져서 가볍고 편안하게 운동할 수 있
는 시설이나 동호회 같은 모임들이 많다. 조금만 신경을 쓰면 혼자서
할 수 있는 운동, 걷기, 줄넘기, 팔굽혀펴기, 스쿼트, 등산, 헬스 등 얼
마든지 있다. 이런 운동 가운데 자기에게 맞는 것을 골라 땀을 흘리

는 노력을 하면 여러 면에서 긍정적인 도움을 얻을 수 있다.

새삼 운동의 역할이나 가치를 논할 필요가 없지만, 운동을 하는 동안에는 어느 한 부분만이 아니라 전신을 통한 깊은 몰입에 들어갈 수 있다. 운동에 몰입하게 되면 시간이나 공간, 심지어 나 자신까지도 잊게 된다. 이때 얻는 즐거움은 보통이 아니다. 상쾌한 행복감을 느끼는 순간이다.

운동은 단순히 체력 향상이나 호르몬의 작용 변화에만 머무르지 않는다. 스트레스 해소는 물론 우울증 완화, 수면의 질 향상, 그리고 자신감과 좋은 인간관계를 형성할 수 있도록 도와준다. 또한 몇몇 사람들과 어울려 수다를 떨거나, 술을 마시면서 얻을 수 있는 쾌감과 비교할 수 없다.

한 주간을 보내면서 '나는 땀을 흘리는 운동을 하고 있는가?' 생각해 보자. 이는 단순히 현재, 지금 나의 행복만을 담보하는 것이 아니다. 현재로부터 70세 이후의 삶까지 미리 예측하고 누리는 일이 된다. '나는 행복한 사람인가?' 알아보려면 다른 측정 도구가 없다. 주기적으로 꾸준한 운동을 하고 있는가를 따져 보면 된다. 운동을 하고 있다면 나는 행복한 사람임에 틀림없다. 운동이라고 하면 주저하거나 망설이지 말고, 지금 당장 나가 운동을 시작해 보는 것이 좋다. 이것이 바로 행복으로 가는 길에 들어서는 일이기 때문이다. 지금 운동을 시작해 보자. 그리고 주기적으로 해 보자.

   

# 3.

# 취미와 비교, 그리고 행복

우리는 성장 단계에 따라 고등학생이 되고, 대학에 가고, 직장을 얻고, 결혼하면 저절로 행복하게 될 줄로 생각한다. 하지만 시간에 따라 충실하게 성숙해 가더라도 행복한 삶을 경험하는 사람은 많지 않은 것 같다.

연구자들의 말에 따르면 행복은 복권처럼 어느 순간에 그냥 저절로 주어지거나, 하늘에서 뚝 떨어지는 것이 아니라고 한다. 여기에도 나름의 준비와 공부와 노력이 필요하다고 한다. 그러한 노력으로는 앞에서 언급했던 것처럼 목표를 정하여 그것을 향해 나아가고, 땀 흘리는 운동을 하는 것이다. 그리고 더 추가해야 할 것은 취미 활동이다. 취미는 어린아이들이 친구들과 어울려 놀 때 하는 자치기나 술래잡기처럼 어른들이 하는 건전한 놀이다.

세상에는 젊었을 때부터 취미로 했던 활동들을 발전시켜 인생 후반기에 제2의 직업으로 삼는 사람들이 많다. 운동이나 미술, 음악, 글쓰기, 물건 수집, 낚시, 등산 등 어느 것 하나 귀하지 않은 것이 없다. 취미는 누가 권하지 않아도 내 몸이 스스로 알아서 반응하면서 저절로 좋아하게 된 영역이다.

『논어』「옹야」 편에는 이런 말이 나온다. '어떤 사실을 아는 사람은 그것을 좋아하는 사람만 못하고, 좋아하는 사람은 그것을 즐기는 사람만 못하다(子曰 知之者 不如好之者 好之者 不如樂之者).' 공자는 어떤 일을 즐기는 사람을 최고로 여겼다. 취미는 억지로 끌려다니며 신경을 써 가면서 하는 일이 아니다. 그냥 스스로 좋아해서 즐기는 것이다. 그러니 공자가 말한 것처럼 최고의 일, 가장 이상적인 일이라 할 수 있다.

필자는 취미로 글 쓰는 일과 노래, 낚시 등을 즐긴다. 시간이 나면 누가 시키거나 권하지 않아도, 심지어 아내나 가족이 만류할지라도 글을 쓰고, 노래를 부르고, 낚시하러 나선다. 평상시에는 잠이 부족해서 피곤하다며 투덜거리다가도 낚시하러 간다고 하면 잠을 뿌리치고 새벽같이 일어나 낚시 도구를 챙겨 바다로 간다.

지친 몸을 이끌고 바다에 나가면 못된 생각이나 불편했던 마음이 단박에 사라진다. 물고기를 낚지 못해도 별로 기분이 상하지 않는다. 자연과 함께하는 시간은 마음을 넉넉하게 해 줄 뿐만 아니라 잔잔한 행복감을 가져다 준다.

또 필자는 수시로 기타를 연주하면서 노래를 부른다. 노래에는 삶의 희로애락이 모두 담겨 있어, 기분이 가라앉거나 불편할 때는 그런

 

가사가 담긴 노래를 부르고, 즐거울 때는 경쾌한 노래를 부른다. 사랑이 그리울 때는 사랑이 담긴 노래를 부른다. 그러면 불편한 마음은 햇볕에 눈 녹듯이 사라지고, 즐거움과 기쁨이 한층 더 고조된다.

그리고 삶에서 어렵고 힘든 일을 만나거나 다른 사람의 경험을 듣거나, 혹은 즐겁고 재미나는 일을 보면 모두 글감으로 사용하게 된다. 그런 일들을 글로 적다 보면 마음에 평안함이 찾아오기도 하고, 어려움이 해소되고, 좋은 교훈을 얻기도 한다. 이런 취미를 통해 여유와 만족, 기쁨을 얻게 된다. 곧 행복감을 느끼는 시간이다.

따라서 취미에는 좋고 나쁜 것이 따로 없다. 남을 속이거나 괴롭히

거나, 물질적 이득을 추구하는 것이 아니라면 아무것이나 상관없다. 자기 기호에 따라 어떤 것이든 즐기고 누리면 된다. 취미를 가질 때는 하나만 갖는 것보다는 둘이나 셋 정도 갖고 있으면 좋겠다. 한 취미를 즐기다가 그 취미를 할 수 없는 상황이 되면 다른 취미를 즐길 수 있어야 하기 때문이다.

행복감은 마음이 즐겁고 만족스러운 상태에서 찾아온다. 취미는 우리에게 이들을 몰아다 준다. 그리고 여유로운 시간의 공백을 긍정적으로 메워 준다. 여가를 어떻게 보내는가를 보면 그 사람의 수준까지 짐작할 수 있다. 따라서 취미생활을 하느냐, 그렇지 않으냐는 우리 삶의 질을 결정해 준다. 어떤 사람이 행복한가 그렇지 않은가를 알아보려면 '취미생활을 하고 있느냐? 그렇지 않으냐?', 그리고 얼마나 좋아하면서 즐기는지 확인해 보면 된다. 기쁘게 취미생활을 즐기고 있는 사람은 분명 행복한 사람임에 틀림없다.

취미에 이어 행복을 위한 또 다른 노력이 필요한데, 그것은 행복을 깎아 먹는 요소들을 사전에 차단하는 일이다. 행복을 방해하는 대표적인 훼방꾼으로는 '비교의식'을 들 수 있다. '상대적 박탈감'이라고도 하는데 이는 자기 혼자, 혹은 자기를 둘러싸고 있는 환경에서는 생겨나지 않는다. 주변 사람들과 마주하거나 나와 다른 환경을 보거나 만나면서 싹이 튼다. 옆에 있는 사람이 나보다 더 좋은 물건을 가지고 있는 것을 보거나, 나보다 더 좋은 환경에서 지내는 것을 보면 상대적 박탈감이 생겨난다. 행복하게 잘 살고 있다가도 어느 순간 다

　계절이 건네는 말

른 사람들과 비교하는 마음이 생기면 행복은 아침 안개처럼 스멀스
멀 어디론가 흩어지고 만다.

이와 관련하여 1941년 미국 아이오와 대학의 한 연구팀은 재미나
는 실험을 했다. 미취학 아동들을 모은 다음, 고장 난 장난감, 예를
들어, 수화기 없는 전화기, 발이 부러진 책상이나 의자, 바람 빠진 공
등이 있는 놀이방에서 놀게 했다. 그랬더니, 아이들은 모두 신나고 재
밌게 놀았다. 다음 날 똑같은 방에서 아이들을 놀게 했는데, 이번에
는 투명 유리창을 통해 옆방에서 정상적인 장난감을 가지고 노는 아
이들을 보게 했다. 그랬더니, 아이들은 놀이 환경이 어제와 달라지지
않았음에도 불구하고 갑자기 불만을 제기하고, 폭력적인 행동을 보
이고, 어른들에게 칭얼대는 등의 이상한 행동을 보이기 시작했다.

아이들이 왜 이렇게 다른 모습을 보인 걸까? 이유는 자기들이 갖
고 노는 장난감보다 옆방 아이들의 장난감이 더 좋았기 때문이다. 자
기들과 비교할 수 있는 대상이 생김으로 인해 상대적인 박탈감을 느
꼈기 때문이다.

심리학자들은 올림픽에서 메달을 받은 사람들의 심리적인 만족도
를 조사했다. 금, 은, 동메달 수상자들의 만족도인데, 금메달과 동메
달 수상자들의 만족도는 비교적 높았지만 은메달 수상자는 상대적으
로 낮은 점수를 보였다. 은메달 수상자는 동메달보다 더 높은 등위를
받았지만, 심리적인 만족도에서 더 낮았다. 이유가 있다면 상대적 박
탈감 때문이다. 금메달 수상자와 비교하면서 스스로 금메달보다 못
한 사람이라고 생각했기 때문이다.

우리는 혼자 있을 때는 그냥 그럭저럭 만족감을 느낀다. 그런데 밖에 나가 다른 사람들과 비교하면서 불만이 많아지고 반항심이 만들어진다. "남의 남편은 해외여행을 자주 데리고 다니는데 당신은 왜 그래?", "남의 아내는 잘 웃고 상냥한데 당신은 왜 그래?", "누구는 몸을 보석으로 치장하고 다니는데, 나는 뭐야?", "왜 나만 이런 어려움을 만나지?", "왜 나만 이렇게 취업이 어렵지?", "왜 나만 이런 일을 해야 하지?"라는 감정이 생기면 행복은 아침 안개처럼 순식간에 사라지게 된다. 이런 생각으로는 행복감을 느낄 수 없다.

남들과 비교하는 의식은 '평등'이라는 말에서 생겨난다. 사람들은 흔히 모두 다 같은 사람, 모두 다 같은 능력을 갖춘 존재이기를 바란다. 그래서 '평등하다'라는 말을 좋아하고 그러기를 바란다. 사실, 이 말은 말 속에 '사람은 불평등하다'라는 의미를 담고 있다. '불평등'이 존재하기 때문에 '평등'이라는 말이 있게 된다. 따라서 사람들이 아무리 평등하다고 말해도 '평등'이라는 말이 존재하는 한, 사람은 불평등한 존재일 수밖에 없다.

사람들에게 평등이라는 말은 사람들의 바람일 뿐이지, 현실에서는 없는 말이나 다름없다. 사람은 전혀 다른 특성을 가진, 각각의 개별적이고 서로 다른, 완전히 불평등한 존재다. 같은 부모에게서 태어나더라도 남자와 여자로 태어나고, 머리가 좋은 사람, 그렇지 않은 사람, 재능이 많은 사람, 그렇지 않은 사람으로 각각 다르게 태어난다. 가난한 집에서 태어나기도 하고, 부잣집에서 태어나기도 한다. 조금만 생

 계절이 건네는 말

각해 보더라도 사람은 하나도 평등한 것이 없는, 독특한 개성을 가진 불평등한 존재들이다. 그런데도 많은 사람은 평등을 꿈꾸고, 나보다 더 잘난 사람이 있으면 질투하거나 못하도록 끌어내리려고 한다.

우리나라 건국 초기 지식인들 가운데는 불평등한 세상이 싫다며 평등한 세상을 구현해 준다는 북으로 간 사람들이 많았다. 불평등이 없고, 평등한 세상이라니, 이런 좋은 세상이 어디 있을까? 이 말에 혹해서 갔던 것이다. 그들은 평등한 사회가 좋은 세상이라며 북으로 갔지만 결국 그들의 생사를 아는 사람은 거의 없다. 사람은 평등하지 않다는 사실을 가볍게 여겼거나, 사람들이 평등할 수 있다는 그럴듯한 말로 속이는 것에 넘어가면서 벌어진 일이다. 오늘날도 평등이 좋은 것이라며 사람들을 선동하면서 남의 특권을 빼앗아 짓밟으려는 사람들이 있다. 심지어 어떤 사람들은 다른 사람이 하는 것을 못 하게 막기도 한다. 그것도 자기에게서 머무르는 것이 아니라 주변 사람들까지 선동해서 그것이 마치 정답인 것처럼 포장하고 우겨 대기도 한다. 우리는 역사를 통해 충분히 배우고, 검증된 결과를 갖고 있다. 세상은 본래 불평등한 곳이라, 아무리 평등을 외친다고 해도 평등해지지 않는다는 것이다.

그래서 요즘 사람들은 장유유서(長幼有序)라는 말을 현대적으로 해석해서 능력별, 재능별 순서가 있다고 재해석한다. 그러니 우리는 능력별 차등이 존재한다는 사실을 인정하고 그 가운데서 즐거움을 누려야지, 불평의 대상이나 그런 사회나 제도를 원망해서는 안 된다. 오히려 이런 현상을 인정하고 내 능력에 맞는 일과 기능을 펼치는 것이 중요하다고 생각한다. 불평등을 개선하려고 나서 봐야 괴로운 것은 나 자신일 뿐이다. 결국 필자가 하고 싶은 말은, 사람은 서로 다른 특성을 가진 불평등한 존재들이기 때문에 서로 비교 대상으로 삼아서는 안 된다는 말이다. 불평등을 평등으로 만들려고 하면 이는 마치 저울을 가지고 길이를 재는 것과 같아서 매우 어리석은 일이라 하겠다.

'평등하다'에서 나오는 남과 비교하는 의식은 우리의 행복을 훼손할 뿐, 삶에 도움이 되지 않는다. 나보다 나은 사람이 있다면 배우고 노력해서 비슷해지려고 노력해야지, 남을 깎아내리거나 억지로 끌어내리려고 해서는 안 될 일이다. 그냥 상대나 상황을 인정하고 자기 분수에서 할 수 있는 일이나 역할을 다하면 좋을 것이다. 그리고 자기 능력에서 최선을 다했으면 그것으로 만족할 줄도 알아야 한다. 어차피 비교 대상이 아닌 걸 갖고 비교하면 열등감만 생기고 부정적인 사고만 만들어질 뿐이다.

우리들이 이런 생각을 가져야 하는 이유는 다른 것이 아니다. 우리가 행복해야 하기 때문이다. 원래 불평등한 것을 바로잡으려고 신경을 쓰면 부담이나 무리가 일어날 수밖에 없다. 결국 행복으로부터 멀어지게 되고 만다. 따라서 다른 사람과 비교하는 것은 행복을 가로막는 단단한 장애물이라 하겠다.

진심으로 행복한 삶을 원한다면 이런 비교를 먹고 사는 상대적 박탈감을 버리고, 내게 어울리는 목표를 정하고, 운동을 찾아 땀을 흘리고, 내게 맞는 취미를 찾아 즐기는 것이다. 그러면 행복은 마치 봄비를 맞고 쑥쑥 자라는 죽순처럼 날마다 자라나게 될 것이다.

 계절이 건네는 말

# 4.

## 소유보다는 경험을

　　숨을 쉬고 사는 생명체들은 본질적으로 결핍을 지닌 존재들인 것 같다. 우리의 살아가는 모습을 잠시 엿보기만 하더라도 이런 생각에 쉽게 동의할 수 있다. 특별히 하는 일이 없어도 바람이 스쳐 지나가고, 구름이 그냥 흘러가기만 해도 한나절만 지나면 곧장 허기짐을 느낀다. 위장의 곡물이 아직 분해 과정을 거치지 않았을 것 같은데 돌아서면 결핍은 밀물처럼 금세 차올라 허기짐을 만들어 낸다. 당장 두리번거리며 먹을 것을 애타게 찾게 된다.

　　어렸을 적에는 우리 몸만 그런 줄 알았는데, 성장하고 보니 정신도 이와 비슷한 양상을 띠고 있다는 것을 알게 되었다. 조금이라도 여유로 공백이 생기면 좋은 생각들은 다 빠져나가고 공허함이 그 자리를 차지한다. 마음은 한술 더 뜨는 것 같다. 마음에 여백이 생기면 그사이를 못 견디고 못된 생각들이 줄줄이 들고 일어선다. 이런 생각들은 마음 안에 뱀처럼 똬리를 틀고 있다가 불평을 만들어 내고, 짜증을 토해 내기도 한다.

우리 삶도 일에 치이고, 스트레스를 받다 보면 당장 허기짐을 느끼고, 문제를 일으킨다. 이런 문제들을 극복하기 위해서는 현실로부터 조금 거리를 두는 것이 필요하다. 집과 일터에서 벗어나 다른 시간과 경험을 만드는 것이다. 그것의 으뜸은 뭐니 뭐니 해도 '여행'이다. 좁게는 집 주변에 있는 편안한 공간을 찾아 여유를 즐기거나, 아름다운 풍경을 두른 카페를 찾아 차를 마시며 대화를 나누는 것일 수 있다. 또는 우리 지역에서 맛있는 집으로 소문난 음식점을 찾아 음식을 즐기는 것도 좋다. 그러다가 탐방 지역을 조금씩 넓혀 나가 주변에 경치 좋은 산이나 사찰, 바닷가를 찾아 걸어 보는 것이다. 여건이 주어진다면 우리와 전혀 다른 문화권의 나라를 찾아보는 것도 좋은 일이다.

나설 때는 마음을 분주하게 만들 필요는 없다. 여행지에 대한 사전 지식이나 품격 있는 생각을 마련할 필요가 없다. 여행은 그 자체만으로 충분한 에너지가 되기 때문이다. 다만 길을 잃지 않을 정도의 작은 정보만 있으면 된다.

일반적으로 행복이라고 하면 '마음이 만족하고 즐거운 상태'를 말한다. 마음이 즐거워지려면 가만히 앉아서 그것들이 다가와 주기를 기다리기보다는 즐거움을 찾아 나서는 것이 좋다. 가장 단순하게 맛있는 것을 먹음으로써 즐거움을 얻고, 평온하고 아름다운 것을 보면서 즐거움을 누리는 것이다. 맛있는 것을 먹으면서 수다를 떨 수 있

  계절이 건네는 말

고, 낯선 환경을 통해 새로운 느낌을 경험하는 것이 바로 여행이다. 우리가 경험해서 알 수 있는 것처럼, 여행을 나서겠다고 하면 우선 마음부터 설렌다. 어렸을 적에는 잠을 설치기도 하지 않았는가? 어른이 되어서도 여행은 출발 전부터 늘 만족감으로 가득 채워진다. 여행은 행복감을 느끼도록 돕는 요소들이 패키지로 들어 있는 행복 종합 세트나 다름없다. 그러다 보니, 여행을 하고 나면 이야기들이 많아진다. 그것도 지난번에 했던 이야기를 또 꺼내서 말하더라도 흠이 되지 않는다. 설령 여행에서는 힘든 경험을 하더라도 그것은 바로 새로운 추억이 된다.

사람들에게 여행을 권하면 대부분 시간이 없다는 핑계를 대곤 한다. 현대인들에게 시간이 없는 것은 사실이지만 그래도 행복을 위해서라면 시간을 모아서 여행에 나서는 것이 좋다. 우리는 일반적으로 중요한 일이라고 생각하면 반드시 실행하려는 경향이 있다. 마찬가지로 우리 삶에서 행복을 중요한 일로 여기고 우선순위에 두면 행복을 찾아 나서는 일을 실천할 수 있게 된다. 내가 지금 하고 있는 바쁜 일을 조금 줄여서 여행을 계획해 보자. 행복연구소 최인철 교수는 '행복을 위해서는 소유를 사지 말고, 경험을 사라'라고 부탁한다. 소유는 금방 무딤이나 싫증을 만들어 내지만, 경험은 평생을 두고 추억을 만들어 내고 가치를 생산해 내기 때문이다.

소유를 산 경우, 좋은 자동차를 사더라도 자랑은 대체로 한두 달,

만족은 일 년이면 끝이 난다. 옷을 사더라도 하루 이틀이면 이야기가 사라지고 만다. 하지만 여행 경험을 사게 되면 평생을 두고두고 이야기하게 된다. 그리고 이를 여러 차례 반복하더라도 어색하거나 불편하지 않고, 생산적인 감정을 만들어 낸다.

내 삶의 행복이 의심되거든, 목적이 나를 이끌고 있는지, 땀 흘리는 운동을 하고 있는지, 내가 좋아하는 취미를 찾아 즐기고 있는지, 때에 따라 여행을 하고 있는지 점검해 보면 좋을 것이다. 행복을 위한 우리의 작은 관심과 노력이 우리를 행복의 나라로 이끌어 줄 것이다.

아무리 큰 어려움을 만나고, 힘들고 괴로운 상황을 만나더라도 우리는 행복하게 살아야 한다. 그러기 위해서는 어떤 상황에서라도 우리는 행복해질 수 있다는 생각을 하고, 여기에서 제시하고 있는 행복할 수 있는 방법들을 실천하면 좋겠다.

자녀가 말을 듣지 않는다고, 남편이나 아내가 괴롭힌다고, 주변에서 나를 괴롭히는 사람들이 있다 하더라도 우리는 우리가 누릴 수 있는 행복을 버리고 괴로움을 택할 필요는 없다. 우리는 이유 없이, 조건 없이 행복하게 살아야 하기 때문이다.

우리 안에 언제나 생겨나는 탐심은 좋은 마음이 아니다. 아무리 가난하고 어렵더라도 탐심으로 배를 불리거나 자랑해서는 안 된다. 성경에도 '욕심이 잉태하면 죄를 낳고 죄가 장성한즉 사망을 낳느니라'라고 했다. 탐심은 버려야 할 마음임에 틀림이 없지만, 행복만은 늘 탐해도 좋겠다는 생각이다. 행복은 우리 삶이 다하는 날까지 탐해도 죄가 되거나 허물이 되지 않을 테니까 말이다.

# 5.

# 이미지 트레이닝

세상에 남의 불행은 몰라도, 자기 불행을 바라는 사람은 없을 것이다. 우리는 본능적으로 행복을 바라기 때문에 아무리 못된 심보를 가진 사람이라 하더라도 자기 불행만은 원치 않을 것이다. 그러면서도 아주 쉬운 방법이라도 실천하지 않는 것을 보면 사람들은 행복에서만은 상당히 게으른 것 같다. 게으른 사람들을 위해 여기에서는 행복한 삶을 위한 가장 편하면서도 쉬운 방법을 소개하려고 한다. 그것은 행복을 이미지 트레이닝하는 것이다. 이는 시간이나 돈, 장소에 구애받지 않는다. 남녀노소, 누구든지 할 수 있는 방법이다.

행복 이미지 트레이닝은 스포츠 선수들이 많이 활용하고 있는 방법 중 하나다. 많은 운동선수들이 이 방법으로 경기력을 향상시키고 있다. 우리나라 유명한 역도선수 장미란 선수도 방송에 나와 이 훈련법을 적용하여 좋은 결과를 얻었다고 말하기도 했다.

심리학자들도 이런 방법이 실제로 효과가 있는지 실험했다. 미국 일리노이 대학 농구선수들을 대상으로 한 실험이다. 실험자들은 선수들을 A, B, C의 세 그룹으로 나누고, A 그룹에는 한 달 동안 슈팅 연습만 하도록 하고, B 그룹에는 슈팅 연습을 전혀 하지 않게 하고, C 그룹에는 매일 30분 동안 마음속으로 직접 공을 던져 득점에 이르는 장면을 그리는 이미지 트레이닝을 시켰다.

한 달 후 실험 결과를 확인했더니, 연습하지 않은 B그룹에서는 아무런 변화가 없었다. 그런데 연습했던 A 그룹과 이미지 트레이닝만 했던 C 그룹에서는 슈팅 득점에서 거의 똑같은 상승률을 보였다. 참으로 놀라운 결과였다.

이런 결과는 우리가 생각만으로 원하는 것을 얻거나, 목표를 이룰 수 있다는 가능성을 보여주고 있다. 우리 뇌를 적절하게 훈련시키면 우리가 바라는 결과를 얻을 수 있다는 말이다. 우리 뇌는 그렇게 움직일 수 있는 특성이 있다.

우리 뇌는 매우 영리하고 냉철한 이성을 가진 현명한 기관처럼 보이지만 실은 그 반대인 경우도 많다. 명확한 정보나 논리에 따른 현명한 판단보다는 우리들이 많이 보고 들은 것, 즉 많이 노출된 환경에 더 많은 영향을 받는다. 이를 심리학에서는 '단순 노출 효과'라고 하는데 심리학자들의 실험을 통해서도 증명되었다.

1968년 미시간 대학교의 제이욘슨은 사진 속 인물의 첫인상을 1~5점으로 평가하게 했다. 그런 다음 사진의 순서와 횟수 모두 무작위로 보여주었다. 실험에 참여한 사람들은 어떤 사진이 몇 번 나오는지 모른 상태에서, 사진을 모두 본 후 각각 제시되었던 인물들에 대한 호감도를 평가하게 했다.

그랬더니, 사람들은 사진으로 보인 횟수가 많은 인물에 더 높은 호감도를 보였다. 그러니까 단순하게 사진에서 보인 횟수가 많은 것만으로도 긍정적인 반응을 보인 것이다. 결과적으로 사람은 이성보다는 자주 본 것에 편안함과 익숙함을 느낀다는 것이다. 마찬가지로 우리가 행복에 많이, 그리고 자주 노출될수록 우리는 행복을 경험할 확률이 높아진다고 하겠다.

이런 경향은 우리의 정치적 성향에서도 볼 수 있다. 어느 나라나 비슷한 양상을 보이지만 우리나라에는 정치적으로 지역감정이란 것

　　　　　　　계절이 건네는 말

이 있다. 사람들은 자기 성격의 성향을 따져서 정당을 지지하지 않고, 주변에서 많은 사람이 지지하는 정당을 지지하는 성향을 보인다. 그러니까 어느 정당의 이념이 자기 이념적 성향과 맞는지 그렇지 않은지를 따지는 것이 아니라 자기에게 많이 노출된 정당에 지지를 보낸다는 말이다. 많이 노출된, 즉 주변에서 자주 회자되고 있는 정당에 투표한다는 말이다. 그리고 나서 자신은 매우 합리적이고 논리적인 선택을 했다고 생각한다. 만일 뇌가 이성적이고 논리적이라면 일어날 수 없는 현상이라 하겠다.

이런 유형의 실험은 또 있다. 코카콜라와 펩시콜라의 맛을 구분하는 실험이다. 사람들에게 처음에는 코카콜라라는 브랜드 이름을 알려 주고 맛을 보게 한다. 그러면 대부분 코카콜라가 더 맛있다고 한다. 그런데 이번에는 브랜드를 숨기고 맛있는 콜라를 고르라고 하면 대부분 구분을 어렵게 여기거나 펩시콜라가 더 맛있다고 하는 사람들도 많다.

이를 보다 더 과학적으로 확인하기 위해 뇌를 촬영해 보았더니, 브랜드를 노출한 상태에서는 뇌의 전전두피질, 즉 다수의 의견에 따라 의사결정을 하는 부분이 활성화되었고, 숨긴 상태에서 콜라를 마시게 했을 때는 뇌의 복측피각, 즉 그냥 솔직한 개인의 선호 여부를 나타내주는 뇌 부위가 5배나 더 강하게 활성화되었다고 한다. 그러니까 사람들은 음료를 선택할 때 맛에 따라 고르지 않고, 광고에 노출된 정도에 따라 익숙한 코카콜라를 고르게 된다는 것이다. 그래서 판매량에서도 상당한 차이를 보인다고 한다. 결과적으로 노출 양을 적당히 조절하면 우리 뇌는 대부분 속아 넘어간다는 말이다.

우리는 뇌의 이런 특성에 주목할 필요가 있다. 우리 뇌가 '행복'에 자주 노출되면 될수록 우리는 더 많은 행복감을 느낄 수 있다는 말이 된다. 행복을 경험하기 위해 생활 속에서 수시로 행복을 생각하는 것이다. 곧 수시로 이런 이미지 트레이닝을 실천하는 것이다. 아침에 일어나면서 천정에 '나는 행복한 사람'이라고 쓴다. 엘리베이터를 탔을 때는 벽에 '행복'이라고 쓰고 '행복하다'라고 말하면 된다. 그리고 아내나 남편이 내게 무슨 이상한 말을 하더라도 '나는 행복한 사람'이라고 내 뇌에게 말을 하면 된다. 생활이 바빠서 앞에서 제시했던 행복의 여러 요인을 실천할 수 없다면, 걸어 다니면서 이런 이미지 트레이닝을 하면 좋다. 사람들의 행복지수가 낮은 이유는, 사람들이 마음으로는 행복을 바라면서도 95% 이상은 행복을 누리기 위한 최소한의 노력을 기울이지 않는 데 있다.

이제 우리는 '어떻게 살 것인가?'를 생각해야 한다. 설령 내가 어렸을 적에 부모 사랑을 받지 못하고 성장했더라도, 어려운 환경에서 자라면서 온갖 고난을 겪으며 성장했더라도 원망하고 불평하면서 살아갈 이유가 없다. 지금 내가 어려운 여건 가운데 놓여 있고, 괴롭고 힘든 상황에 놓여 있더라도 우리는 행복하게 살아야 할 권리가 있다. 자녀가 말을 듣지 않는다고, 남편이나 아내가 속을 썩인다고, 직장 상사가 나를 괴롭힌다고 하더라도 우리가 누려야 할 행복을 버리고 괴로움을 택할 필요는 없다. 우리 뇌가 행복을 경험하도록 이미지 트레이닝을 하면 된다.

　　　　　　　계절이 건네는 말

　지금까지 우리는 행복을 얻을 수 있는 몇 가지 요소들을 살펴봤
다. 이런 것들이 우리를 행복으로 안내할 것이다. 미국의 하버드 대
학교 교수를 지낸 윌리엄 제임스라는 철학자의 말이다. "인류가 발견
한 최고의 깨달음은, 인간은 자신의 태도를 바꿈으로써 자신의 인생
을 바꿀 수 있다는 것이다." 환경이나 세상이 내게 맞도록 바뀌어 행
복하게 된다는 말이 아니라, 나의 태도를 바꿈으로써 나의 인생을 바
꿀 수 있다는 말이다. 그러니까 내가 행복의 요인들을 얼마나 많이
갖고 있느냐가 중요한 것이 아니다. 우리의 조건이나 환경을 바라보
는 우리의 태도를 바꿈으로써 누구든지 행복할 수 있다는 말이다.
이를 확장해 보면, 우리는 이미 행복의 요건들을 많이 갖고 있다. 우
리가 그것을 보지 못하고, 즉 우리의 태도를 바꾸지 못하고 더 다른
어떤 요건을 찾으면서 행복을 누리지 못하고 있을 뿐이다.

　내가 위대하고 훌륭한 것은 나의 태도를 선택할 수 있는 도깨비방
망이 같은 요술 방망이를 갖고 있기 때문이다. 내가 선택하기만 하면
무한대로 행복해질 수 있다. 이제 그저 행복을 상상하고 누리고 즐기
면 될 일이다.

# 6.

## 안분지족과 은혜

　　사람은 태어나면서부터 세상 살아가는 방법들을 배워야 한다. 이른 시기부터 유치원이나 학교에 가야 하는 이유이기도 하다. 그렇게 상당히 오랜 기간 준비하고 배우더라도 막상 세상을 살아가다 보면 수시로 부족함을 느낀다. 학교에서 배운 지식만으로는 턱없이 모자라, 다시 끝없이 배우고 노력해야 한다. 그러니 삶은 언제나 시간이 부족하고 바쁠 수밖에 없다. 무엇 때문에 우리는 이렇게 살아야 하는 걸까? 이유가 있다면 아이러니하게도 자유롭고 여유롭고, 즐거운 삶을 얻고 싶어서다.

　　하지만 이런 바람과 달리 거꾸로 구속되고, 여유가 없고, 즐겁지 않은 일들을 만나는 경우가 많다. 원하는 것과 다른 일들을 만나다 보니 원망이 일기도 하고 짜증이 나기도 한다. 이것들은 우리들이 원치 않은 일들이지만, 이런 일들은 우리 주변에서 생각보다 더 자주

　　　　　　　　　　　　　　　　　　　　계절이 건네는 말

일어난다. 왜 이렇게 자주 만나게 되는지 모르겠다. 그런데 우리가 생각해 보면 이런 일들의 반복은 우리들의 착각 때문에 오는 경우가 많다. 목적이 무엇인지 분명히 알고 있지만 순간순간 수단을 목적으로 착각하고 거기에 목을 매면서 일어난다.

대개 사람들은 행복을 얻기 위해서 돈을 벌고, 명예를 얻으려고 한다. 여기에서 돈이나 명예는 행복을 얻기 위한 수단일 뿐이다. 그런데 이 수단이 마치 인생의 전부인 것처럼 돈을 버는 데 목을 매고, 명예를 얻으려고 혈안이다. 그러다 보니 수단만 무성해질 뿐, 목적인 행복은 늘 저 먼 곳에 홀로 남아 있는 경우가 많다.

앞에서 행복감을 느끼도록 돕는 여러 요소를 다루었다. 거기에 하나 더 추가하고 싶은 것은 안분지족(安分知足)이다. 안분지족은 자기 분수를 편안히 여기고, 만족하며 사는 것을 말한다. 너무 간결하고 당연한 말이라 이를 무시하거나 가볍게 생각하는 사람들이 많다. 하지만 이 사소한 말이 우리의 행복 여부를 결정하는 중요한 단서가 된다는 사실을 잊어서는 안 된다. 대부분 불행은 만족할 줄 모르고 더 많은 것을, 더 높은 곳을, 더 풍족한 것을 바라는 데서 만들어지기 때문이다.

어떤 사람은 안분지족(安分知足)을 현실에 안주하고, 의욕이 없는 상태거나, 혹은 진취적인 태도를 무디게 만든다는 의미에서 부정적인 말로 이해하기도 한다. 하지만 필자는 이 말을 꼭 그렇게 부정적인 관점에서 봐서는 안 된다고 생각한다. 사람은 본래 강한 욕구와 호기심을 가진 동물이라 그냥 가만히 놔두더라도 저절로 더 높은 이상을 추구하고, 정복하고, 탈환하려는 성향을 보인다. 따라서 부정적인 시각으로 보고, 불편을 만들어 낼 필요는 없다고 생각한다.

사람 중에는 '나는 왜 자꾸 시험에 불합격하지?' 하면서 좌절에 푹 빠져 있는 사람들이 있다. 그리고 '나는 대학을 졸업했는데도 왜 내가 갈 직장이 없는 거지?'라고 하면서 자포자기하는 이들도 있다. 또 '나는 왜 판사나 검사, 의사가 되지 못하는 거지?'라고 하면서 자신을 학대하며 세상을 탓하고 있는 사람들도 있다. 어떤 사람들은 세상을 탓하고, 환경을 탓하고, 부모를 원망하는 사람들까지 있다. 모두 안분지족을 모르는 사람들이 늘어놓은 푸념들이다. 자기 분수를 무시하거나, 아니 분수라는 것을 인정하지 않으면서 벌어진 일들이다.

인정하고 싶지 않은 이야기일지 모르겠지만, 사람들에게는 그 사람만이 감당하고 발휘할 수 있는 나름의 그릇, 분수(分數)라는 것이 있다. 여러 사람이 인정하는 객관적인 절대 표준은 아닐지 모르지만 최소한 자신만이 알고 있는 자기 역량의 분수가 있다는 말이다. 그런데 사람들은 이 분수를 인정하려고 하지 않는다. 심지어 어떤 이들은 자기 분수를 부풀려 놓고 남의 분수를 탐하고, 부러워하면서 시간을 낭비하기도 한다.

필자 주변에는 45세에 9급 공무원에 합격하고 환갑이 다 되도록 혼자 살아가는 친구가 있다. 주변에서는 그 친구의 열정과 노력에 경의를 표하기도 하지만 필자는 그렇게 생각하지 않는다. 또 평생을 고시원에서 사법고시만 준비하다가 중년을 넘어서 9급 공무원에 합격한 사람도 있다. 모두 자기 분수를 몰라서 벌어진 일이라고 생각한

　　　　　　　　　　　　　　　　계절이 건네는 말

다. 최소한 삶의 방향이나 노력은 35살 전후로 정리하고 자기 분수(分
數)를 헤아려 보는 것이 좋겠다는 생각이다. 자기 분수를 모르면 자
기도 고생할 뿐 아니라 주변에서 응원하고 지지하는 가족이나 친구
들에게도 불편을 준다. 따라서 분수를 알고 순응하는 것은 행복으로
들어가는 중요한 요소라 하겠다.

의사(醫師)가 자기 분수를 모르고 마음대로 의술을 사용하면 사람
을 살리는 것이 아니라 오히려 상하게 만든다. 판사나 검사가 제 분
수를 모른 채 조사하고 판결하면 죄 없는 사람을 억울하게 만들거나,
벌을 주어야 할 사람을 평이하게 대해 사회 정의를 무너뜨리게 된다.
또한 자기 분수를 모르고 판검사가 되겠다고 대들면 평생 고시(考試)
준비에 매달리느라 삶을 망가뜨리는 우를 범하게 된다.

9급 공무원을 하면서 5급 공무원의 월급을 주지 않는다며 원망하
는 사람들도 있다. 회계사 밑에서 일하면서 회계사 월급보다 적다고
투정 부리는 사람들도 있다. 공사장에서 일하면서 작업반장보다 품
삯을 적게 받는다며 불평하는 사람들이 있다. 평등한 세상에서 왜
이런 일이 벌어지느냐고 불평하며 자본주의보다 사회주의가 낫다고
우겨대는 사람들도 있다. 모두 제 분수를 모르는 사람들이라 하겠다.

또 반대로 뛰어난 재능을 갖고 있으면서도 그 재능을 사용하지 않
고, 방치하고 유기하는 사람들도 있다. 그러면서 남의 일을 탐하고
세상을 원망하면서 세월을 보내는 사람들도 있다. 역시 분수를 모르
는 사람들이라 하겠다. 분수를 모르면 아무리 행복한 삶을 원해도
행복과는 거리가 점점 멀어지게 된다. 원망과 불평이 삶을 훼손하고

망가뜨리기 때문이다. 따라서 분수를 알고 안분지족을 누리는 것은
행복에 이르게 만드는 중요한 요소라 하겠다.

다음으로 행복한 삶은 은혜를 알고 감사할 줄 아는 데 있다. 내가
받은 은혜를 헤아려 보고 그것에 감사하면서 살아가는 것이다. 이런
말을 하면 어떤 사람은 "나는 은혜를 하나도 받아 본 적이 없다"라고
용감하게 말하기도 한다. 어떤 사람들은 "받은 은혜가 없는데 어떻게
감사할 수 있겠느냐?"라며 반문하기도 한다. 또 어떤 사람은 가난한
부모 밑에서 태어나 생활이 어려워 학원도 다니지 못하고, 참고서조
차 없어 공부를 못했다고 감사는커녕 원망을 하기도 한다. 어떤 사람
들은 내가 아무리 노력해도 시험에 합격하지 못하는데 내게 무슨 감
사가 있겠느냐며 불평하기도 한다. 어떤 사람들은 결혼을 하려고 하
는데 다가오는 이성이 없어서 괴롭다며 자신을 원망하기도 한다. 부
모가 살 만한 집을 마련해 주면 결혼하겠는데, 그런 부모를 만나지
못했다며 신세타령하기도 한다.

근자에 방송을 보면 요즘 젊은이들은 신혼집이 없어서 결혼을 미
루고 있다며 원망 섞인 기사를 내놓는 어리석은 기자, 방송인들도 있
다. 어떤 정치인들은 "젊은이들은 부모 세대보다 가난하고 집조차 없
어 어려움을 겪는다"라고 하면서 가난한 젊은이들 편을 들면서 젊은
이들에게 인기를 구걸하기도 한다. 또 어떤 학자는 "이자율이 높아
대출받을 수 없어 집 마련에 어려움을 겪고 있다"라며 정책을 탓하
기도 한다. 얼핏 보면 젊은이들을 위로해 주는 말처럼 보이지만 모두

  계절이 건네는 말

인기를 구걸하고 있는 말들이다. 이런 말에 넘어간 순진한 젊은이들은 스스로 자기들이 가난하다며 '헬조선'을 외치며 나라를 떠나려는 마음을 먹기도 한다. 사회나 어른들이 젊은이들에게 잘못 가르치고 잘못 안내하고 있는 것이다.

젊은이들이 가난한 것은 당연한 일이다. 어른들에게 집이 있고, 젊은이들보다 넉넉하게 사는 것은 평생 땀 흘려 수고하고, 재물을 아껴 모은 결과다. 어른들은 경제활동을 오래 했으니 부요하고, 젊은이는 경제활동 기간이 짧았으니 어른들보다 가난한 것은 지당한 이치다. 로또에 당첨되거나 부모 재산을 수고도 없이 가져온 것이 아니라면 넉넉하지 못하고 집이 없는 것은 극히 당연한 일이다. 그런 당연한 사실을 가지고 잘못되었다고 비판하면서 세대 간 편 가르기를 하는 사람들이 있다. 이는 분명 잘못되었다고 생각한다. 잘못되어도 상당히 잘못되었다.

우리 삶이 불평과 불만으로 가득한 것은 대부분 은혜와 감사가 무엇인지 몰라서 벌어진 일들이다. 생각해 보면 내가 지금 여기에 존재하는 것 자체가 엄청난 은혜 덕분이다. 부모의 사랑이 담긴 양육이 없었더라면 여기에 내가 존재할 수 있겠는가? 지금 내가 이런 유의 사유(思惟)를 떠올리고, 기교를 부릴 수 있는 것도 모두 부모와 사회로부터 받은 은혜 덕분이다.

내가 먹고 있는 밥만 보더라도 수많은 사람의 수고와 노력 덕분에 먹을 수 있게 된 것이다. 내가 입고 있는 옷만 해도 그냥 어떻게 하다 보니 얼떨결에 주어진 것이 아니다. 옷감을 생산하는 사람들의 수고

와 재단하고 바느질하느라고 애쓴 사람들의 노고가 담긴 옷이다. 옷을 만들어 준 사람들의 은혜가 아니면 이런 옷을 입을 수 없다. 내가 학교에 다니거나, 돈을 버는 직장이 있는 것도 그와 관련된 일을 해 준 많은 사람의 은혜 덕분이다. 내가 사용하고 있는 휴대폰도 그저 그냥 내 손에 들려진 것이 아니라 수많은 사람의 피와 땀방울로 얻어진 보화 같은 결정체다.

이렇게 말하면 그것은 내가 돈을 주고, 쌀과 옷을 사고, 내가 힘을 내서 공부하고 회사에 기여한 덕분에 월급을 받는다고 항변할는지 모르겠다. 혹은 내가 번 돈으로 휴대폰을 샀다고 자기 능력을 자랑하는 사람들이 있을는지 모르겠다. 이런 생각들도 모두 극히 짧고, 모자란 생각에서 나온 것이다.

단순하게 생각해 보자. 내가 2만 원에 쌀을 구매했다면, 누가 내게 2만 원을 주면서 쌀을 만들어 보라 하면 그 많은 쌀을 만들어 낼 수 있겠는가? 또 만 원 주고 상의(上衣)를 샀다고 하면 누가 내게 만 원을 주면서 만들어 달라고 하면 내가 그런 옷을 만들 수 있겠는가? 회사에서 일을 할 수 있는 것도 회사가 존재하기 때문에, 또 그 회사를 만들고, 여기에 헌신하는 사람들 덕분에 내가 돈을 벌 수 있는 것이다. 휴대폰을 백만 원 주고 샀다고 해서 그것이 그냥 얻어진 것이라고 생각하면 큰 오산이다. 누가 내게 일억 원을 주면서 휴대폰을 만들어 보라고 한다면 만들 수 있겠는가? 나 스스로 휴대폰을 만들어 가질 수 없다는 말이다. 장담하건대 혼자 노력한다면 아마 평생 노력해도 스마트폰을 가질 수 없을 것이다.

 계절이 건네는 말

그러고 보면 우리는 주변 사람이나 환경으로부터 엄청난 은혜를 받으며 살고 있다. 다른 사람이 베풀어 준 은혜가 아니라면 나는 존재 자체가 불가능한 존재일는지 모르겠다. 그런데도 어떤 사람은 '나는 은혜를 받지 못한 사람'이라고 자랑하듯이 말하기도 한다. 어쩌면 바보스러운 사람들이나 할 수 있는 그릇된 생각이다. 잘못되어도 한참 잘못되었다. 우리가 기르는 반려동물들조차도 먹을 것을 주면 좋아하고, 은혜를 갚으려고 한다. 하물며 이성과 의식이 충실한 사람들이 은혜를 모르고 사는 것은 무지해서 그러든지, 아니면 자기의 부

족함과 어리석음을 만회할 수 있을 것 같아서 일부러 그러든지, 좋은
가르침을 받지 못했든지, 아니면 스스로 그냥 이유 없이 억지를 부리
는 일이라 하겠다. 숨을 쉬고 지금 여기에 존재한다는 사실만으로도
우리는 은혜 속에 살고 있는 것이다.

성경에 등장하는 바울이라는 사람은 기독교를 신학 위에 단단하
게 세운 위대한 인물이다. 그는 기독교에서 예수 다음으로 훌륭한 인
물이다. 그런 그가 자기 삶을 평가하면서, 신약성서 고린도전서 15장
10절에서 '그러나 내가 나 된 것은 하나님의 은혜로 된 것이니, 내게
주신 그의 은혜가 헛되지 아니하여 내가 모든 사도보다 더 많이 수고
하였으나 내가 한 것이 아니요, 오직 나와 함께 하신 하나님의 은혜
로라'라고 규정하고 있다.

복음을 위해 평생을 바쳐 헌신했던 사람이 말하기를 그것은 내가
한 것이 아니라 하나님의 은혜 덕분이라고 했다. 그러니 그가 전한
복음의 위력은 참으로 대단할 수밖에 없었다. 지구를 한 바퀴 돌아
우리에게까지 복음이 전해졌으니 말이다. 그렇게 생각한 그는 분명
행복한 사람이었음이 틀림없다.

우리도 다르지 않다. 행복하게 사는 방법은 우리의 삶 자체가 은
혜임을 알고 감사하며 사는 것이다. 은혜를 알고 감사하는 삶에는 늘
만족과 기쁨, 행복이 그림자처럼 저절로 따라다니게 우리는 꼭 기억
할 필요가 있다. '행복은 감사의 문으로 들어오고, 불평의 문으로 나
간다'라는 말을.

                                    계절이 건네는 말